若旦那様、もっとあなたの愛が欲しいのです

目次

プロローグ　〜華宵亭の人魚姫〜 ………………………… 5

第一章　若旦那様、あなたの素顔を見たいのです ………… 10

第二章　若旦那様、愛しているのは誰ですか ……………… 72

第三章　若旦那様、本当の心をお聞かせ下さい …………… 117

第四章　若旦那様、こんなに幸せでいいのでしょうか …… 161

第五章　若旦那様、わたしはおそばを離れません ………… 212

第六章　若旦那様、もっとあなたの愛が欲しいのです …… 247

エピローグ　〜花酔いに艶めくきみへ〜 ………………… 292

プロローグ　〜華宵亭の人魚姫〜

相模湾の絶景が望める、高級老舗温泉旅館『華宵亭』——

熱海の山腹にあるこの旅館は、二万坪の敷地面積を有する。明治期に作られた数寄屋造りの客棟からは、四季折々の花が咲く大庭園が観賞でき、風雅なひとときを過ごせると評判の隠れ宿だ。華宵亭は客のプライバシーを尊重するため、一般客の宿泊は受け入れていない。利用できるのは、専ら各界で活躍する著名人たちだった。

季節は春。晴天が広がるその日、大庭園ではしだれ桜が満開で、垂れた枝にはこぼれんばかりの薄紅の花が華麗に咲き誇っていた。その下に座り、『人魚姫』の絵本に読みふけっているのは、八歳の少女——朝霧雫だ。

緩やかな風が頰を撫でると、彼女はふと顔を上げる。

はらはら、はらはら。

豪華な花が風に舞い散る光景は儚く、もの悲しく思え、泡沫に消えた人魚姫が流した悲哀の涙を彷彿とさせた。見ているだけで、雫の胸はぎゅっと締めつけられ、切なくなってくる。

鹿威しが、かこんと清涼な音をたてた後、赤い欄干のある縁側に着物姿のふたりの老婦人が現れた。

ひとりは華宵亭の大女将。もうひとりはその友人で雫の祖母だ。祖母は呉服屋『あさぎり』の

大女将をしており、雫を連れて華宵亭に着物を届けに来ては、大女将とのお喋りに花を咲かせる。

祖母と大女将は、部屋で一緒にまんじゅうを食べないかと雫を誘った。

「シズク、お腹空いていないから、お外でまだご本を読んでる！」

雫は『人魚姫』の絵本を持ち上げて、ふたりに見せた。

「シズクちゃんは、いつも『人魚姫』を読んでいるけど、他のお姫様の物語は読まないの？」

大女将の問いかけに、雫はこくりと頷いて答える。

「シンデレラも白雪姫もいばら姫も、突然出てきた王子様と結婚して、めでたしめでたしで終わるでしょう？　それがいや。シズクも人魚姫みたいに、王子様に恋をしたいの」

恋をまだ知らないはずの幼子がそれを語る姿は微笑ましく、老婦人たちは声をたてて笑う。

「でもね、人魚姫は泡になって消えちゃうでしょう？　シズクが王子様だったら、絶対に人魚姫を好きになる。人魚姫は泣きながら消えちゃったんだろうなと思うと、シズク悲しくて」

肩を落とす雫に、大女将が笑みをこぼした。

「人魚姫の……涙か。ねぇシズクちゃん。この華宵亭の温泉は、人魚の涙でできていると言われ、人魚の湯とも呼ばれているのよ」

雫の目が好奇心に輝く。

「昔、華宵亭には温泉がなかったの。お客さんは皆、温泉があるお宿へ行くから、初代大旦那は困っていてね。そんな時、海辺を散歩していた大旦那は、悪い人間たちに捕まった人魚を見つけ、助けてあげたの。人魚が御礼にと大旦那へ渡したのが、瓶に詰めた人魚の涙。使えば願いがひとつ

叶うと言われ、大旦那が華宵亭の庭に垂らしてみたら、温泉が湧いてきたのよ」

大女将の話に引き込まれ、興奮した雫は顔を上気させた。

「シズクちゃん、そこから細い砂利道が見えるでしょう？ そこを進んで行くと、秘密の岩風呂があるの。そのお風呂は熱海の海に繋がっていて、時々人魚さんも来るみたい。こんなにお天気だったら、今日も遊びに来ているかもしれないわ」

「本当!? シズク、行ってくる！」

雫は絵本を放り捨て、大喜びで砂利道を走った。

爽やかな新緑の香りが濃くなっていく中、啜り泣きにも似たか細い声が雫の耳に届く。

前方に見えるのは、雨避けの屋根がついた質素な岩風呂だ。

その縁にある大きな岩に腰をかけ、下半身を湯に沈めた子供が泣いている。

風に靡く、茶色く長い髪。萌黄色の着物からはだけた胸は、雫と同様まだ平らかである。

しかしその顔は大人びて美しく整っており、弱々しい翳りがあった。

今目の前に、人魚姫がいる──雫は目を瞠った。

悲恋の代償に海の泡になって消えてしまう、あの人魚姫が、桜の花びらのように……はらはらと涙をこぼし、嗚咽を漏らしている。

もしや彼女が少しずつ湯に沈んでいくのを見て、雫は青ざめた。

その身体が、このまま海へと繋がる温泉の泡になって消えるのではないか──そう危惧した雫は、力いっぱい叫んだ。

「死んじゃ駄目！　生きてぇぇ！」

途端、雫に向けられたのは、驚いた顔。

雫は、人魚姫を助けるために一心不乱に走った。……が、足場は苔でぬめった石畳。滑って体勢を崩した雫は、悲鳴を上げる間もなく、飛沫をたてて無色透明な湯の中に落下してしまう。

ごぼごぼと水泡が視界に広がる中、水中を優雅に泳ぐ人魚姫の姿が見えた。

ああ、やはり人魚姫は泳ぐのがうまい……そう感嘆している間に抱え上げられ、気づけば岩の上。

雫は青空を眺めながら、湿った咳を繰り返した。

人魚姫は横に座り込み、心配そうな顔を向けてくる。

雫はふと、人魚姫の下半身を見た。陸に上がった彼女の足は、尾ひれではなく人間のものだ。脛は傷だらけで、赤く腫れ上がっており、見るからに痛々しい。

そうまでして人魚姫は人間界で頑張っていたのだ。それを無かったことにしないでほしい。

「わたし、あなたが大好きなの」

雫は涙声で、必死に声をかけた。

「シズクが、あなたとずっと一緒にいるから。だから海の泡にならないで、人魚姫さん」

深い紫がかった、人魚姫の瞳。その奥でゆらりと揺れるものに雫が魅入られた瞬間、人魚姫は困ったように言った。

「……僕、普通の人間の男だけど」

雫のつぶらな目が、驚きと失望に大きく見開かれる。

8

「え？　人間……男……？　人魚、姫じゃ……ない？」

「違ったら、きみも僕のそばにはいてくれないの？」

彼女——否、少年は儚げに笑う。

「一緒にいてあげる。あなたも人魚姫みたいに、消えてなくなるのはいやだもの。泡になる前にまたシズクが助けてあげるから、生きていて！　そうだ、シズクとずっと一緒にいる約束をしよう」

小指を差し出す雫に、少年ははにかむ。そしておもむろに、己のその小指を雫のそれに絡めた。

「指切りげんま〜ん　嘘ついたら針千本の〜ます　指切った！」

満面の笑みを見せる雫だったが、ぽかぽかとした春の陽気に加え、温泉から立ち上る暖気と穏やかに笑う少年の雰囲気に、とろとろと微睡んでしまった。

「あれ？　もう……寝てる……の？」

少年は呆れた声を出し、幸せそうに寝息をたてる雫を見て微苦笑する。

「ああ、でも。本当に……お昼寝したい最高の気分だね」

少年は雫の隣に横たわると、その小さな頭を片腕に乗せ、無防備な寝顔を眺めた。

「約束、か……」

少年が雫の耳元になにかを囁いたが、雫はふにゃふにゃと言葉にならない声を発して、笑みをこぼして静かに目を閉じた。少年の温もりを求めて抱きつく。

——それが今から十八年前。華宵亭女将のひとり息子、雅楽川瑞貴と雫の出会いだった。

9　若旦那様、もっとあなたの愛が欲しいのです

第一章　若旦那様、あなたの素顔を見たいのです

梅雨入り間近な、風薫る五月——

華宵亭では白い帯を締める仲居の着物が、桜色から薄い藤色へと色変わりをしたばかり。

大庭園では、旬の花である藤が壮観だった。鯉が泳ぐ池の上にたてられた大きな棚に、白、薄紅、薄藤、濃藤と四色の藤が、一メートル以上もの花房を垂らしている。

陽光に煌めく、迫力ある紫のグラデーション。大庭園に面した廊下を歩む足を止めたのは、今年二十六歳になる仲居、朝霧雫だ。

笑うといまだ少女のような可憐さを滲ませる、楚々とした目鼻立ち。肩まである艶やかな黒髪をまとめ上げた、快活で健康的な女性である。

和装が似合う体形は呉服屋の実家では喜ばれたものの、なで肩とメリハリのなさはコンプレックスなので、実に複雑なところ。

雫は今春、ようやく仲居見習いから新人仲居に昇格した。しかしその仕事は、見習い時代となにひとつ変わらない。実家が誂えた風流な着物を身につけながら、先輩仲居に扱かれつつ、今日も裏方要員として華宵亭を駆け回っていた。

そんな雫を魅了した藤の花。昼間は紫水晶のような輝きを見せ、夜のライトアップ時には神秘さ

を強めて、幽玄な空間に観客を誘う。その妖艶さを感じる花を見ていると、藤よりも深遠な紫色の瞳を持つ"彼"と、その柔らかな声が思い出された。

『雫。藤の花には昔からこんな言葉遊びがある。日舞や歌舞伎の長唄『藤娘』に出てくる……』

「"いとしと書いて藤の花"……だっけ」

雫が滑らかに口にすると、背後でくすりと笑う声がした。

「……昔に僕が教えてあげたこと、よく覚えていたね」

頭の中の声が現実のものとなり、雫は驚いて背後を振り返る。

藤色の半衿を覗かせた、銀灰色の正絹着物姿。深紫色の羽織を手にした白皙の長身男性――華宵亭の若旦那である雅楽川瑞貴が、涼しげな切れ長の目を和らげ、微笑みながら立っていた。右目の下には色気を増すホクロがある。濡れ髪のような艶やかな赤墨色の髪は緩やかにうねり、フェミニンな雰囲気を強調していた。

優雅な所作ひとつひとつに妖艶さを漂わせる、まさに藤めいて蠱惑的な美男子だ。

彼は雫より三歳年上の二十九歳。香道・華道・茶道・日舞などあらゆる芸道に秀で、ゆくゆくは七代目大旦那を継ぐ予定である。

「若旦那、お疲れ様です」

雫の顔と声が一気に華やぐ。そしてそれは、瑞貴も同じだった。

「雫もお疲れ様。藤の簪が落ちかかっているな。挿し直してあげよう」

瑞貴は雫の髪にさくりと、下がり藤の簪を

仲居は着物の色に合わせ、季節の花の簪をつける。瑞貴は雫の髪にさくりと、下がり藤の簪を

通した。

「よし、できた。……また華宵亭を走り回って、仕事を頑張っていたのか？　元気なのはいいけれど、無理をしたら駄目だぞ。困ったことがあればすぐに僕に言って」

「わかりました。若旦那に泣きつくことがない程度に、頑張ります」

片手でガッツポーズを作ると、瑞貴は苦笑する。

「きみの頑張りはひとの倍以上だから、倒れないか心配だよ」

「それはわたしの台詞です。若旦那こそ、倒れないで下さいね。……と、もしやその羽織、外出される

ところでしたか？」

「ん……町内会の定例の会合にね。気乗りしなかったから雫に会えてよかったよ。元気が出た」

そう言って顔を綻ばせる瑞貴に、雫は問いたくなる。

会えて喜んでくれるのは、幼馴染としての親愛の情ゆえか。それとも──

「僕の可愛い許婚は、いつだって僕を癒やしてくれるからね」

婚約者として、昔とは違った特別な情があるからなのか、と。

雫が瑞貴の許婚になったのは、指切りをしてから二年後。祖母同士が取り決めた話だった。

それまで雫は、瑞貴が泡となって消えぬよう、何度も祖母や両親にせがんで華宵亭を訪れては、

瑞貴の後を追い回して無事を確認したものだ。

12

ひとりっ子の瑞貴は、雫をとても可愛がった。

『雫、今日もよく来てくれたね。また華宵亭を探検して僕と遊んでくれる?』

雫もひとりっ子だ。両親がともに呉服屋で働いている雫の話し相手は、祖母ばかり。遊び友達もいなかった雫にとって、瑞貴は初めての友であり兄でもある。

優しい笑みを絶やさない瑞貴は、物知りで、そして聞き上手でもあった。

『人魚姫もそんなに雫に好かれて、嬉しいだろうね。もう一度僕と本を読んでみようか。もしかしたら王子様よりも雫を好きになって、今度は泡にならないかもしれないぞ?』

瑞貴は膝の上に雫を置いて、頬をすり合わせるようにして本を読む。そして時々頬にちゅっとキスをして、「可愛い雫が大好きだよ」とわかりやすく好意を示してくれた。

『雫は僕のこと、好き? 好きだったら、僕にもキスをしてよ』

最初は好きだと口にして、瑞貴の頬にキスを返すだけでも心臓がドキドキするようになり、身体に触れられると熱くなった。指を絡ませて手を握るだけでも心臓がドキドキするようになり、身体に触れられると熱くなってたまらなくなったのだ。瑞貴はそんな雫の変化を見抜くと、意地悪く問うた。

『ふふ、雫。どうしてこんなに真っ赤な顔をしているの?』

含み笑いで見つめたり、優しい笑みをふっと消して、急に真面目な顔を近づけたりもする。なにか怖くなって逃げたくなるのだが、瑞貴は強く抱きしめて放してくれない。

瑞貴のそばにいると、心臓がおかしくなる。自分は病気ではないのかと思い始めた小学校の高学年の時、彼が雫の許嫁<ruby>許嫁<rt>いいなずけ</rt></ruby>になった。

祖母曰く<ruby>曰く<rt>いわ</rt></ruby>、結婚は雫が高校をちゃんと卒業したらとのこと。

『嬉しいよ。雫が僕のお嫁さんになるなんて！ 結婚……待ち遠しいね！』

雫の中で結婚とは、童話の終わりを告げるイベントにすぎなかった。恋をしていなくてもできるものとして、瑞貴ほど喜びは感じていなかったものの、彼が本当に嬉しそうだったから、次第に雫も結婚を待ち侘びるようになった。今の楽しい日々の延長上に結婚がある。そう思っていたが──

『瑞貴は華宵亭の跡取り。その嫁として、そして次期女将として相応しい女性になってもらいます。これよりお互い、修業に励みなさい』

瑞貴の母である女将の一声により、雫も彼と同じ礼法や伝統芸能を指導する私立一貫校に転校させられた上、若旦那としての修業に忙しくなった瑞貴と、華宵亭で遊ぶことも少なくなってしまった。

雫はポジティブに、学校の方が彼といつでも会えると喜んでいたが、現実は──ぎりぎり及第点をとるので精一杯の雫に対し、中等部に通う瑞貴はすべてが優秀。そのため、華宵亭の外では彼は雲の上の存在で、気軽に近づくことができなかった。

彼に会いに行こうものなら、人波に阻まれて押し返されるばかり。さらに瑞貴のファン倶楽部(クラブ)の結束は固く、彼女たちを通さずに馴れ馴れしく近寄ろうとする雫は、ファン倶楽部(クラブ)のブラックリストに載り、制裁が加えられた。

ただ瑞貴に会いたいだけなのに、水を浴びせられたり、倉庫に閉じ込められたり。一緒に食べようと初めて作った弁当はひっくり返され、一番に見せたかった初めてのスマホは水没させられた。

しかし雫は泣き寝入りしなかった。やられっぱなしでは相手を図に乗せるだけだと学習し、果敢(かかん)にやり返した。その結果、心身ともに逞(たくま)しくなっていったが、学校で瑞貴と会える時間は失われた

まま、彼は高校を卒業してしまったのである。

会いたいのに会えず、他の女性たちと同じく遠巻きに見るしかできない立場は、瑞貴にとって特別でもなんでもない。そう思うたび、胸に切ない感情が膨れ上がり、時に涙となってこぼれ落ちた。

そして雫は自覚したのだ。自分は瑞貴に恋をしているのだと。

今まで近すぎてわからなかっただけで、瑞貴をとうに異性として意識していたから、遠くなってしまった彼を独占したくて、彼に向かっていったのだと。

以前のように特別な関係に戻りたいと願っても、恋しい彼は雲上人。卒業した瑞貴はますます若旦那業に忙しく、その高みから気軽に下りてきてくれることはなかった。

せっかくスマホの番号を聞いても、声を聞きたい時に彼は出られない。雫が寝ている時に留守電のメッセージがひっそりと残されるのみ。

本当はずっと言いたかった。

『どうしてあなたから、わたしに会いに来ようとしてくれないの?』

『あなたは機械に残された声や文字だけで満足できるの? わたしのことはどうでもいいの?』

しかしそれを呑み込んだのは、瑞貴の立場を理解しようと思ったからだ。

彼が若旦那になるために、どれだけたゆみない努力をしているか、雫は昔から知っている。天才肌の彼でも、歴史ある華宵亭の若旦那になるのは大変なことであり、また、逸材をさらに磨こうとする女将の指導は厳しい。瑞貴も、期待されるとそれ以上で応えようとする向上心と責任感が人一倍強く、空いた時間も自己鍛錬を欠かさない。

昔こっそり華宵亭に遊びに行った雫は、瑞貴と女将の日舞の稽古風景に度肝を抜かれたことがあった。いつも穏やかで優しい彼が、あんな過酷な稽古をしていたとは想像もつかなかったのである。

汗を掻き、歯を食いしばって頑張る瑞貴を見て、雫は彼を心から応援したくなった。

だから雫は、恋のせいで我儘になりそうな心をぐっと抑え、いずれ来たるふたりだけの時間を楽しみに高校を卒業した。しかし瑞貴の父であり、今は亡き六代目華宵亭大旦那に尚早だと反対され、結婚にストップがかかってしまう。

気落ちする雫に、瑞貴はこう言ってくれた。

『いいか、雫。僕が破談にさせない。これはあくまで延期だ。だから僕を信じて待っていてほしい。いい機会だから次期女将……若女将として修業をしておくといいかもね』

それもそうだと思った。ただ待っているよりは、若女将として華宵亭のプラスになることを学びたい。

だから東京のホテル観光学科がある専門学校を出た後、色々な旅館で下積みをした。

二十歳の誕生日に瑞貴から郵送された、誕生石がついた雫形のペンダント。それを握りしめて修業に励み、昨年瑞貴に呼び戻されるまで計七年の月日が過ぎていた。

『花嫁修業として、華宵亭の住み込み仲居になってほしい』

若女将修業と花嫁修業の違いがよくわからないものの、花嫁という言葉が出ただけでも、結婚に向けて前進したのだろうと思うようにした。でも、瑞貴は先輩仲居たちに『幼馴染で、得意先の娘』としか紹介しなかったのだ。

16

やっかみを受けぬようにとの配慮だったのだろう。だが、結婚話は一向に進まない。

彼は以前こう言った。

『若旦那としてきちんと認められた時に、皆に公表したい。それまで許婚というのは秘密だ』

誰もが彼を若旦那だと認めている今ですら、彼は周囲に許婚だと紹介しない。

解禁はいつになるのか。一年後？　十年後？　それともずっとこのまま？

『あと少し待っていてくれないか。僕が必ずなんとかしてみせるから』

嫌われていないのはわかる。彼自身がこの結婚に、乗り気ではないからではないかと。

延期されているのは、彼自身がこの結婚に、乗り気ではないからではないかと。

……もう二十六歳だ。結婚に焦っているわけではないが、瑞貴に望まれているのか不安になる。

障害があるのか尋ねても、彼は困ったように笑うだけで答えてくれなかった。

優しい言葉をかけてくれるのだから。

それに雫の奮闘ぶりを温かく見守り応援してくれている。今も昔も……　〝兄〟として。

会えなかった昔はそうした〝特別〟でもいいと思っていた。しかし毎日顔を合わせている今、華

宵亭の伝統を守り、客を大切にする……その真摯で誠実な若旦那姿を見るたび、彼に強く惹かれる。

それでなくとも魅力的な男性へと成長した瑞貴だ。尊敬の念を抱くと同時に、否応なく彼を異性と

して意識してしまう。瑞貴に女として愛され、求められたいと思ってしまう。

穏やかで清廉な兄の慈愛ではなく、もっと激しい〝男〟の情愛を見せてもらえたら。

それがなく、結婚話も進まないのは、彼を駆り立てるだけの魅力が自分にないからだ──

「――雫？　黙り込んでどうかした?」

考え込んでいた雫は、心配そうな瑞貴の顔が近づいていたことに驚き、背を反らした。

「い、いえ……なんでもないです。ごめんなさい、ぼうっとしてしまって」

慌てて笑顔を作る。いつからか、彼の前で笑顔を作ることが癖になった。昔は自然と笑みになっていたというのに。

「ちゃんと休憩をとりながら仕事をするんだよ。……あ、そうそう。"いとしと書いて藤の花"……

その内容まで、きみは覚えているかい?」

かこん、庭で鹿威しが鳴っている。

「はい。"い"を縦に十個書いて、真ん中に大きく"し"を書く。それが藤の模様と……」

「そう。い十し……"愛おしい"という言葉にかけている」

彼の口から出てくる愛の言葉に、雫の心臓がとくんと鳴り響く。

「藤の花言葉は、『恋に酔う』。ネガティブな意味として『決して離れない』もあるけれど……僕は、

この藤が好きだ」

暗紫の目を切なげに細めて微笑むと、瑞貴は雫の頬を優しく撫でる。

……幼子をあやしているかのように。

「……もっと話していたいけれど、もう出かける時間になってしまった」

瑞貴は小さくため息をつき、手にある深紫の羽織を身にまとう。

18

それを手伝う雫の鼻にふわりと漂ってきたのは、麝香をベースとする彼が調香した甘い香。

昔はもっと爽やかな香りを身につけていた気がする。大人の男として妖しげな魅力を備えた今、瑞貴の香は彼自身のように蠱惑的で、雫の身体を火照らせた。

「ありがとう。じゃあ行ってくるよ」

妖艶な色をスタイリッシュに着こなす瑞貴は、雫にとってどこまでも目映い存在だ。

「はい……。いってらっしゃいませ」

雫は頭を下げて、瑞貴を見送る。

昔とは違い、彼をそばで感じられるのに、遠くで見守っていた時と同様に切なさは抜けない。

彼との距離感が掴めない。

（もっと……素直に飛び込んでいける、近しい関係だったはずなのに……）

"あなたは、わたしのことを女として愛してくれていますか"

そう聞きたくても、怖くて聞けない。

人魚姫と仲良くなった王子ですら、別の女性を選んだ。

もし瑞貴に、恋も結婚も他の女性としたいのだと言われたら——

昔は瑞貴を人魚姫だと思ったけれど、泡になって消えてなくなるのは自分の方かもしれない……。学生時代に培った勝ち気で勇ましい性格は、彼の前ではひっそう考えると、臆病になってしまう。

すべてを捨てても、恋しい王子のそばで生きることを選んだ人魚姫。どんなに王子の近くで、彼

の笑顔を見ていても、愛をもらえないために消えていった。

子供の頃に哀れんだ童話のヒロインが、今はとても身近に思えて胸が痛くなる。

（若旦那。わたしは……今年二十六歳になるんです。もう化粧もしている大人の女なんです）

それでもまだ、彼の恋愛対象外、なのだろうか──

＊。○・・＊・。○・＊

華宵亭には、四季の名で呼ばれる四つの客棟がある。それらは庭を眺められる渡り廊下で結ばれていた。一棟には四室。全室部屋食、風呂は予約制。送迎時間が重なる場合は、出入場所を別にするなど、できる限り客同士が顔を合わせることがないように配慮されている。

その日、雫がフロントから一番遠くにある冬の棟の膳を下げていたところ、ベテラン仲居のひとりである仲村孝子が現れ、目を吊り上げた。

「朝霧さん、春の棟のお膳、まだ下げてないじゃないの！」

目鼻立ちがはっきりしていて、華やかな雰囲気を持つ美女のため、怒ると迫力がある。

「あちらの棟は、香織ちゃんに任せていますが……」

「入ったばかりの子がひとりで、あんな重い膳を下げられるはずがないでしょう!?」

（わたしの時は、すぐにやらせたくせに……）

香織というのは常脇番頭の娘で、短大を卒業し今春就職した、雫の唯一の後輩である。

20

ふわふわとした可愛らしい子なのだが、マニキュアが剥がれるからと洗い物も配膳も布団敷きもしない。そんな状態なのに、イケメン客を見ると勝手に担当仲居として挨拶してしまう。注意すれば大粒の涙を流してパワハラだと父親に訴える。今では仲居のほとんどが怒れる番頭を恐れ、香織の我儘を見て見ぬふりして甘やかすため、ますます仕事をしないのだ。

「誰かのせいにしないで、自分で進んでやるくらいの優しさはないの？」

そのまま孝子に返したいと思いつつ、これも修業だと心の中で唱えて落ち着く。

「──申しわけありませんでした。これを片づけてから、すぐ春の棟に向かいます」

雫は冬の棟の部屋から下げた空のお膳を重ね、片手で三膳ずつ持ってすくりと立ち上がる。

「六膳……。私ですら両手に一膳ずつ持つので限界なのに……」

軽やかな足取りで厨房に向かう雫を見て、孝子は引き攣った顔で呟く。

「どんなに扱っても尻尾を巻いて逃げ出さず、大量の力仕事を押しつけてもすぐに終わらせる。あんなに小柄なのに、なんなのあの子……。謎だわ……」

雫は瑞貴の許婚であることを秘密にしているが、彼の幼馴染、かつ得意先の娘という事実だけで、瑞貴に憧れる仲居たちの顰蹙を買うことになった。

女将がなにも言わないのをいいことに、早く辞めろと言わんばかりにいびられているけれど、嫌がらせなら学生時代のおかげで慣れている。培ってきた根性と体力、若干の怪力で乗り切る内に、いつの間にか力仕事が専門となっていた。

人前へ出すには未熟すぎると、部屋担当はおろか接客自体させてもらえないが、雫は十分に外で

経験を積んでいる。それでも下働きは大切だと、仕事を疎かにはしなかった。なにより瑞貴の姿を

毎日見ながら、大好きな彼の旅館で働けるのなら、どんな仕事でも愛おしく思えたのだ。

そんな雫が春の棟を見に行くと、甘ったるい声が聞こえてきた。これは香織の声である。

「もう～、副番頭ったら！　なにか喋って下さいよう、まったくクールなんだから」

彼女が話しかけているのは、鉄紺色の着物と羽織を着た、黒髪の若い男性だ。

清潔感が漂う、きりっとした美貌の彼は副番頭の片桐大倭といい、雫のもうひとりの幼馴染で、

私立一貫校時代の同級生でもある。

女将により転校させられた雫は、しばし新たなクラスに馴染めず、祖母にもらった人魚姫のノー

トに落書きをして休み時間をすごしていた。そこに、大倭がなにを描いているのかと声をかけてき

たのだが、慌てて隠そうとする雫から彼がノートを取り上げた際、ノートが破れてしまったのだ。

雫が大泣きして帰宅した夜、大倭とシングルマザーの小夜子が謝罪のため家に訪れた。そこで初

めて小夜子が華宵亭の仲居であることや、大倭と華宵亭の離れに住んでいることが発覚した。

今まで雫が目にしたことがなかったのは、彼らの住居が、瑞貴と探検していない大庭園の外れに

あったからだ。そして大倭もまた母屋への立ち入りを小夜子に禁じられていたため、瑞貴たちとの

交流がないまま、裏口から出入りして華宵亭の外で遊んで育ったとか。

そうした少なからぬ縁があったため、最初の頃は瑞貴も交えて華宵亭で遊んだこともあったが、

瑞貴が忙しくなると、雫の遊び相手は学校でも華宵亭でも気軽に会える大倭ばかりになった。彼は

瑞貴に会えずやさぐれる雫を見兼ねて、瑞貴への伝言役を買って出てくれたこともある。大倭は本

22

当にいい幼馴染で、親友であった。

香織は仕事を放棄して彼に媚びを売っているようだが、大倭は彼女に背を向けて黙々と作業をしている。

（……あれ？　大倭が香織ちゃんに代わって、客室からお膳を下げてくれたんだ）

大倭は昔から、口は悪いもののよく気が回る。番頭のようにふんぞり返ることはなく、多くの雑用を自発的にこなすため、周囲からの人望も厚い。

「副番頭は偉いんだから、そんなことしなくてもいいんですよう！　それは雫さんのお仕事なんです！　廊下に出しておけばやってくれますよ」

香織の声にカチンと来た雫は、できるだけにこやかに、ふたりの背後から声をかけた。

「まあ、副番頭。お忙しいのに、わたしたちの仕事まで手伝って下さり、ありがとうございます。

あ～ら、香織ちゃん、そこにいたの？　早めの休憩中？」

すると、香織はぎくりとした顔を向ける。

「そ、そうなんですよ。　休憩中で……」

「そう。　休憩中悪いけれど、わたしと一緒に、ひとつでもいいからお膳を厨房に運んでくれないかしら。仲居のお仕事を副番頭に任せるわけにはいかないでしょう？」

「え……。　これ重いし、着物の袖に汚れがついたら困るし」

「たすき掛けしてあげる。それに着物は撥水加工。仮に汚れても予備の着物があるから安心して？」

「私は雑用するために仲居になったわけじゃ……」

「仲居になるのはこれからよ。どんなに汚れても、仕事を覚えるのが大切」

優しく諭したつもりだったが、見習いの今は、

「雫さんは、化粧が剥げても気にしないひとだけど、私は華宵亭に相応しい女子力の高い姿でお客様の前に出たいんです！」

雫はくらりとする。彼女の言い分を理解できない。着替えれば終わりじゃないんです！

化粧が剥げて髪がほつれるのは、仕事で動き回るからだ。それに休憩時間の合間に、きちんと身だしなみは整えている。女子力が高いとは思わないが、低いと言われる筋合いはない。

「あのねぇ……」

雫の声が低くなったことで身の危険を感じたらしい。途端に香織は、大倭の袖を掴む。

「酷いです。雫さんが先輩たちから扱われているのは自分のせいじゃないですか。それなのに、後輩の私に当たって、同じ目に遭わせようだなんて。香織……悲しい。副番頭、助けて下さい」

香織は大倭の袖を掴んだまま、大きな目をきゅるんと潤ませた。

だが大倭はその小悪魔的なテクニックに堕ちるどころか、ため息をつき、香織の手を払う。

「泣くのは勝手だが、華宵亭の従業員として仕事をするのが先だと思わないか？」

漆黒の瞳が冷ややかだ。大倭が味方にならないと悟った香織は、屈辱に顔を歪めて「酷い」と言い捨てると、パタパタと走り去った。

「……香織ちゃんって、最初からブレないよね。あそこまで貫かれると清々しくも感じるわ」

「他人事かよ。どうにかなんねぇのか、あれ」

「どうにかする方法があるのなら、わたしが教えてもらいたいよ。彼女、仕事がしたいのではなくて、イケメン限定で婚活をしたいの。その候補のひとりが大倭。可愛い娘を泣かせた責任をとれって、荒ぶる番頭がやってこなければいいね。気がついたら外堀を埋められていそう」

「怖いこと言うなよ。大体、泣かせたのはお前だろうが」

小声で会話をしながらも、雫と大倭の片づけは素早い。雫がいつも通り三膳ずつ両手で運ぼうとしたところ、大倭が奪い取り、雫に二膳が手渡された。

（こうしたところが、男らしいというか……優しいんだよね）

「どうもありがとうね。助かりました」

「仕事だからな」

彼は基本的にぶっきらぼうだが、こうして雫をそっと助けてくれる。

今までどれだけ彼に助けられてきたことだろう。

「お前さ、女将かお袋に助けられた方がいいんじゃねぇか？この劣悪環境」

「わたしに、香織ちゃんその二になれと？」

「ははは。まだまだ余裕だろう？仕事量が半端じゃないのに、一方で暇な仲居もいるんだから」

「お前のは正当な訴えだろう？それに最初から、耐えるのも修業だって女将さんに言われてるし」

「だけどよ……」

大倭と仲居長である小夜子だけは、雫が瑞貴の許婚だということを知っている。それに騒ぐことで迷惑をかけた

「黙って見守っていてよ、今まで通り。これはわたしの修業なの。

くないもの。　和を大切にする若旦那に……」

大倭はなにか言おうとしたが、口を噤むと顔を背けた。彼の漆黒の瞳が苛立ったように揺れてい

たことに気づかず、雫は前方から現れた人影に足を止める。

爽やかな若草色の着物と羽織を着た、艶やかな男性――

「……若旦那、お帰りなさい！」

雫は破顔して、大倭の横を擦り抜けた。

その際、大倭が唇を噛みしめたのにも気づくことなく。

「ただいま、雫」

瑞貴は暗紫色の目を細めて柔らかく笑うと、雫の頭を撫でた。

ふわりと、甘い香りが雫の鼻腔を擽り、くらくらしてくる。

「頑張っているようだね。なにか困っていることはない？」

「ありません」

雫は今日も笑顔で嘘をつく。　瑞貴の笑顔を曇らせないために。

「そう。それはよかった」

瑞貴から感じるのは、彼と初めて会った日から変わらない、ひだまりのような暖かさ。

どんなに心が凍てついても、彼の笑顔を見ると氷は溶け出し、どこまでも頑張ることができる。

「その膳は厨房に？　僕が返してきてあげる」

「駄目ですよ、若旦那。それはわたしの仕事ですから！」

「たまにはいいじゃないか。少しは手伝わせてよ」

「駄目ですって。若旦那は働きすぎだから、身体を休めて……」

「雫は、僕のことを心配してくれているの？　本当に優しいね、きみは」

瑞貴が甘やかな微笑を浮かべた時、ゴホンというわざとらしい咳払いが聞こえてくる。

瑞貴はすっと笑みを消すと、冷ややかな声を出した。

「……なんだ、そこにいたのか、雫の腰巾着」

「いたのかじゃねぇだろうが、最初から目に入っていたくせに。雫の立場も考えて、周りを気にしろよ！」

昔から瑞貴は、大倭にだけは塩対応だ。そして大倭もまた、周りに人影がなければ、瑞貴に喰ってかかる。

取り繕わなくてもいいのが幼馴染のよさだとは思うが、もうちょっと仲良くしてもいいんじゃないかとも思ってしまう。それとも男同士とはこういうものなのだろうか。

「お前に、こそこそする必要性を感じないんだけど」

「少しぐらい俺にも遠慮をしてみせろよ！　ああ、もう。腹立たしいから、先に行ってるわ」

そう言いながらも、きっと大倭は周囲を見張ってくれるつもりなのだ。

「これで、うるさい小姑は消えたな。ようやく僕の許婚とふたりになれた」

瑞貴は、雫の頬を撫でてにっこりと微笑んだ。

〝許婚〟──それを耳にした雫はわずかに顔を歪めた。小さな棘がついた蔦のようなもので、緩やかに首を絞められている感覚になったのだ。

（いけない、いけない！　ちゃんと笑顔にならなきゃ！）

泣きたい心地を堪えて、笑顔で瑞貴に問うてみる。

「若旦那、指切り、覚えてます？」

「もちろん。僕が泡になって消えないように、きみがずっと一緒にいてくれる約束だろう？」

今は、無邪気に彼の膝の上に乗ることはできない。気軽な触れ合いもできない。

近いのに遠い関係だ。それでも——

「そうです。今も消えないよう、見張っていますからね」

「ああ、見張っていて。結婚してからも僕をずっと」

するりと彼が口にした、結婚という言葉。ちくりと胸に痛みが走るけれど、彼がふたりだけの思い出を覚えてくれているのなら、それで満足しよう。

「若旦那〜！　お迎えの時間です！」

大倭の声が聞こえる。

「ああ、そんな時間なのか。じゃあ行かないと。……そうだ、雫」

瑞貴は袖から小瓶を取り出し、中身を指で摘むと雫の口の中に入れた。

それは老舗菓子店『松菓堂』の金平糖。上品な甘さが口に広がった。

「また後でね」

瑞貴は甘い顔で雫の頬を撫で、麗しい後ろ姿を見せて去っていく。

（やっぱり子供扱いされているわ。まあ、いつもくれるこの金平糖は、美味しくて好きだけど）

28

複雑な気持ちで、雫も急ぎ足でフロントに向かい、入ってきたばかりの客に頭を下げている大倭の隣に立った。そうして膳を持ったまま深く頭を垂らす。

「若旦那、会いたかったわ～」

やってきたのは、月に数度、華宵亭を利用する馴染み客──大女優の吉川映子だ。

瑞貴に抱きつき、メリハリある身体をぐいぐい押しつけ、派手に喜びを体現していた。

後ろには、ぺこぺこと頭を下げる困り顔の男性マネージャーがいる。いつもながら影が薄い。

瑞貴は映子の身体をやんわりと離し、微笑みながら言った。

「お待ちしておりました。いつもの桔梗の間にご案内します」

すると映子が慣れた動きで、するりと瑞貴の腕に自らのそれを絡める。

それを拒まぬ瑞貴に、雫の胸がちくりと痛む。

（嫉妬なんておこがましい。若旦那はエスコートしているのよ、お仕事）

そうは思えども、堂々と女を武器にできる映子が妬ましく、同時にあの美貌が羨ましい。

あれだけ美しい女性であれば、瑞貴の横に立っても誰も文句を言わないだろう。

（若旦那も、ああいう女性なら、隣に立たれると嬉しくなっちゃうんだろうな）

それにひきかえ、自分は──

（ああ、くよくよしちゃ駄目！ わたしはわたし）

雫は気持ちを入れ替え、映子と連れ立って消える瑞貴に背を向け、厨房へ歩き出した。

＊。・。＊・。＊

夕暮れ時になると、華宵亭は茜色（あかねいろ）に染め上げられる。

特に大庭園の奥に広がる相模湾の水面（みなも）が、夕映えに赤くなりゆく様子は絶景だ。

雫が小さい時は、よく庭で瑞貴の膝に乗せられ、美しい海を一緒に眺めた。

『雫。夕方は黄昏時（たそがれどき）というんだ。黄昏というのは〝誰そ彼〟ともいい、「あなたは誰ですか？」と聞いてしまうくらいに薄暗い頃、雫は僕に薄暗い頃、雫は僕を残して帰ってしまうつもりなのか、それとも僕とずっと一緒にいてくれるのか、とても気になって寂しくなる』

放したくないとばかりに、ぎゅっと雫の身体を抱きしめて、瑞貴は言ったものだ。

『〝誰そ彼〟とは反対に、夜が明ける頃のことを〝彼は誰〟という。同じ薄暗い時でも、これから明るくなって雫と会える〝彼は誰時（かはたれ）〟の方が、僕は好きだ』

「──はぁ、あの頃はよかったなあ」

赤色に染まる大庭園を見て、雫は過去を思い出しため息をついた。しかしすぐぱんぱんと頬を手で叩いて、自分自身に気合を入れる。

「昔にトリップしてはいけないわ。今は倉庫に行って器（うつわ）を探さないと！」

静かに廊下を走るのは、雫の得意技でもある。しかしこの時は焦りすぎて、つるりと滑った。こ

30

のままでは派手にひっくり返り、大きな物音をたてて客をびっくりさせてしまう。なんとかそれを回避しようとした雫が、両手をばたばたさせて片足で踏ん張っていたところ、帯に後ろから誰かの手が巻きついた。そして優しげな声が雫の耳に届く。

「きみの危機だと思って駆けつけたつもりだけど、体操をしていたとかではないよね?」

瑞貴である。日舞で鍛えた彼の足さばきは神がかり的に音がしないため、気づかなかった。

「ち、違います。ありがとうございます、助かりました」

「役に立つことができたようでよかったよ。今、ちょうど夕食の手伝いをしようと、厨房に向かっていたところだったんだ。いいタイミングだったね」

ふわりと瑞貴は笑った。

「しかし、そんなに慌ててどうしたの?　厨房とは逆の方に向かっていたみたいだけれど」

「実は……デザートのみかんの花蜜アイスを載せる器なんですが、準備中に五客割れてしまいまして。他の仲居は足りない分を伊万里焼の小鉢に入れればいいと言うのですが、板長さんが渋っていますし、わたしも抵抗があるんです。今日は蒸し暑いのに、あの器では高級感はあっても冷涼感がなくて。それに白アイスに琥珀色の蜜をかけても、白磁では色が映えにくい。それで倉庫になら、なにかあるかもと」

すると瑞貴は腕組みをして思案顔を見せた。

「……華宵亭の食事も器も、季節を考えて僕と板長で決めている。特に板長はこだわりがあるひとだし、僕も伊万里焼の小鉢は反対だな。合わない」

「ですよね。大倭も、それなら色つきの硝子皿の方がマシではないかって」

瑞貴はひくりと片眉を跳ねさせる。

「……大倭も知っているのか?」

「え……。あ、はい。わたしが聞いてみました。いけませんでした?」

「いや……。そうだな。倉庫に行かずとも、黒い楽焼の皿を使おう。硝子はどうも安っぽい」

瑞貴の返答が意外で、雫は驚きに目を瞬かせた。

「黒? 白いアイスは引き立ちますが、冷涼感が出ますか?」

雫は瑞貴に誘われ、大庭園に向かった。奥の茂みの中に入ると、彼がある花を指さす。

「他で涼しさを感じさせればいい。ちょっとついてきて」

「山荷葉だ」

「サンカヨウ?」

「そう。この白い小花は野花みたいに素朴だけど、ギザギザの葉は蓮に似ているだろう? 蓮の葉は別名、荷葉とも呼ばれ、これは山でよく見られる花だから山荷葉なんだ。これを使おうと思う」

「はぁ……。これが涼しさを感じさせるアイテムになるんですか? 可愛らしい花ではありますが」

瑞貴は意味深に笑うと、ホースを引いて山荷葉に水をかけた。

すると水を浴びた白い花びらは、氷細工のように透明になったのだ。

「えぇぇ……なんで……。うわ、裏まで透明だわ!」

32

「不思議だろう？　これを皿に添え、一緒に冷たい蜜をかけてもらおう。　黒の器（うつわ）だから白い花も映える。　山荷葉（さんかよう）の変化が、アイスの冷涼感を引き立ててくれるはずだ」

こうしてできた黒皿に山荷葉（さんかよう）が添えられた花蜜アイスは、限定五客。　目でも楽しめるこのデザートは大好評で、板長も今後のメニューに加えたいと大喜びだった。

雫は周囲に誰もいないことを確認して、瑞貴に客の反応を伝えに行った。　身振り手振りを加えて嬉々として語る雫に、彼は柔らかく微笑む。

「食事は目でも楽しませるものだとわかっていたつもりでしたが、やはり若旦那はすごいです。　あのお花、時間が経って乾いてくると、また白くなるんですね。　手品のようでした！」

「ふふ。　大庭園で山荷葉（さんかよう）を見つけた時、雫に見せてあげたいと思っていたんだ。　……茜さす時間帯をすぎても、こうして消えないで華宵亭にいてくれるきみが、目を輝かせて喜ぶ姿を見たくて」

雫の胸がとくりと切ない音をたてた。

（若旦那も夕陽で、同じ記憶を思い返してくれていたの？　……彼が思い出したのは、あの頃のわたし？　それともあの頃の自分の気持ち？）

それが聞けず、雫は控えめな微笑を作る。

「ありがとう……ございます」

そんな雫に向けられた暗紫色の瞳は、切なげに揺れていた。

不意に伸ばされた瑞貴の手が雫の頬を撫で、その親指がおもむろに彼女の唇をなぞった。　妖しく艶めき出した彼の空気が、雫を戸惑わせた。

なにかを訴えられている気がする。

「若、旦那……？」

わずかに怯えた雫の声を聞き、瑞貴はため息をつくと、袖から金平糖の小瓶を取り出す。長い指でひとつ摘んで雫の口に入れ、また瓶を袖にしまう。

それを見た雫は、ふと疑問を投げかけた。

「若旦那の袖からはいつも金平糖が出てきますが、金平糖以外のお菓子も入っているんですか？」

「ふふ、案外きみが好きな練り切りとかも入っているかもしれないよ？」

「え……和菓子まで入っているの？　だからいつも甘い香りがしているとか……」

「……ちょっと、覗いてみてもいいですか？」

「だーめ。これは僕の秘密」

瑞貴は、形のいい唇の前に人差し指をたてた。雫はその仕草にエロチックさを感じてどきどきしてしまう。それを悟られまいと出した声は、やけに上擦ったものになった。

「そ、そう言われたら、とても気になるんですが！」

「だったら……ずっと僕を気にしていてよ。四六時中」

切れ長の目はぞくりとするほど挑発的で、雫の鼓動がさらに騒がしく跳ねた。心臓がおかしくなると雫が焦った次の瞬間、暗紫色の目が愉快そうに細められる。

「おかしな体操なんてしていないで、さ」

途端に雫は先ほどの醜態を思い出し、真っ赤になって言った。

「あれは体操じゃありませんってば！　綺麗さっぱりと忘れて下さい！」

34

「ははは。忘れられないほどすごい体勢だったよ。こんな感じ……飛べない鶴？」

同じ体勢を再現しても、瑞貴の動きはどこまでも優雅である。

「真似しないで下さい！　若旦那、誰かが見ていたら！」

雫は焦って、きょろきょろとあたりを見回した。幸い、誰もいない。

「僕の体操だと言えばいい。これから皆で朝の体操としてこれをしようか。雫、指導役頼むね」

「それだけはいやです！」

「おや、仲居が僕の決定に逆らっていいのかな？」

「うう……今日の若旦那は、意地悪です！」

雫が恨みがましく涙目を向けると、瑞貴は雫の頬を撫で、優しく微笑んだ。

「ふふ、これも……可愛い僕の許婚への愛情表現だよ」

その言葉は、どこまでも清らかで――

（……ああこれが、わたしが欲しい愛であれば幸せなのに）

雫はまた切ない気持ちを封じて、微笑み返すのだった。

＊。・。＊・。＊

華宵亭では、仲居は昼食を控え室でとることになっている。

下っ端の雫は、いつも二時頃にひとりで食べているが、その日は片づけに手間取り、三時過ぎに

なってしまった。自販機の飲み物を買いに行く間に香織がやってきたらしく、和室にある鏡台の前で化粧を直している。

気遣って話しかけても返事がない。控え室に重い沈黙が流れる。

他に食事ができる場所もないため、ひたすら胃に詰め込んで、仕事へ戻ろうと心に決めた。

（クレンジングから化粧のやり直し？　それは、ご苦労なことで……）

ちらりと鏡台を窺い見た雫は、鏡に映っている顔を思わず二度見してしまった。

重い一重の目、団子っ鼻に分厚い唇、エラの張った顔。

雫が知る香織とは、似ても似つかぬ顔が映っていたのだ。

（香織ちゃん……よね？　髪形も、あの化粧ポーチも……）

考えてみれば、あの厳つい番頭の娘だというのに香織はやけに可愛かった。母親がかなりの美人なのだろうと思っていたが、鏡の中の香織は、ずいぶんと番頭に似ている気がする。

視線を感じたのか、鏡の中から冷ややかな眼差しを向けられた。

「……笑いたければ笑えばいいでしょう。雫さんは化粧が剥げた最悪な顔でも、中の中くらいの凡顔だからいいかもしれませんが、私は雫さんより若々しくてピチピチなのに、こんな顔なんです」

一時間に一回は補正しないといけないだなんて、面倒で理不尽すぎますよ」

辛辣な言葉を浴びせられたことよりも、どんな化粧をすればあの可愛らしい顔になるのかという

ことの方が、雫は気になって仕方がない。再び鏡を見ると、香織が左目を作り終えたところだ。

雫は茶碗と箸を持ったまま香織の横に立ち、じっと鏡を見つめた。

「なんでそんな……かまぼこ形のぱっちり二重（ふたえ）の目になるの？」

　その感想に反応することなく、香織は雫が知らない小道具を駆使して顔を作る。　自分も知る香織の顔に近づいていくにつれ、雫の目が見開かれた。

「神……」

「これくらい当然です。　女ですから」

「詐欺……」

『うるせぇ、黙りやがれ』ですよ。　努力して身につけた武器にケチつけないで下さい。　私の素顔、広めるなら勝手にどうぞ。　若旦那も副番頭もまるで相手にしてくれないし。　私、ここを辞めるつもりですから」

「一ヶ月で!?」

「一ヶ月ももったんだからいいじゃないですか。　元々、華宵亭が欲しい父さんが、私をハニートラップに使おうとしていただけですし。　うまくいかなきゃ、いる意味ないでしょう？」

　とんでもない内幕を聞かされた気がする。

「いやだったんですよね、女だからという理由で父親から利用されるの。　それに私の学生時代の不本意な仇名（あだな）、腋臭（わきが）です。　だからさっさと結婚して名字を変えたかった」

（常脇香織……なるほど、常に腋（わき）が香っていると）

「ここにいても結婚できそうにないし、番頭の娘というだけで、仕事もせず色目ばかり使う……こんな女をちやほやする仲居にもうんざり。　逆にいい指導役ぶって仕事をさせようとする、誰かさん

もうざかったし」

香織のことを見誤っていたのかもしれないと、雫は思った。素の彼女はどこまでもドライかつ毒舌で、姿を変えることで複雑なやりきれなさを誤魔化していたのだ。

（ああ、わたし……まだまだひとを見る目がないな）

雫は笑って香織の顔に手を伸ばすと、ほっそりとした輪郭を作っているテープを一気に剥がす。

「ちょっと、なにするんですか！」

素顔のエラが目立ち、香織がヒステリックに怒鳴る。

「猫を被ってできないフリをしていた挙げ句、逃げようとしている罰。ギブアップはまだ早いよ、香織ちゃん。努力と根性があることを、あなたはまだわたしたちに見せていない。このままじゃ、ただの世間知らずの負け犬だよ」

香織は返事をしなかった。

「わたしなら、できないと思われるのは絶対いや。皆ができていることなら特に、どんな努力をしてでもやり遂げたい。それが、わたしのプライド」

「どんなに頑張っても、ひとと同じことができなかったらどうするんですか……」

香織は握った手に力を入れて、ぼそりと呟く。

「自分は、顔以外でもひとより劣っているのに」

香織はきっと、顔の造作で傷ついてきたのだ。そのせいで必要以上に臆病になっている。彼女にとって化粧とは、弱い自分を守る虚勢なのだろう。培った技がなければ、「己がいかに脆弱なのか

悟っている。努力しないことは、彼女の逃げ道なのだ。

「やってみないとわからないじゃない。自分の可能性を信じてあげないの？　まだわたしより若いのに、人生、そうやって諦め続けるの？」

「……っ」

「可愛さ以外に、努力してもうひとつ武器を手に入れようよ。あなたがアプローチしなくても、男の方が〝顔だけじゃない女〟って寄ってきてくれるような。一石二鳥だと思うけど」

雫の提案に、香織は小さく答えた。

「……頑張ったら。若旦那、振り向いてくれますかね？」

途端に雫は血相を変える。

「ターゲットは若旦那!?　駄目よ、駄目！　彼は振り向かせちゃ、絶対駄目！」

思わず私情を挟んで即答した後、気まずい沈黙が流れた。

「……雫さん、副番頭ではなくて若旦那が本命なんですか？」

「い、いや、その……」

なぜ大倭の名前が出てくるのかと思いつつ、自爆してしまった雫は頬の熱さを感じている。

「うわ……まるで裸でエベレスト登山に挑戦するような無謀さ」

雫はずうんと落ち込んで、その場で四つん這いになった。そしてふと思う。

自分には瑞貴を振り向かせるために、女として〝努力して身につけた武器〟はあったかと。

彼に恥をかかせないように、仲居の仕事は全力で取り組んできたが、瑞貴個人に対しては、昔か

「香織ちゃんのメイクは、神技だね。今まではなかった色気っぽいものも出ている気がする」

雫は化粧室の鏡に自分の顔を映して、感嘆の息をつく。

教えを乞うたものの、結局、雫の不器用さを見兼ねた香織にメイクをしてもらったのだが、のっぺりしていた顔に陰影がつき、肌つやもよくなった気がするのだ。香織に散々毒を吐かれた甲斐（かい）がある。

「香織ちゃん。色っぽくなれるお化粧方法、教えて。今すぐ！」

雫は両手で、香織の手を強く握りしめた。

「大体、色気皆無の雫さんと色気垂れ流しの若旦那が、釣り合うわけ……」

今の自分が女らしくなれば、いくらかは意識してくれるだろうか。

（もしかして、子供扱いされているのは、わたしのせい！？）

ら素のままだった気がする。香織のようなアピールもしたことがない。

＊。・。・＊・・。＊

ある。

（これなら若旦那も、少しはわたしを意識してくれるかな……）

「……いけない、こんな時間。仕事に戻らないと」

休憩時間後は、華宵亭自慢の懐石料理の準備が待っている。

本日の懐石料理は七品。客の食べる速度を見計らい、適温の品を部屋に運ばないといけない。

夕食に関しては、仲居全員が手分けして配膳することになっている。

さらに華宵亭の名物は、女将が作る季節の食前酒。旬の花や果実を漬け込んだもので、味だけではなく、色や匂いも同時に楽しめる。

配膳室は戦場だった。せっかくの化粧を瑞貴に見せに行く時間もない。

厨房は板前たち男性調理人の神聖な場だ。昔、女性は立ち入り禁止だったらしいが、今は仲居も出入りができ、完成したばかりの上品な料理をすぐにカートで運ぶことができる。

雫があたたかふたと料理をカートに入れていると、ふと白髪頭の板長と目が合う。

彼は副板長の時から雫を知っていて、瑞貴や大倭とのおやつにと、よく和菓子を作ってくれた。

「どうした雫ちゃん。今日はやけに色っぺぇな」

褒められた雫は顔がにやけないように気をつけながら、いつもと同じだとすまして答える。

「女が変わる時は男絡みだと相場が決まっているもんだ。男だろ、片桐の坊主か?」

「なんで大倭が出てくるんですか。板長さんご存じでしょう、ただの幼馴染です」

「いやいやいや。お前さんがそうでも、あの坊主は……」

その時だ。

「……まだかな。待っているんだけど」

苛立った声を響かせて、中に入ってきたのは瑞貴だった。

慌てて謝罪の言葉を口にして頭を下げるふたりだが、瑞貴の様子はいつもとは違うままだ。無表情でふたりの横を素通りすると、カートに料理を載せ始める。

「若旦那、わたしがやります」

雫は青ざめた。仕事中に無駄口を叩いていたから、瑞貴を失望させてしまったのだ。雫は涙を堪えつつ料理をカートに載せ、配膳室に運ぶために誰もいない廊下へ出た。

唇を噛みしめ足早にカートを押していた雫の腕を、ため息をついた瑞貴が引く。

「……ごめん、大人げなかった。だからそんなに泣きそうな顔をしないで」

ああ、またた。子供すぎる自分をあやすために、彼は正論すら呑み込む。自分はいまだ彼の庇護の下から抜けきれていない、未熟な子供のままなのだ。

「若旦那が謝られることはありません。わたしが至らなかったからです。粛として受け止め、今後二度と若旦那を失望させぬよう……」

しかし瑞貴は暗紫色の瞳を大きく揺らし、悲しげな表情を浮かべた。

「いつからきみは……」

「若旦那?」

瑞貴はおもむろに手を伸ばし、ほつれた雫の髪の束を耳に掛ける。

「……その化粧、やめてくれないか」

「え……」

「きみには似合わない。いつものにして」

冷ややかに響く瑞貴の声。鼻の奥はつんと熱くなり、同時に胸がじくじくと痛む。

(意識してもらうどころか、不興……)

「……わかりました。お見苦しいものをお見せしてしまい、申しわけありません。配膳室に行って
から、直ちに化粧を直して戻ってきます」

震える声でそう言うと、奥歯を噛みしめて小走りに去った。

瑞貴が名前を呼んだ気がしたが、雫は止まらない。

彼と顔を合わせたら、涙が溢れていることに気づかれてしまうから。

（どうしよう、このまま配膳室に行ったら、泣いているのがばれちゃう……）

そんな時、大倭の姿が見えた。雫は彼を呼び止め、カートを配膳室に運んでほしいと頼んだ。

言葉を切ったのは、雫の涙に気づいたからだろう。

「配膳室？　別にいいけれど、ここまで押してきたなら、お前が持って……」

「うわ、泣いたら、ますますドブス」

「……うるさいわ、この常時イケメンもどき。顔を直しに行きたいの！」

「今夜『四季彩亭』で、生ビールおごれよ？」

「すぐそこに持っていくだけなのに……。わかったよ、お願いします」

「商談成立！」

大倭とハイタッチをしてから急いで控え室に走る雫は、そんな様子を……瑞貴が、暗い眼差しで
見つめていたことには気づかなかった。

＊・．＊・．＊

　華宵亭にある居酒屋『四季彩亭』は、完全個室制となっている。

　海の幸料理が特に絶品で、雫が好きなホタテ貝のバター焼きは、ホタテがとても大きく肉厚であり、病みつきになる美味しさだ。さらに従業員割引をしてくれるのだから、太っ腹だと思う。

「信じられない、あの愛されメイクを落とせだなんて……！」

　ウーロン茶の入ったジョッキをテーブルへ乱暴に置いたのは、香織だ。

　アルコールが飲めないらしい彼女は、素面なのにかなり荒れている。

「……おい、雫。なんであいつがいるわけ？」

　大倭が香織を見ながら、横に座る雫にぼそぼそと耳打ちした。

「……わたしがプライドを傷つけちゃったから、おわびに連れてきたの」

　仲居にとって忙しい夕食の時間帯ですら、香織はいつも雲隠れをしていた。手伝いたいと香織が殊勝な態度で現れたのは、数時間前のこと。

　思わず雫が驚いた顔を向けると、香織はそれ以上に驚いて尋ねてきたのだ。

『どうして貧乏臭いメイクに戻っているんですか！　私がした化粧は⁉』

　それで事情を説明したところ、彼女が荒れ狂ったため連れてきたのだった。

「……ねぇ、副番頭。私がした雫さんのメイク、見たんですよね？　あのメイクの雫さんと、この

44

貧乏メイクの雫さん、どちらが可愛いと思います?」

　すると大倭は、事もなげに言う。

「俺はすっぴんの雫を見慣れているし、変な武装されるより、化粧しない方がいいからなあ」

「うわー、何気に独占欲丸出し。せめて化粧が落ちるくらいの激しいセックスができるようになってから言って下さいよ。ヘタレな副番頭さん」

　ビールを呷っていた大倭は途端に噴き出し、げほげほと咽せ込んだ。香織流のジョークだと思っている雫は、遠い目をしながら大倭に水を差し出し、彼の背中を撫でる。

「……こ、こいつ、なに?」

「私、素はこっちですので。ぶりっこキャラはおふたりの前ではもう意味がないので、やめることにしました。これからはのびのびと、日頃のストレスを発散させてもらいます」

　香織はひとつ残っているホタテを箸でぐさりと突き刺すと、豪快にかぶりついた。

「あ、それわたしのホタテ……」

　涙目の雫に構わず、香織は別の話題を振る。

「若旦那のタイプってどんな女性なんですか?　まさかブス専?　歴代彼女はブスばかり?」

「若旦那のタイプ……わたし知らないや。彼女……いなかったはずだけど」

「いないってことはないでしょう、あのスペックで。雫さんが知らないだけでは?」

　香織の言葉が心を抉る。確かに瑞貴なら、どんな美女でも選り取り見取りだ。彼には恋人や、一夜限りの存在がいたのだろうか。……もしや、現在進行形で。

（いやいやいや！　若旦那は忙しいし、恋人を作っている暇などないはず……）

同意を求めて大倭を見ると、彼は店員にホタテと飲み物を追加注文している。

注文が終わると彼は、心底いやそうな顔で、雫は香織からの質問を大倭に投げかけた。

すると彼は、心底いやそうな顔で、雫は香織からの質問を大倭に投げかけた。

「あいつはブス専どころか、どんな美女でも堕ちねぇよ。なのにあいつが少し優しく声をかけただけで、女たちが勝手に自分は特別だと勘違いし、醜い争いを繰り広げる。俺なら望みを持たせない
けど、あいつは夢だけ見せる分、残酷だ」

すると香織が、こくこくと頷きながら言った。

「確かに私が声をかけても、副番頭のようにうざがられ、にこにこしていましたしね。私はあれを特別な優しさだと勘違いするほど経験値が低い痛い女ではないですが。雫さんに対してもそう？」

特別な優しさだと思っていた経験値が低い女は、返事の代わりに突っ伏した。

「ホ、ホタテ来たぞ、雫。お前の大好きなホタテ！　食べて元気出せ、な？」

雫は鼻を鳴らして顔を上げると、熱々のホタテを口にする。悲しみが吹き飛ぶほど、今日もホタテは美味しい。我ながら単純だと思うが。

「……おふたりは普段も一緒に飲んでいるんですよね？　そこに若旦那が入ることは？」

「ないない。若旦那、仕事とか稽古とか忙しいし」

瑞貴は月に一度、大庭園にある神社の、神楽殿にも似た小さな舞台で利用客に舞いを披露するため、時間がある時は日舞の稽古をしている。その時間を邪魔したくはない。それでなくとも若旦那

業は重労働。稽古がない時は身体を休めたり、自分の時間を満喫したりしてほしい。

「忙しいといっても、三百六十五日、毎秒忙しいわけじゃないでしょう？　若旦那も従業員も月に数度の深夜勤以外、終業後は自由だし、休日もちゃんとあるし。若旦那からお誘いは来ないんですか？　遊びに行こうぜ、食べに行こうぜー！　的な」

雫と大倭は同時に、ないと即答する。すると香織は怪訝な顔をしてさらに尋ねた。

「……若旦那、おふたり以外に友達いるんですか？」

「友達？　どうなんだろう……。大倭、知ってる？」

「興味ねぇし」

「本当に幼馴染なんですか、あなたたち！　幼馴染としての会話、しないんですか!?」

香織の剣幕にたじろぎながら、雫は答える。

「し、しているよ。立ち話はよくあるし」

「どんな話をしているんですか」

「お疲れ様とか、身体を大切にとか。仕事のことや昔の話、お花やお菓子、体操……まあこれはいいや」

「どこの老人の会話ですか。二十代がする会話じゃないです！」

「や、大倭の方は、もっと軽口を叩き合っているよ？　素を見せて」

「エベレスト登山しようとしているのは、副番頭じゃないでしょう？　ではもうひとつ聞きますが、雫さんにとって幼馴染の利点ってなんですか？」

「優しくしてもらえる……？」

「あの若旦那は皆に優しいんです。幼馴染に特別な優しさがあるのだとすれば、化粧だって落とせなんて言わずにベタ褒めするでしょう！　だったら幼馴染が知る若旦那の裏情報は？　たとえば皆に隠している趣味や癖があるとか、スポーツや音楽はなにが好きとか」

改めて考えると、瑞貴の個人情報はなにひとつわからない。そばにいられることに満足していたため、知りたいとも思わずにいた。

（幼馴染だから知りえる情報？　え……と）

「幼馴染とかメルアドを知っている！」

「では、それを使って週に何度、連絡をとり合っていますか？」

「連絡もなにも……用があれば、昼間本人に直接言えばいいし」

すると香織は哀れみの目を向けてくる。そのため雫は、別案を口にした。

「昔の若旦那を知っているし！」

「……それ、現在のエベレスト登山に役立っています？」

すると訝しげな顔をした大倭が、口を挟んだ。

「なあ、さっきからエベレスト登山ってなに？」

「雫さんの無謀すぎる挑戦のことです。……雫さん。ちなみに、若旦那の誕生日や血液型、身長とかは知っていますか？」

「し、知っているよ！　誕生日は九月四日！　血液型は……確かAB！　身長は知らないけど」

「誕生日は正解ですが、血液型はＡ！　身長は百八十一です」

「あれ、Ａ型だったっけ……って、なんで香織ちゃんが知っているの？」

「そんなもん、本人に直接聞いたんですよ。こんな下っ端にもオープンにする程度の情報も知らないなんて、幼馴染の特権なぞ意味ないじゃないですか！」

「う……」

「雫さんは、幼馴染という関係に胡座をかいて、若旦那に対する積極的な姿勢が欠けています。今の雫さんは、縁側で茶を啜り、昔を思い出してほのぼのしている老婆に等しい！　……私が断言します。エベレストどころか熱海の山だって登れませんよ、よぼよぼの雫さんは」

……雫の体力気力のゲージが、一気にゼロとなった。

＊。・・＊・。＊

『もっと若旦那に興味を持て』と、香織に懇々と説教をされて、小一時間。大倭が寝てしまったため、叩き起こしてお開きになった。

華宵亭の従業員は、徒歩五分の場所にある完全個室制の寮から通っている。

例外なのは雫と大倭と、仲居長の小夜子だけだ。

小夜子は、身体が弱く昔から寝込むことが多かったため、ゆっくりできるよう女将に離れを与えられたらしい。庭の裏手にある元蔵を改装したもので、今彼女はそこでひとり暮らしをしていた。

雫と大倭は、従業員用に用意された離れの一室にそれぞれ住んでいる。他に住まう者がいないため、六畳二間の使用を許されていた。

だが厳格な女将の部屋が近いため、騒ぐことはおろかくつろぐことも難しい。それもあってほとんどの仲居は寮を選ぶが、雫にとってはそれがデメリットには思えなかった。静かで広い部屋に三食つきで通勤時間なし。従業員用の温泉に気兼ねなく入り放題。パラダイスである。

「子供じゃないんだから、家まで送らなくていいですってば！」

「駄目！ 女の子を夜道にひとりでは帰せません」

時刻は二十二時を過ぎている。雫は大倭とともに香織を寮まで送り届けようと、香織を説得しつつ、三人で従業員専用の裏口を出た。

「あれ……若旦那じゃね？」

突然の大倭の声に、雫は彼が顎で促す方を見る。淡いオレンジ色の街灯に照らされ、それっぽい後ろ姿が見えた。雫たちが裏口に現れる少し前に、外に出ていったようだ。

「学生服以外の洋服姿、初めて見たかも。……こんな時間に外に出るなんて、散歩かしら？」

「もしや、誰かと逢引きとか？」

不穏さを孕んだ香織の言葉に、雫は引き攣る。

「ただの散歩ならそれでよし。もしかすると些細な発見が、登山攻略のヒントになるかもしれません」

「ねぇ、つけてみませんか。登山攻略と聞いて雫は鼻息荒く賛同し、香織とともに尾行を開始する。渋々大倭もついてきて、

ちょっとした探偵団の気分だ。

瑞貴は、裏手の一角にある雅楽川家のガレージを開けて入った。

やがてエンジン音が聞こえてくる。

（若旦那が、免許を取っていたことすら知らなかった……）

軽くショックを受けている雫に、香織が早口で言った。

「追いかけましょう！　副番頭、車のキーあります？　社用車、近くにありましたよね」

「あ、ああ。　鍵は持ち歩いているけど、俺……酒を飲んでいるし」

「私が運転します。　こう見えて私、運転は得意なんです。　任せて下さい」

ふたりは目を輝かせる香織に腕を掴まれて、小さな箱形車の後部座席に放り込まれた。

目の前を走り抜けたシルバーのスポーツカーを追いかけ、白い軽自動車が爆走する。

瑞貴の車は高速に乗った。　引き離されるかと思いきや、雫は恐怖の声を上げた。　そして香織は高笑いをする。　香織は一定距離をあけて食らいついている。

る。　そのことに大倭が驚きの声を上げ、雫は恐怖の声を上げた。　そして香織は高笑いをする。

『ころがしの赤薔薇（あかばら）』が、高級外車などに負けるものですか！」

（その物騒な二つ名はなに……？　怖くて聞くことができないけど、どうかどうか！　あの世では

なく無事に目的地へ着きますように……）

雫の切なる祈りが通じたのか、首都高の看板が出ると、瑞貴の車は緩やかに減速した。

「……都心……に向かっていますね」

訝しげな香織の声が響く中、車外の景色にイルミネーションがぽつぽつと光り出している。出口

を下りると夜景は明るさを増した。ぎらついたネオンの光に眩暈がしそうだ。

「こんな時間なのにホテルや住宅街に向かわず、繁華街に向かっているということは……夜遊びでもする気でしょうか。そういえば雫さん、東京に住んでいたんでしたっけ。心当たりは？」

「わ、わたし、東京で若旦那と会っていないんだけれど。一度も」

雫が涙声になると、大倭はなにも言わずぽんぽんと雫の肩を叩いて励ました。

瑞貴は『sirène』と看板が掲げられた建物の前で車を停める。降車すると黒服の男が現れ、瑞貴は車のキーを渡して建物の中に入っていく。

「ここは……噂に聞く人気クラブ、セイレーンですね。あの入り口はＶＩＰ会員専用のはず。それを顔パスですか……」

知った顔で唸る香織に、大倭が怪訝な目を向けた。

「ずいぶん詳しいな、お前」

「こっちの短大に通っていた頃、よく遊びましたから。クラブって、パーティードラッグの温床になることもあるんです。ヤバいのに巻き込まれそうになって、今は足を洗っていますけど。しかし若旦那クラスなら、ここまで来なくても近場で女漁りができそうなものを。まあいいわ、行きましょう。昔取った杵柄、駄目元で会員入り口にあたってみます」

車は裏手の駐車場に停めた。瑞貴が消えた入り口に行くと、黒服が立ち塞がる。

すると香織は、海外ブランドのロゴがついた長財布の中から黄金色に輝くカードを取り出した。

それを見た途端、黒服たちは恭しく一礼し、三人をすんなりと中に通したのだった。

香織はカードをしまいながら、事もなげに説明する。

「このパスカードがあれば、東京にあるクラブなら大体、連れとともにVIP待遇で入場できるんです。捨てないでおいてよかった」

（なんでそんなものを持っているのかは謎だけど、わたしの知らない世界をよく知る香織ちゃんの方が、大先輩に思えてくる……）

年上の威厳がガラガラと崩れ落ちる音を聞きながら、雫は香織について中に入っていく。

途端に身体を突き上げてくる重低音。ホールには近未来的なダンス音楽が絶え間なく流れている。

大画面とDJブースがあるメインフロアでは、音楽に合わせて無数の光線が飛び交い、たくさんの男女が踊り狂っていた。

狂騒的な音に負けじと、香織は声高にふたりに話しかけた。

「この混雑ぶり、さすがはセイレーンです。見たところ、両脇のBARカウンターやラウンジにも、若旦那はいないみたいですね。彼ほどの美形がいれば、女たちが群がると思うので。二階のVIPルームにいるのかもしれません。見えます？ 硝子張りになっている、あそこです」

香織が指し示す場所はわかった。しかし雫は、そこで瑞貴の姿を確認するのが怖いとも思う。だが——この場はあまりにも瑞貴のイメージからかけ離れている。

謎めく彼のことを暴いてみたいのは事実。だが——この場はあまりにも瑞貴のイメージからかけ離れている。

彼はひだまりのように穏やかで清らかな男性なのだ。荒んだ夜の喧噪が似合う男ではない。

もしあそこに瑞貴がいたら、今まで想い続けてきた彼の姿が泡のように消えてしまうのではない

か。そんな不安が胸を過ったのだ。

「……ねぇ、帰らない？」

「……いや、でも……」

「ここまで来たのに、なにを言っているんですか」

「……雫さん。どんな若旦那でも、雫さんと副番頭の幼馴染には変わりないんです。それにクラブ程度でなにをビビっているんですか。クラブは悪の巣窟だと決まったわけじゃない。ここまで来て息抜きをするくらい、認めてあげましょうよ」

クラブ慣れをしている香織にとっては〝それくらい〟のことらしい。

（そうね、香織ちゃんの言うことも一理あるわ。クラブ好きだからなんだっていうの。わたしが田舎者すぎるんだわ。そうよ、若旦那には変わりないのよ……）

「なぁ。二階から見下ろしているの、あれ、若旦那だよな」

訝しげな大倭の声に誘われ、二階を凝視した雫は、その目を驚きに見開いた。

窓の前に立ってフロアを眺めているのは、瑞貴と瓜二つの秀麗な顔と髪形をした男だ。黒いレザージャケットの下に白いカットソーを着て、首元にはチョーカーをつけている。

やがて彼は、脱いだジャケットを放って黒いソファに座り、長く伸びた黒パンツの足を組む。そして慣れた手つきでタバコを取り出すと、紫煙をくゆらせ始めたのだ。

その姿はまるで、殺伐とした裏世界に君臨する帝王のよう。

「ち、違うよ、大倭。若旦那はあんなに不良じゃないって！　品行方正な優等生だもの」

54

一心に否定する雫の声は、動揺にひっくり返った。

「うーん。確かに、ダークを通り越してブラックすぎますね。若旦那かどうか確かめるには、近くまで行って会話してみるのがベストですが……ちょっと待ってて下さい。セイレーンのVIPルームに顔パスで居座れるレベルともなれば、狙わない女はいないはずなので……」

香織は、同じように二階を見上げて騒いでいる女性たちのそばに行き、話しかけた。そして、少し強張った表情をして、雫たちのもとに戻ってくる。

「──VIPルームにいるのはセイレーンのオーナーの友人で、ミズキという名前だそうです」

これで別人だと言い張るのは、当惑した表情で告げる。

さらに香織は、当惑した表情で告げる。

「彼は不定期にセイレーンを訪れ、気まぐれに下に降りてきては、気に入った女の子をVIPルームに引き入れるそうで。ミズキに望まれたくて、女たちはアピールしているとか」

雫が眉を顰めた時、突然歓声がどっと沸いた。

ミズキがVIPルームに繋がる螺旋階段から、ダンスフロアに〝降臨〟したのだ。

蒼い光が彼の顔を照らし、頽廃的な雰囲気を強めていく。

彼を称えるが如く音楽が激しいビートを刻むと、ミズキは取り巻く女たちとともに踊り出した。

その動きは優雅でしなやかで、そして妖艶で……日舞を彷彿とさせるものだった。

（間違いない。あれは若旦那だ……。若旦那なんだ……）

初めて知った瑞貴の一面。受け入れなければと思うのに、今まで見ていたのは偽りの姿だったの

だろうかと思うと、あまりの悲しみに現実を拒絶したくなってくる。

曲が終わると、瑞貴はふたりの女性の腕を掴み、螺旋階段を上った。

選ばれた女たちのハイテンションな声と、選ばれなかった女たちの羨望の声が入り交じる中、Ⅴ

ＩＰルームの窓が深紅の厚いカーテンで遮られた。

「うわ、まさかの乱交パーティー!?」

驚愕に満ちた香織の声に煽られ、雫の頭が拒絶反応を起こしたみたいにがんがんと痛み出す。

「……雫。あいつにもなにか事情があるんだ」

険しい顔つきのまま、大倭がカタカタと震えている雫の手を握ってそう呟いた。

なんの事情があるというのだろう。

瑞貴はこうして女遊びをしていた。それは許婚である雫に満足できないからだ。

至極、単純明快ではないか――

（……わたしは、女扱いもしてくれないのに）

紅いカーテンを睨みつけた雫の目から、涙がほろりとこぼれ落ちた。

　　　＊。・・＊・・。＊

どんなに寝不足で、泣き腫らした顔をしていても、小鳥が囀る朝は来る。

仲居の朝は早い。五時には起床して洗面をすませ、ぼさぼさの髪を梳いてひとつにまとめる。

着付けの時間は十分もあればいい。部屋から飛び出そうとした雫は、化粧をしていないことに気づき慌てて戻った。

愛されメイクが映えない顔とはいえ、今日は少しでも地顔を隠せる化粧が必須。

化粧中、鏡面に映る顔が歪んで、昨夜のブラックで頽廃的な瑞貴になっていく。

モデルのような服装をした彼。タバコを吸う彼。喧噪の中で踊っていた彼。

瑞貴はその場にいた綺麗な女性をふたりも持ち帰った。

どんなに泣いても喚いても、それが……今まで見ようとしてこなかった現実——

「わたし本当に、若旦那のことを知らなかったんだな……」

知っていれば、彼の好みに近づけられたのだろうか。彼は自分を愛してくれただろうか。

その可能性は限りなくゼロに近い。布団の中で何度も出した結論に、雫は改めてずうんと落ち込んだ。

「これからよ、これから。わたしの取り柄はしぶとく努力すること。どうすれば愛されるかを勉強して、頑張ればいい。とりあえず、昨日はお喋りしていて怒られたから、今日はそれを挽回するように働いて働きまくろう。レッツゴー、エベレスト山頂！」

拳を天井に突き上げ、雫は気持ちを切り替えて部屋から出ていった。

瑞貴はいつもと変わらず、微笑みを湛えながら色香を撒き散らし、優雅な佇まいで精力的に動いていた。昨晩の姿は別人か、夢だったかのように思える。

「……ん？　雫、どうした？　僕の顔になにかついている？」

「い、いえ……」

いつも通りではないのは雫の方だった。瑞貴を凝視してしまうだけではなく、話しかけられても、秘密を勝手に覗いた気まずさで、目が泳いでしまうのだ。

「顔色も悪いな。きちんと寝ていないんじゃないか？」

そういう瑞貴だって寝ていないに違いない。それなのに肌は艶々で顔色は頗るよかった。

それがなぜなのかを邪推すると、自然と涙目になってしまう。

「熱でもあるのかな、目も潤んでいる」

瑞貴が雫の額を触ろうとした瞬間、びくりとした雫はさっと身を引いてその手を躱し、ぎこちなく笑って言った。

「熱はありません。ぐっすりと眠っていますし、ご心配なく。仕事がありますので、これで！」

こんなのは自分らしくないと思いつつも、瑞貴から逃げるしかできない。

（仕事！　仕事をするのが一番！）

そんな雫に苦言を呈したのは、香織だった。

「わかりやすすぎるんですよ、雫さん。この量をひとりで裏庭に運ぶなんて無謀すぎます。あの孝子さんも絶句していたじゃないですか」

香織は、客室から持ち出した掛け布団をふたり分、両手に抱えている。

対して雫は五人分の敷き布団と、ふたり分の掛け布団と枕を積み重ねて歩いていた。

「今日はいいお天気だし、ふかふかなお布団にしたらお客様が喜ぶと思って」

「そりゃあ喜ぶでしょうけれど……。まあいいや、私は雫さんとは違って仕事馬鹿でも怪力でもありませんから、できることは限られていますけれどフォローします。ぶっ倒れないで下さいね。昨日以上に、すごく不細工な顔をしていますから」

香織なりに心配してくれているらしい。朝帰りしたのは彼女も一緒なのに、肌が瑞々しく顔色がいいのは若さのおかげなのか、化粧品やメイクのおかげなのか。

助っ人を買って出たわりには、香織の動きはぎこちない。しかし、短くしている爪を見て、雫はその真摯な変化に嬉しくなる。……相変わらず香織の言葉は、辛辣ではあるが。

「ねぇ、雫さん。若旦那の二重人格説はなし?」

「なし。そうであれば、大倭が気づいているはずだし」

離れていた七年の分、大倭の方が瑞貴と近しい間柄なのが悔しいところだ。

「でも、副番頭はあまり驚いてなかったじゃないですか。妙に考え込んでいたし」

「思い当たるところがあったにしても、二重人格ではないよ」

いっそそうであってほしかった。そうすれば彼の意思ではなかったのだと逃げ道を作れる。

「そうですか。同一人物なら、いっそ清々しいですよね。あそこまで完璧に演じられるなんて。一体なぜひとの目を欺く生活をするようになったのか。完全無欠な王子様も、なにか悩みがあるんでしょうか」

悲しいのは、彼の異変を感じ取れなかったこと。そして、瑞貴から相談されるほど信頼されてい

なかったこと――

（許婚どころか幼馴染も失格……。

なにも知らなかった瑞貴について暴かれていく中で明らかになったのは、希薄すぎた彼との関係

だった。だからこそ、深く理解したいと思う。瑞貴のすべてを。

「ま、若旦那の本性がどうであれ、雫さんは登山をやめないんでしょう？」

「やめない」

そう言い切った雫の言葉には、迷いがなかった。

＊。・・＊・・。＊

シュッシュッと竹箒の音をたて、雫は大庭園散策用細道を掃く。

蒼天の下で自然に囲まれていると、清々しい気持ちになってくる。

五月は藤だけではなく、皐月躑躅や石楠花も桃色が色鮮やかで綺麗だ。

昔、瑞貴と躑躅の花の蜜を吸ったことを思い出し、雫は静かに微笑む。

彼と出会った岩風呂は、今は瑞貴専用露天として葦簾の垣根で囲われており、外から見ることは

できない。岩風呂へ至る砂利道は使われることがないせいで、寂れてしまった気がする。

それでも雫は思い出を磨くように、いつも砂利道を綺麗に清掃していた。

「雫、ここにいたのか！ 捜したよ」

60

不意に背後から聞こえてきた艶のある声は、瑞貴のものだ。

雫はため息をつくと、控えめな挨拶をする。　瑞貴は、雫が作る距離を感じたらしく、秀麗な顔を強張らせ、真摯な表情を向けてくる。

「雫。昨日の僕の失言、すまなかった。イライラしていて、きみにあたってしまったんだ。本当にごめん。もうそんな真似はしないから、僕から逃げないでほしい」

（昨日の発言……ああ、化粧のことか）

それを上回るセンセーショナルな出来事のために、瑞貴の口からぶり返されても、さほどダメージはなかった。

「逃げていませんから、お気になさらず」

「……だったらどうして、泣き腫らした顔をしている？」

すっと踏み込んできた瑞貴が、雫の頬に触れる。　いつもの触れ合いなのに、雫はびくっと身体を震わせてしまう。

特権だと思っていた触れ合い。　しかし、別の女性を愛した手であると思うと切ない。

そのことがわからない瑞貴は、悲愴な顔つきをして、雫に尋ねる。

「どうすれば、きみに許してもらえる？　きみに……嫌われたくないんだ。……思っていることを口にしてほしい。　無理に笑わなくていい。　僕はきみの許婚だろう？」

（許婚、か……）

だったら、教えてくれるのだろうか。　あんなところで遊んでいるわけを。

雫は自分が信じ続けてきた目の前の瑞貴を、どうしても偽りにしたくなかった。

理由があるのなら聞いてみたい。力になれることがあるのなら力になりたい。

……知りたいのだ。本当の彼を。

「若旦那、昨夜外出されましたよね。見たんです、車に乗って出ていかれるところを」

瑞貴の顔が強張った。だが彼はすぐに柔らかな笑みを湛え、答える。

「ちょっと気分転換にドライブしていた」

「どこに……行かれました?」

詰問のようになり声音も硬質になってしまう。その変化を耳にしているはずなのに、瑞貴の表情

が変わることはない。いつもと同じ、優しい顔のまま。

「ふふ、僕に興味が湧いたの? 今までそんなこと気にもしなかったじゃないか。そうだ、今度、

どこかへドライブに行こう。どこがいい?」

誤魔化されている――雫は直感的に思った。

「若旦那、昨夜、東京のクラブに行かれたのでは? いつから通われていたんですか?」

ヒステリック気味に単刀直入に尋ねても、瑞貴の笑みは変わることがなかった。

(わたしには、なにも語ってくれないの? 心の内側を見せてくれないの?)

泣きそうな心地になりながら、それでも雫は食い下がる。

「わたし……見たんです! 若旦那がクラブで女の子を連れて部屋に上がるのを」

その言葉に、わずかに瑞貴の表情が崩れた。

「僕がきみを裏切る……いかがわしいことをしていると？　きみはそう考えているの？」

哀切な翳りが、秀麗な顔を覆う。

『いいか、雫。僕が破談にさせない。これはあくまで延期だ。だから僕を信じて待っていてほしい』

『……今まで彼を信じてきた。しかし、信じ続けて何年経った？

信じてほしいと言うのなら、信じさせてほしい。この目で見たことを偽りにできるのなら──

『信じたい。だけど……大倭も見ているんです』

途端、瑞貴の片眉が跳ね上がり、その顔が気色ばむ。

『若旦那が女遊びしたいのなら文句は言いません。お好きなだけなさって下さい。だけど若旦那の幼馴染であるわたしたちにくらい、あそこに通う理由を……若旦那の本当の姿を見せてもらえないでしょうか。わたしたちが知る若旦那は、ずっと偽りの姿だったんですか』

言い切ったところで、ようやく雫は……瑞貴のまとう空気が、剣呑に変化していることに気づく。

「"わたし……たち"」

瑞貴がぼそりと呟いた声は、ぞっとするほど低かった。

なにか、地雷でも踏んだのだろうか。彼がここまでの怒りを見せることは今までなかった。

「あ、あの……？」

「……大倭も、いたのか？　電車も動かない時間に」

その場の空気が、みるみるうちに冷え始める。

「そ、そうです。や、大倭も心配して、一緒に……」

息を吸い込んだ雫は、肺が痛くなって、はくはくと浅い呼吸を繰り返す。

「……ずいぶんと、仲がいいね。大倭と一緒に……夜遊びをしたんだ？　あの時間にあの店にい

たってことは、当然朝帰りだろう？　それで僕には理由さえ言えば、好きなだけ女遊びをしてもい

いって？　僕の許婚は寛大すぎるね、優しいね。嬉しすぎて……涙が出てきそうだ」

瑞貴は暗に、クラブにいたのは自分だと認めていた。

しかし冷淡に見えるその笑みは開き直っているというより、酷く傷ついているように見える。

（わたし……いけないことを言ったの？）

「──ねえ、雫。きみがぼくに許婚ではなくただの幼馴染であることを強要するのなら、僕もただ

の幼馴染としてきみに警告しよう。これ以上、僕に踏み込むのはやめてくれないか」

（なにも知らない子供でいろ、と？）

「このままだと、僕はきみになにをするかわからない。……きみのためだ」

いやだ、この空気は。なにか、根本的に食い違っている。

けれど、その行き違いがなんなのかがわからない。

「若旦那、怒らせてしまったのならごめんなさい。でも本当に、若旦那の力になりたいんです。わ

たし……いえ、わたしたち、若旦那が好きだから」

雫が複数形で言い直した瞬間、激情が瑞貴の双眸を横切り、秀麗な顔が悲痛に歪んだ。

（え……昔のように好きだって言ったら、迷惑なの？）

64

悲しみに焦る雫は、悲鳴交じりに叫ぶ。

「お願いです。わたしと大倭が……幼馴染だということを忘れないで下さい！」

（せめて、それくらいの絆はあるのだと信じさせて！）

「……ゆっくりと、瑞貴が息を吐き出した。

「幼馴染、幼馴染……今もまだ、そこから抜け出せないのか、僕は。大倭も……幼馴染なのか、今も本当に」

小声でよく聞き取れず、雫が聞き返そうとした時だった。

「……警告はしたよ、俺は」

（──俺？）

眉間に皺を寄せ、目を閉じていた瑞貴は低い声で告げると、静かに目を開けた。長い前髪から覗く暗紫色の瞳──それはよく見知っているものなのに、別人としか思えない殺伐とした光を湛えている。まるで野生の獣のような剣呑さだ。

雫が竹箒を落として後退ると、瑞貴はゆったりと笑って距離を詰めてくる。

その顔は清廉なものではなく、妖艶な男のものだ。

「わ、若旦那……？」

雫の背中に、木の幹がぶつかった。

怯える雫に構うことなく、彼女の頬を触った瑞貴は、指で唇をなぞる。

ぞくっとする感触に思わずみじろいだ次の瞬間、瑞貴は雫を大木に押しつけるようにして、その

唇を奪った。

　甘い香りとともに、熱く柔らかいものが何度も角度を変えて雫の唇を甘く食む。

　なにをされているのか理解できずに固まる雫だったが、キスされていると自覚した途端、瑞貴を突き飛ばそうとした。しかし、彼はその手を掴んで動きを封じる。

　やがてやるせなさそうな吐息を感じた直後、彼の舌が雫の唇を割り、口の中に質量のあるものが捻(ね)じ込まれた。それは生き物みたいに蠢(うごめ)いて雫の口腔(こうくう)を堪能(たんのう)し、本能的に逃げる彼女の舌を見つけると、ねっとりと絡んでくる。

　ぞくぞくとした甘い痺(しび)れが身体を走り、雫は思わず声を漏(も)らした。

「ふ……ん、ぅ……」

（なにこれ、なにこれ……）

　さわさわと木の葉がざわめく中、くちゅくちゅと淫靡(いんび)な音が響く。

　舌が淫(みだ)らに絡まるほどに、蕩(とろ)けそうな気持ちよさに頭がぼんやりとしてくる。

　唇が離れた瞬間、崩れ落ちそうになった身体は瑞貴に抱き留められた。彼の腕の中で雫は荒い息を整える。

「わかったか、雫。幼馴染(おさななじみ)であっても、俺だって……男だ」

　瑞貴の双眸(そうぼう)は鋭く、今まで見たこともないぎらついた熱を帯びている。

　強い口調といい、明らかにいつもの彼とは違っていて怖い。しかしそれ以上に、今自分は女として見られていると思うと、雫の女の部分が悦(よろこ)びに震えるのだ。

（ああ、もっと……もっと、男の部分を見せてほしい……）

「若、旦那……」

瑞貴の顔に手を伸ばし、切ない声音でせがむと、瑞貴はその目を苛立たしげに細めた。

「……そんな顔をして、誰に誘い方を習った？」

彼の声は怒気を含み、優しさの欠片も感じられない。

「習ってなど……」

蔑まれている——はっとした雫が腰を引くが、逆にぐいと引き寄せられ、抱きしめられる。

「甘い顔をしすぎていたな。あいつの色に染まるのは気に食わない」

聞き返そうとした雫は不意に耳を舐められ、身体を弓なりにして弱々しい声を漏らした。耳の穴に舌を差し込まれ、瑞貴の口淫の音が直接鼓膜に響く。ぞくぞくが止まらない。雫が息を詰めた瞬間、着物用の下着が押し上げられ、瑞貴の手のひらが胸を包み込み、強く弱く揉み込んでくる。

「なに、これだけで感じるのか？　身体をびくびくさせて」

「違……っ」

彼の声だけでも気持ちがいいのだ。誰にも触れさせたことがない身体は、愛する男から与えられる初めての快楽に、熱く蕩けてしまう。

「こんな顔で悦んで……そんなにいいんだ？」

雫は思わず甘ったるい声を出して、瑞貴にねだるよ

身を捩った瞬間、着物の袖からするりと彼の手が入り、素肌を這った。

指で胸の頂きを転がされ、ぴんと弾かれる。

うに胸を押しつけ、背を反らした。

すると瑞貴は腰を屈めながら、着物の上から雫の胸にかぶりつき、舌をいやらしくくねらせる様を見せつける。それだけではなく、指の腹で胸の蕾を捏ねたり、押し潰したりし始めた。

まるで瑞貴の口で、直接胸を愛撫されているようだ。雫は倒錯感にぶるりと身震いし、じんじんと広がる快感に身悶えた。

「や、あ……ん、ぁ……」

足の付け根がきゅうきゅうと切なく疼き、無意識に足をもじもじさせる。瑞貴の冷ややかな目元が緩みふっと柔らかくなった瞬間、彼の手が雫の太股を撫で上げ、内股に滑り込んだ。そしてショーツのクロッチの上を往復した後、布を横に押しのけるようにして、直接触れてくる。

「ひゃあああ！」

くちゃりという粘着質な音がしたのと、雫がぶるりと身を跳ねさせたのは同時だった。

瑞貴の指は濡れた花弁を割り、蜜に潤んだ花園を優しく擦り上げる。

（なにこれ、なにこれ……ぞくぞくした気持ちよさが止まらない）

「聞こえる？ このとろとろで……たまらない蜜の音。誰が見ているかわからない中庭で、こんなになって俺を誘うなんて、いやらしい仲居だ」

肉食獣の如きぎらついた雄の眼差しが、雫の感度を否応なしに高めていく。

瑞貴の言葉の意味も理解できず、ひたすら与えられる刺激に喘ぐことしかできない。

「や、ああ……若旦那、ああ……」

声に甘い艶を滲ませながら、瑞貴に濡れた目を向けると、彼は切なげな表情をしていた。

なにかを耐えているような苦しげな顔にも見える。

「若旦那……那、苦しま……ないで」

弱々しく声をかけると、瑞貴は唇を噛みしめ、蜜で濡れた花園を強く掻き回した。

「あぁんっ……はぁっ」

次々に押し寄せてくる官能の波。それに浚われ翻弄されて、息も絶え絶えな雫は己が消えそうな切迫感に戦いた。肌が快感に粟立ち、全身に奔っていた甘い痺れが、ひとつのうねりになる。

初めての感覚をやり過ごすだけで手一杯なのに、さらに大きな波の襲来を察知して、雫は本能的にぶるぶると震えた。

「ふ……は、や……なにか……んう、くる……っ、や……」

あまりにも快楽がすぎて足元がぐらつき、身体が浮遊しそうな不安が強まってくる。得体の知れぬものに追い詰められていく心地に、雫は泣きながら恐怖を訴えた。

「怖い……若……旦那、若旦那……那……っ」

雫の視界に、滾る熱を秘めた暗紫色の瞳が映る。

その目は優しく、切なげに細められていた。彼は懇願するみたいに言う。

「俺の名前、呼んでよ。昔みたいに」

「……みず……き……」

すると泣き出しそうな顔で瑞貴が微笑む。それは雫が知る、優しい表情だった。

「雫……大丈夫だからね。なにも怖くない。俺が一緒にいるから」

瑞貴の指の動きが激しくなった。ざわざわと迫り来る快感の波は、雫を壊してしまいそうな荒波へと姿を変える。目の前にチカチカと閃光が散り、限界は間近だった。

「や、ああ……みず、き……なにか、なにかが……っ」

怒涛のように押し寄せてくる快楽の奔流（ほんりゅう）――

その到来に怯えて、雫は瑞貴に泣き縋（すが）る。

「助け……て。わたし……が、わた、し……で、なくなる……っ、みず、きに……嫌われ、る……」

ぽろぽろと涙を流して哀願する雫に、瑞貴は優しく唇を重ねた。

「大丈夫だ。俺はどんな雫も嫌わない。だから……このままイッてごらん」

瑞貴は、淫靡（いんび）な水音をさらにたてて雫を絶頂に押し上げていく。

「や、んっ、みず、き……わたし、あああ……」

「……雫、イケよ。俺の腕の中で……俺を感じて、雫！」

「あっ、は、ぁんっ、あっ、ぁあ……弾（ゆ）け、る……。み、ずき、わたし……イッちゃ……」

瑞貴は苦しげに顔を歪（ゆが）めて、雫の唇を奪った。

その瞬間、果てを迎えた雫の声は彼に吸い込まれ、身体がびくびくと痙攣（けいれん）する。

乱れた呼吸が整いかけた頃、睡眠をろくにとっていなかった雫は微睡（まどろ）んでしまった。

「みず、き……」

幸せそうな顔をして意識を手放す雫は、知らない。

70

彼女を抱きしめる瑞貴が、恋に焦がれる男の顔で雫の顔中にキスの雨を降らせ、一心に頬ずりをし、やるせない吐息をついていたことを。そして——

「——俺だけのものだ。きみは、誰にもやらない」

独占欲を剥き出しにした台詞を、荒々しく口にしたことを。

第二章　若旦那様、愛しているのは誰ですか

雫が目を覚ますと、自室に敷かれた布団の中にいた。

枕元には、水が入ったコップを載せた丸いお盆が置かれている。

頭がぼんやりとして状況が理解できずにいた雫は、口の中が仄かに甘いことに気づいた。

記憶を辿って舌を動かしているうちに、絡め合った熱い舌の感触を思い出す。

深い口づけ。そして――

（――っ！　わたし、わたし……）

夢、ではない。瑞貴に触れられた部分が、じんじんと火照っている。

初めて経験した快楽の甘美さ。

あんなに気持ちよかったのは、相手が瑞貴だからなのだろう。

胸一杯に瑞貴の匂いを嗅ぎながら、彼に触れられて達したのだと思うと……あの至福。

あの瞬間、確かに自分は女として瑞貴に触れられていたのだと思うと、彼に触られた場所がきゅんきゅんと疼き、身体が蕩けてくる。

（ああ、わたし……こんなにいやらしい女だったんだ。また若旦那に触ってもらいたいなんて）

少しは……瑞貴との関係が変わるかもしれない。

彼に会いたい気持ちと、恥ずかしくて会いたくない気持ちに葛藤しながら、瑞貴の名残（なごり）を追うように唇を触っていると——

「……待って。どうして着物ではなくて……私服？　しかも下着も替わってるし」

そのことに気づいた。まさか瑞貴が果てた自分をここに運んだ上、着替えさせたのだろうか。

上だけではなく、はしたなく濡らしていた下まで。

（ひ……。なにこの羞恥（しゅうち）プレイ……）

甘い余韻（よいん）は強制終了。色々ありすぎて思考はショート寸前だ。

雫は、桐箪笥（きりだんす）から予備の着物を取り出して着替える。

「仕事……一心不乱に仕事をしよう。うん、そうしよう」

雫は精力的に掃除をこなした後、花を生けてある花瓶の水を替えた。

華道は女将が最も得意とするところで、華宵亭のすべての花は彼女が生けている。

「この枝物は灯台躑躅（どうだんつつじ）。この白い小花は小手毬（こでまり）。この下向きベル形のピンクの花は鉄線（てっせん）。この直線の葉をした紫の花は菖蒲（しょうぶ）。……曲線と直線の組み合わせが絶妙ね。草花の名前は少しずつわかるようになったけど、どの花を合わせればいいかは、そう簡単には閃（ひらめ）かないわ……」

花瓶をあらゆる角度から眺めて、ぶつぶつと独りごちた。

至るところに次期女将として学ぶことがある。それを見逃すまいと雫は目を光らせた。

そんな時、廊下の隅で話し声が聞こえてきた。

そちらに視線を向けると、女将と仲居長の小夜子がいる。

江戸紫色の着物姿で黒髪をまとめ上げた女将は、少々きつい印象を与えるが凛然とした女性である。大倭の母親である小夜子は、女将とは対照的に儚さを感じさせる白皙の美女。雫と同じ仲居の着物を着ていて、仲居長を示す紅い帯紐をしている。

（へぇ……。ふたりが話しているなんて珍しい……）

大倭曰く、小夜子は暴力をふるう恋人から逃げていたところを、たまたま会った女将に助けられ華宵亭で保護してもらったそうだ。小夜子は逃げる際に事故に遭い、病院へ行かずにいたものだから片足を引きずることになった上、元来身体が弱い。彼女の境遇に同情した女将は療養を兼ねて離れに住まわせ、小夜子を無理ない範囲で教育し、仲居長に推したのだとか。

『俺の父親は多分……、俺が生まれる前に事故死した女将の実弟、前番頭だと思ってる』

大倭は学生時代、そう言っていたことがある。女将は自分が甥っ子だから、瑞貴と同じ私立校に入れるよう取り計らい、情けをかけてくれたのだと。大倭も小夜子と同じく女将の温情に深く感謝しており、華宵亭のために尽力している。

大倭の真情を聞いていなければ、雫も女将と小夜子が今では疎遠だという仲居たちの噂を信じていただろう。それだけふたりの間には、親密な空気がないのだ。

そのふたりが、人目を忍ぶように話している。実は仲がいいのではないだろうかと、興味津々な視線を向けたところ、女将と目が合ってしまった。

「あら、雫さん。着物に着替えたの？　身体は大丈夫？」

「は、はい」

（おかしいわ。なんで女将がわたしの着替えを知っていて、身体の心配をするんだろう）

「そう、それはよかったわ。では」

女将は数秒で会話を終わらせていなくなった。代わって小夜子が声をかけてくる。

「雫ちゃん、目の下にクマができているわよ。無理しているんじゃないの？　雫ちゃんは頑張りすぎるから倒れないか心配だって、大倭もよく言っているわ」

「大丈夫です。大倭がいつも助けてくれますし。仲居長こそ、ご無理なく。仲居長が倒れたら、大倭もわたしもショックで寝込みますから」

「ふふ、最近はデスクワークが多いとはいえ肝に銘じます。お互い、大倭を泣かせないようにしましょうね。あの子、苦労性なところがあるから。じゃあ、またね」

会釈をした雫は、女将が小夜子だったらなと思う。立場上仕方がないのだろうが、女将から『華宵亭のため』『若旦那のため』『次期女将として』という言葉はよく聞くけれど、小夜子のような気さくな言葉をかけられたことがない。義娘として可愛がられていないのだとひしひし感じてしまう。

去りゆく小夜子は、成人した子を持つ母親だとは思えないほど、若々しい。

幸薄そうなオーラが彼女の美貌を引き立てる要素になっていて、仲居たちからは年をとらないのではないかと噂されている。また、華宵亭にずっといるのは、小夜子の正体が不老の人魚だからと

も言われていた。それで陸生活では足を引きずり、離れにてひとり温泉に入る時だけ人魚の姿に戻っているのではと。そんな空想を否定できない妖しい魅力が、小夜子にはあった。

「彼女が人魚姫で、大倭は王子様との間にできた子供だったら嬉しいな」

大倭は小夜子から愛情を注がれている。彼の存在が、小夜子が海の泡となって消えることを止めているのなら、とても嬉しいと思う。

（だったら、若旦那を引き留めているものはなにに？）

……それはきっと自分ではないのだろう。

「あ〜もう、くよくよしてたら駄目！　仕事に全力投球しなきゃ！」

ぺしぺしと頬を叩いていたら、前方から番頭が歩いてきた。

彼は香織の素顔とそっくりな、初老の男性である。

前番頭は女将の実弟だったが、現番頭は血縁者ではない。瑞貴の父親がどこからか引き抜いてきたらしく、香織同様に弁が立つ。そのおかげで限られた客しか受け入れず地域振興に貢献していない華宵亭も他の旅館と交流を持ち、有益な情報を共有することができているのだ。

（やり手の番頭だけど、女将さんとは違った意味で苦手だなあ……。この値踏みしてくる目がどうも……）

「体調はどうだい？」

番頭は、頭を下げた雫に気安く声をかけてくる。

とても元気だと答えたものの、女将といい小夜子といい、なぜ下っ端仲居の体調を心配するのだろう。

（今までこんなことはなかったのに。まさか、若旦那とのあれこれが知れ渡っているとか……）

雫は赤くなったり青くなったりと忙しく顔色を変えたが、番頭はそれ以上追及せず、話を変えた。

76

「従業員用の部屋はどれだけあるんだい？　間取り図を見ると十部屋くらいはあるんだろう？」

「あ、はい。わたしと副番頭が二間使用しているので、全部で十二になります」

「そうか……。そこを潰せば、もっと客をとれるよな」

「は、はぁ……」

六月には華宵亭の創立を祝う〝華宵祭〟が行われる予定だ。今年は誕生から百二十周年を迎える年にあたる。

華宵祭では華宵亭自慢の自然を五感で楽しんでもらえるよう、瑞貴が中心となって企画を立てていた。

夜、ライトアップされた大庭園の舞台で、ベテラン仲居と女将が奏でる雅楽（かな）に合わせ、瑞貴が一時間という長丁場の日舞を披露（ひろう）するのが見所になるらしい。板前たちの腕によりをかけた特別料理を味わってもらいながら、風雅な舞いで目でも楽しんでもらうのだ。

華宵祭は三日間行われる。今年は地域振興会の試み（こころ）で初めて開催される〝花祭り〟が重なり、熱海の地自体も花を楽しむ客で賑わうだろう。

大規模な集客が見込まれる花祭りを利用して、一般客に向けて華宵亭を大々的に宣伝したい番頭と、今まで通り特定客を大切にしたい女将と瑞貴の意見は対立していると聞く。

（一般客に開放するから、従業員は部屋から出ていけって事？）

雫が眉を顰（ひそ）めた時、遠くから香織の声がした。雑巾を振り回しながらこちらに近づいてくる。

「雫さぁぁぁん、もうお仕事して大丈夫なんですかぁ？」

（この甘ったるい話し方は、営業用。しかもまた体調を気遣われているってなにごと？）

香織の声を耳にすると、番頭は親子の語らいをするでもなく、さっさといなくなってしまった。

「……うちの父、雫さんを口説（くど）いていたんですか？」

駆け寄ってくるなり、香織は不愉快そうな顔で問う。

「そんなわけないじゃない。従業員用の部屋のことを聞かれて……」

「それならよかったです。あの顔で女好きなので、誰にも相手にされない腹いせにとうとう雫さんにも手を出したかと思い、焦りました。いくらなんでもそれはないですよね」

香織の毒舌は今日も好調だ。

「それより、仕事に復帰して大丈夫ですか、お熱下がったんですか？」

「熱……？」

「記憶ありません？　若旦那……ぐったりとした雫さんをお姫様だっこして、庭から現れたんですよ。まるで王子様のように。すっ飛んできた副番頭が、自分が代わるからと申し出たのに、若旦那はいつにない冷たい態度で副番頭を突っぱねて、雫さんの部屋に運んだんです」

直前まで瑞貴になにをされていたのかを知らなければ、純粋に喜ぶ案件だ。

（若旦那にしても、大倭にばれたくないよね。わたしもいやだし）

「それで雫さんの部屋に、騒ぎを聞きつけた女将と仲居長もやってきて。副番頭が小林先生（こばやし）を呼んでくると騒ぐ中、若旦那はそれを制し、雫さんには昔からこの薬がよく効くからと、袖から取り出したものを口に含んで噛み砕き……口移しです！　雫さん、公開ちゅうされたんですよ、若旦那

78

に！　マッパで登山に挑む雫さんに、サンダルでも降ってきたかのような奇跡が起こったんですよ！」

"小林先生"というのは、華宵亭かかりつけの小林病院の院長、小林清一のことである。

七十代でいまだ独身。女とみればすぐ口説こうとする困った男だが、医師としては優秀だ。

ボロボロの状態で女将に助けられた小夜子を回復させたのも、無事に出産させたのも小林だ。さらに三年後、過労に倒れた女将と、妊娠中にもかかわらず精力的に働きすぎて持病を悪化させた小夜子が、それでもふたりとも働こうとしたのを怒鳴りつけ、小林病院にて長期療養させたのも彼だと聞く。華宵亭で怖れられる女将に、ずけずけと意見ができる豪胆な男でもある。

小林の存在があって大倭もまた元気に生まれたため、『大倭の父親はワシだ』などと公言された大倭は、心底小林をいやがっているものの、華宵亭で急病人が出ればすぐに彼を呼ぶ。

（あの先生なら、なんで倒れたか絶対見抜くから、若旦那の機転で助かった……）

雫は冷や汗を掻きながら、ぎこちなく笑った。

瑞貴の愛撫に気を遣っただけなのに、なんという騒ぎになったのだろうか。

熱を出したことにしておこう。真実は口が裂けても言えない。これは瑞貴の沽券にも関わる。

（口の中が甘かったのは、金平糖を呑ませたんだろうな……）

口移しなど、目立つことはしないでくれていればよかったのに。

「それと、残念ながら着替えさせたのは女将です。なんでも下着も着物も汗でぐっしょり濡れてい

たようですよ。熱が下がってよかったですね。さすがは頑丈な雫さん」

（女将さんが、息子の愛撫で濡れたわたしの後始末を……）

申しわけなくて居たたまれない。万が一真実が露見したらと思うと、気が遠くなってくる。

それでも聞いてしまった以上、知らなかったことにはできない。

「……わたし、女将さんに御礼言ってくる」

「いってらっしゃーい」

この時間、女将は茶室にて茶道具の手入れをしているはずだ。

女将と瑞貴の部屋からほど近い一角。襖の前に正座した雫は声をかけた。

「……失礼します、雫です。お話があるのですが、少々お時間をいただけますでしょうか」

すると閉められた襖の向こう側から、中に入るようにと返ってくる。

座ったまま襖を開け、顔を上げると、茶室には女将だけではなく、茶碗を持った瑞貴もいた。

（若旦那に、お茶を点てていたのか……）

「あ、すみません。また改めて……」

母親の前で瑞貴と顔を合わせるのは、なんとも気まずい。

「今終えたところだから、いいわ。なにかしら」

近寄りがたい粛然とした空気をまとう女将の冷徹にも思える眼差しは、和らぐことがない。極度の萎縮と緊張に気持ち悪くなりながら、雫はその場で両手をついて深々と頭を下げる。

「女将さん、若旦那。このたびは多大なるご迷惑をおかけしてしまい、申しわけありませんで

80

「した」

「あら、そんなこと。いいのよ、元気になったのならそれで。でも雫さん、一度病院に行ったらど
う？　尋常ではない汗の掻き方だったわよ」

冷ややかな面持ちで口にされる言葉のダメージは大きい。

「そ、その……同じことはもうないでしょうが、予兆を感じたら病院に駆け込みます」

そう返すのが精一杯の雫に、瑞貴が優しい言葉をかける。

「身体がおかしいようなら、すぐ僕に言ってね。また特効薬をあげるから」

「は、はい……」

先ほど淫らなことをした男と同一人物とは思えない、心配そうな慈愛深き瑞貴の顔。

母親がいるから、いつものように振る舞っているのだろうか。それとも、なかったことにしたい
のだろうか。

「それでは……」

下がろうとすると瑞貴が立ち上がる。

「では女将。僕も一緒に下がらせてもらいます」

（うう……。一緒でなくともいいのに……）

ふたり揃って廊下を歩く。雫は瑞貴を意識してしまい、心臓がバクバクと落ち着かない。

（考えるな、考えるな……）

「……雫」

「ひゃい!?」

おかしな返事をして過剰反応する雫に、瑞貴は目元を緩めて笑う。

「右手と右足、同時に出ているよ?」

意識していることがばれてしまっている。ぼっと顔が沸騰したかのようになった。

周りに誰かいれば、手伝うふりをして振り切れるのに、こういう時に限って誰もいない。

「……ねぇ、雫。本当に体調は大丈夫なの?」

瑞貴が腰を屈めて、雫と目線を合わせる。

『誰が見ているかわからない中庭で、こんなになって俺を誘うなんて、いやらしい仲居だ』

不意に彼の言葉が思い出されて、さらに雫の顔が熱くなった。

「……また熱でも出ちゃったかな?」

瑞貴は微笑んで雫の額に触れる。その手で自分の秘めたる場所を触られたのだと思うと、額だけではなく、秘処までもが熱を持ってくる。

(意識しないようにしているのに、どろどろに溶けちゃいそう……)

瑞貴の動きが止まったため、どうしたのかとこっそりと窺う。彼の目線は横切った影に向けられていた。少し足を引きずる歩き方は、小夜子である。

(若旦那、どうしたんだろう?……後遺症のこと、知っているはずよね?)

なにかを訴えるような眼差し。けれどすぐに雫に視線を戻した瑞貴は、なにもなかったみたいに柔らかく笑った。

「うん。大丈夫そうだ。よかった、元気になって。本当に心配だったよ」

「……すみません……でした」

「……夜遊びなんてしないで、これからはちゃんと寝た方がいい」

（なんだろう。この違和感……）

「そうじゃないと、また倒れてしまうぞ。いつも僕がそばについていられればいいけれど」

僕という呼称といい、ようやく雫は違和感の正体に気づいた。

（ああ、あの時間は……なかったことにされているんだ）

あの淫（みだ）らなひとときは、あの場限り。彼の警告を無視し、怒らせてしまったことへの "制裁" の

意味しかなく、引きずるものではないのだ。

そして瑞貴にとって自分は、最後まで抱きたいと思ってもらえるほどの魅力がなく、クラブに来

る女たちの方が、よほど食指が動くのだろう。

（ああ、くそ……泣くな。泣くな、わたし。わかっていたじゃない）

女として見られていないことは、昔からいやというほど、わかっていたではないか──

雫は悲しみをぐっと堪え、無理矢理に笑った。

「……心配をおかけしてすみませんでした、若旦那。もう本当になんともないので」

声は震えていないだろうか。いつも通り笑えただろうか。

（なかったことにするしかない。……若旦那のそばにいたいのなら）

「雫。あのさ……」

暗紫色の瞳が、わずかに揺れる。

（せめて後悔しないでほしい。あの場だけだとしても、わたしに女として触れてくれたことを）

「お仕事、頑張りましょうね。玄関にお水を撒いてきます」

（わたしにできることは、いつも通り……元気に笑っていること）

雫はとびきりの笑顔を見せると、パタパタと駆けていった。

＊ 。・・＊・ 。＊

雫を追いかけようとした瑞貴は、不意に現れた大倭の姿に目を眇める。

彼はいつも無愛想な顔を向けてくるが、今の表情は怒りにも似た不機嫌さに満ちていた。

「なあ、あんた……雫になにをしたわけ？」

「お前には関係ない」

「わかっているだろう？　あいつがいつも言いたいことを呑み込んで、あんたの前では無理に笑っていることくらい。物わかりのよすぎる、都合のいい女にしているんじゃねぇよ」

大倭は本当に、痛いところを突いてくる。昔から、真っ直ぐに。

「なにも知らない部外者が、口出しするな」

通り過ぎようとした瑞貴の腕を、大倭が掴む。

「正直俺は、クラブであんたを見ても、大して驚かなかった。あんたの重圧は、少しはわかってい

瑞貴は、静かに深いため息をついた。

「あんたは昔から、無意味な真似はしない。クラブで部屋に女を連れ込んだのだって、ヤリまくるためじゃねぇんだろう？　あの部屋にはあんた以外の人間もいた。理由があって、わざわざあの女たちを選んで、部屋に連れてったんじゃねぇの？」

返答を拒否するように黙りこくる瑞貴を見て、大倭は苛立たしげに頭をがしがしと掻く。

「答えたくねぇんなら、それでもいいけどよ。でもあれを見た雫は、かなり傷ついていたぞ。それでも健気にあんたを受け入れようとしていた。その雫になにをしたんだ」

硬質になる大倭の声。瑞貴は冷ややかな顔で答えた。

「僕が許婚になにをしようが、お前には関係ないと思うけど」

途端、大倭はカッとしたように声を荒らげる。

「許婚だと言うのなら、あんたは雫の許婚として相応しく振る舞っているのか!?　雫がなにも言わずにいるのをいいことに、何年使用人として縛りつけているんだよ、瑞貴！」

大倭が瑞貴の胸ぐらを掴むが、瑞貴はその手を払いながら身を捻り、拘束からなんなく逃れた。

暴漢などに突然襲われた時に即座に対処できるよう、護身術を身につけているのだ。

「大倭、もう一度言う。僕と雫とのことは、お前には関係ない。詮索するな」

暗紫色の目が剣呑な光を帯び、ゆっくりと細められる。

「俺は、幼馴染として……」

大倭が、唇を震わせて動揺した。それを見た瑞貴は、嘲りにも似た笑みを浮かべる。

「幼馴染？　虎視眈々と雫を狙っていて？」

「な……」

「——お前は、小学生の時に雫にふられているだろう？　俺と雫との関係を知りながら横恋慕をしておいて、未練がましく雫につきまとうなよ」

「……友達としてくらい、そばにいたっていいだろう」

視線を逸らす大倭の声音は弱々しい。

「あんたは、あいつの許婚で……たくさんの繋がりを持っている。あんたが羨ましくてたまらねぇよ。俺はもう、友達としての繋がりしかねぇんだ。だから……」

「……そこから、あわよくば雫を横取りしようと？　雫の理解者のふりをして、僕がいるのにふたりきりで酒を飲むだけでは飽き足らず、夜、あんないかがわしい場所に雫を連れ出して朝帰りか。そうやってじわじわと雫に侵蝕している理由が、友達だから？　笑わせるな」

「瑞貴！」

「羨ましい？　お前のその感情は自分を正当化するための言いわけだ。本当に羨ましければ、その場から動けない。邪魔者を排除できず、許容もできない。……僕のようにね」

瑞貴は大倭を見据えた。感情を殺した冷ややかな顔で。

「お前が心底羨ましいよ。偽ることのない自分で、華宵亭にも雫のそばにもいられるお前が」

大倭が思わず息を呑むほど、その声は悲哀に満ち、言葉には重みがあった。

「でも僕は……たとえ海の泡となって消えようとも、雫は放さない。お前にはやらない」

そう捨て台詞を吐くと、瑞貴は大倭に背を向けて去っていく。

そのまま岩風呂に向かった瑞貴は、苛立たしげに着物を脱ぎ、洗い場のシャワーを全開にして冷水を頭から浴びる。着痩せする精悍な肉体に、勢いよく飛沫が弾けた。

『雫がなにも言わずにいるのをいいことに、何年使用人として縛りつけているんだよ、瑞貴！』

大倭の声を思い出して、瑞貴は叫ぶ。

「わかっている。そんなこと、あいつに言われなくても僕自身が一番わかっている！」

壁をガンと拳で叩く。その眼差しはぎらついていた。

『なぜ言われた通りのことができないの。悪いのは頭なの、それともこの足か』

『お母さま、ごめんなさい。もう一度、もう一度……』

瑞貴は華宵亭の跡取りとして、女将から厳しく躾けられてきた。言われたことをすぐに実践できないと、その部屋にある道具で脹ら脛を叩かれるのが常。

華宵亭に閉じ込められ、外の世界を知らず、温泉で足を癒やしながら息を潜めて生きる毎日が虚しくて、消えてなくなりたいと思っていた。しかし消えても、きっと誰も気づかず、悲しむことはない――その現実が悲しくて、女々しく泣いていた時、桜の花びらをつけた雫が現れた。

『一緒にいてあげる。あなたも人魚姫みたいに、消えてなくなるのはいやだもの。泡になる前にまたシズクが助けてあげるから、生きていて！』

87　若旦那様、もっとあなたの愛が欲しいのです

どれだけ嬉しかったことか。モノクロの世界に、突如飛び込んできた色鮮やかな彼女。眩しく、そして愛おしくてたまらず、宝物になった。あの時から、瑞貴の恋は始まったのだ。

大切な自分だけの可愛いお姫様である雫とまた会いたいという希望が、瑞貴に力を与えた。

『雫は僕のこと、好き？』

話すだけでは物足りず、そう問うことで彼女からキスをしてもらうと、心が充足感に包まれた。

やがて雫もまた瑞貴を意識していることに気づき、身体が喜びに熱くなった。この熱に浮かされたまま、恋人のようなキスをたくさんして、雫とひとつに溶け合いたい。しかし、男の瑞貴を少しでもちらつかせると、彼女は怯えて逃げようとする。だから瑞貴は、滾る欲を必死に押し殺し、雫が安心する〝兄〟のように優しく接してきたのだ。早く雫と結ばれたいと願いながら。

彼女と結婚するためには、色々クリアしなければいけないものがあった。

まずは……女将から、一人前の若旦那として認められること。

瑞貴の父親は、雅楽川の直系でありながら色事や遊興ばかりを好んだ。華宵亭が傾かぬよう、女将がどれだけ苦労していたのか、瑞貴は密かに祖母から聞いていた。それで余計に、華宵亭と雫を守るためには、女将と華宵亭が求める後継者にならなければと、強く思ったのだ。

だから雫と会う時間を削って懸命に精進してきたものの、女将にとってはいつまでも半人前。結果が伴わない現実をもどかしく思っていた頃、華宵亭の従業員の間である噂が広がった。女将が瑞貴に厳しいのは、瑞貴が貰い子だからではないかというものだ。

不安になった瑞貴が小林院長に確かめると、妄言だと笑いとばされた。それいのがその証拠だと。

でもいまだに、冷厳な女将から息子として愛されている実感がない。

ただ小夜子を助けた件からも、女将は赤の他人にも情けをかけることなく、自分が未熟なのだと一層頑張ってきたのだ。

そんな中、今は亡き父が言い出した。

『呉服屋の娘以外にも、華宵亭の役に立つことができる娘はいるはずだ』

代々の大旦那と女将が守ってきた伝統を壊し、華宵亭の利益拡大を考える父。大女将が亡くなり権力を握った途端、縁談自体を白紙に戻すと言い出し、着物の卸先も変更しようとした。

激高型の父を宥めながら、なんとか雫との結婚という形で保留にさせ、父から雫に不当な圧がかからぬよう、女将修業との名目で雫を華宵亭から遠ざけた。

父に雫の居場所を知られぬよう、できる限りの手は打った。父の息がかかった今の番頭や孝子らの監視の目を逃れるために雫への連絡は極力絶ち、直接手渡したかった二十歳の誕生日プレゼントすら、大倭の手を借りて郵送し、どうにか贈ったのだ。当然、想いは募る一方だった。

雫との縁談は生きているのに、父は自ら選んだ女との見合いを強行する。それを壊すたび、面目を潰された父は怒り、ある日瑞貴に暴言を吐き、息子の心を抉った。

そんな父は、その数日後に愛人宅で腹上死した。特に悲しみも湧かないまま、ひっそりと葬儀を行い、ようやく雫を手元に呼び寄せられたのに、今度は女将が釘を刺す。

『大旦那亡き今、華宵亭を受け継ぐ者として、これまで以上に厳しく自戒しなさい。瑞貴にはまだ、若旦那としても不安が残る。私が一人前だと認めるまで、結婚は延期よ。修業の足枷になる恋愛を、

大旦那代理を務める女将として禁止します』

……いまだ女将から、一人前の若旦那と認められないこの不甲斐なさ。そのために恋愛を禁じられたことは自業自得だと受け止めつつも、雫と同じ屋根の下で暮らしているのに募る想いを告げられないのは、思いのほかこたえた。気づけば彼女を目で追いかけてしまう。夜だって稽古に励んで煩悩を鎮めているはずなのに、雫の部屋を訪れる言いわけを考えている自分にうんざりする。

愛想を尽かされたくなくて、瑞貴は雫にとって清廉な男であり続けようとした。優しく微笑みながらも、その実……日に日に艶めく彼女の色香に惑い、幾度その無垢な身体を穢して、自分の痕跡を深く刻み込みたいと思ってきたか。この愛は、穏やかなものではなかった。

こんな荒々しい男の許婚として縛りつけられてきた雫を哀れに思うが、放したくないのだ。そしていつだって、雫に忘れてもらいたくない。彼女と自分は、必ず夫婦になる関係なのだと。

言葉に出さずとも、雫が特別な存在だということは、今まで態度で示してきたつもりだ。

「若旦那、か……」

しかしいつの頃からか、雫は瑞貴のことを名前で呼ばなくなった。

あんなに触れ合っていたのに、気づけば距離をおいて、使用人の如き振る舞いしか見せず、言いたいことを言わなくなった。

そして……瑞貴に代わって、雫がそばにおくのは大倭だ。

三人で対等に遊んだこともあったのに、次第に三人が紡ぐ三角形は歪になった。

大倭と素でやりとりして楽しそうにする雫は、なにかがあればいつも大倭を先に呼ぶ。

90

彼女が心を許すのは、いつだって自分だけであってほしいのに、今では自分といる方が他人行儀に感じる。　距離感が、昔と違う。

『女が変わる時は男絡みだと相場が決まっているもんだ。男だろ、片桐の坊主か?』

可憐さを倍増させたあの化粧も、大倭のためだと思うと、どうしても許せなかった。

決して、彼女を傷つけ、泣かせたかったわけではないのだ。

雫にとって、自分の存在はなんなのだろう?　昔ほどの愛情は、今はもうないのだろうか。

いつも雫の頰に触れながら、瑞貴は彼女の首筋に……自分の瞳の色をした誕生石のペンダントを探している。　けれど今まで、一度たりともしているのを見たことはない。

『大切なものなので、大事にしまってあるんです。落としたら困りますし』

本当はつけたくないのではないか――そんな猜疑心が渦巻いてしまう。

『若旦那が女遊びしたいのなら文句は言いません。お好きなだけなさって下さい』

雫はいいのだろうか。　自分が違う女に触れて、愛を交わしても。　それほどまでに、彼女にとって自分は男の魅力がない、ただの幼馴染でしかないのか。

許婚がいるのに、彼女に恋する男と朝帰りをした。　そのことに雫は罪悪感すら覚えていない。

大倭とどこに泊まった?　大倭とどんな夜を過ごした?　大倭となにを語った?

雫が大倭に男として惹かれているのではないかと思うたびに、嫉妬で胸が焼き焦げそうだ。

『あんたは、あいつの許婚で……たくさんの繫がりを持っている』

大倭に取って代わられそうな不安と恐れが、常に胸の中で渦巻いている。

幼馴染とは、過去を共有する繋がりでしかない。

欲しいのは、未来へ続く強い繋がりだ。だが現在、彼女の横にいるのは自分ではない。

"わたしたち"——あの場にいない大倭と、気持ちはひとつなのだと言われた。

思えば、何度も繰り返された……やけに親密なあの言葉が、引き金だったように思う。

「雫……」

衝動的に奪った唇は、蕩けそうに甘かった。絡めた舌の柔らかな感触と、漏れ聞こえる啼き声に

我を忘れ、彼女を暴こうとする自分を止められなくなった。

……瑞貴は静かに目を閉じ、雫を思い出す。

黒い瞳が情欲の熱を帯び、艶めかしい表情を向けられた瞬間——再び男として意識してもらえた

ことに歓喜し、貫きたいと猛る欲を必死に押し殺した。

雫が可愛くて、愛おしくてたまらなかった。溢れ出る想いに泣きたくなった。

束の間の幸せに酔った代償が、この開いた距離だというのなら——

「僕は、無に帰してしまったのか。水の泡にしてしまったのか……」

不意に、幼い日の雫の声が聞こえてくる。

自分が泡になって消えないように、ずっとそばにいると約束した、雫の声が。

『指切りげんま〜ん　嘘ついたら針千本の〜ます　指切った！』

瑞貴は、己の小指を片手で握りしめる。

（ああ、恋しくて……消えてしまいそうだ……）

虚しい。同じ屋根の下にいるというのに、心が満たされない。

どうして好きだと告げられない？　どうして大倭から奪えない？

どうして男として愛する女に触れられない？

どうして……まだ結婚できない？

どうして、どうして、どうして。

『私が一人前だと認めるまで、結婚は延期よ』

「――ああああああ！」

瑞貴は仰け反るようにして吼える。

「……女将が俺を認めないのは、きっと――」

荒い息をついた瑞貴の目には、ある覚悟が漲っていた。

＊．。・＊・。・。＊

ここ数日、目くじらを立てて雫をいびっていた孝子が、やけにおとなしい。

日課となっている仕事量を減らし、無理をするなと気遣いをみせる。

香織曰く、雫が倒れたのも、まだ元気がないのも孝子のせいではないかと、一部で噂されたため

らしい。

『ひとの噂はすぐに流すくせに、噂されることには弱いんですね』

そう笑った香織は、メンタルがさらに強くなったように思う。

皆が心配するほど、自分は元気がなく見えるのだろうか。その自覚はないけれど。

瑞貴もまた、やけに気遣って声をかけてくる。自分は大丈夫だからフォローはいらないと、いつも以上に元気に振る舞ってみせるのだが、そのたびに彼の眼差しは悲哀の色を濃くして、秀麗な顔に翳りが落ちる。会話もあまり続かず、ふっと言葉が消えてしまうと、彼は小さなため息をついていなくなってしまうのだ。

どうすればいいのかわからない。こちらだっていつも通りに振る舞うだけで精一杯なのに。

その日も皆に気遣われながら、なんとか一日の仕事を終え、雫は従業員用の温泉へ向かった。

華宵亭の風呂は、瑞貴と出会った岩風呂を含め十二個。そのうち宿泊客は男女別の内風呂と四種の露天風呂を利用できる。予約制になっているため、他客と鉢合わせすることはない。

従業員用の風呂はふたつ。大きな内風呂と露天風呂が、週ごとに男女入れ替えとなる。

残る四つは女将と若旦那の他、大旦那と番頭用にひとつずつ振り分けられていたらしい。しかし、現在は女将と瑞貴がふたつずつ利用している。

あの岩風呂は瑞貴のための風呂だったようで、昔はよく一緒に入り遊んでいたものだが、裸になる恥ずかしさを知った頃から、ふたりでの入浴を敬遠するようになった。

従業員用の今週の女湯は内風呂だ。あの素晴らしい景観の露天もいいけれど、檜（ひのき）でできた内風呂も風情があって好きだ。

女性用の更衣室では小夜子がちょうど帯をしめていた。

94

濡れ髪が実に色っぽい。いつもの透けるような白肌は、仄かに上気して瑞々しく、化粧をしていない顔はどこか幼さを感じさせる。これで二十代半ばの息子を持つ母親には見えない。

「奇遇ですね、この時間に仲居長とお風呂で会うなんて。……ずいぶんとご機嫌な気がするんですが、なにかありました？　それともこれからなにかあるとか？」

これだけ美しい女性だ。浮いた話があってもおかしくない。小夜子は大倭の運転で、華宵亭の外で買い出しをすることも多いため、もしかして外でいい出会いがあったのかもしれない。

（大倭が最近、機嫌悪い理由って、それ？）

「なにかあればいいわねー。王子様との密会とか？」

うふふと小夜子は含み笑いをした。

「もう。誤魔化さないで下さいよ。恋バナがあったら教えて下さいね。王子様を他のお姫様に取られないようしっかり捕まえて、泡になって消えちゃ駄目ですからね？」

「おばさん人魚、了解です」

「仲居長はまだまだ現役のピチピチ人魚姫です！」

「ピチピチ！　それは死語だし、言いすぎよ〜」

そしてふたりは、声を立てて笑い合った。

（ああ本当に、仲居長って昔から話しやすいわ）

「ねぇ、雫ちゃん。大倭……若旦那となにかあったのかしら」

籠に荷物を入れていた雫は、急に憂い顔になった小夜子を見つめた。

「……わからないんですよ。わたしも、大倭に尋ねているんですが」

ここのところ、特に大倭の方が不機嫌でなにか思い詰めているのは察していた。いつもは瑞貴に悪態をつきながらも、若旦那へ従う姿勢を見せていたのに、私情を露にするのは珍しいこと。大倭に聞いてみても、なにがあったのか話そうともしない。瑞貴に聞こうとしても、大倭の名を出すだけでなぜか顔を強張らせるため、話ができない。

（お母さんの恋愛にナーバスになっているのと、若旦那との些細な衝突でイライラしているだけなら、時間が解決してくれそうだけれど）

「雫ちゃんもわからないか……。なにかあったのかしら。あの子、私になにも言わないから」

「冷静になる時間が必要なのかも。わたしは見守ることにします。大倭ならきちんと自分の気持ちを整理して、正しい道に落ち着くと思うので。相手が若旦那なら尚更。昔から顔を合わせると喧嘩ですけれど、なんだかんだ理解し合っているふたりですし」

すると小夜子は嬉しそうに微笑んだ。

「大倭と同じく、若旦那のことも理解しているのね」

「理解……しているつもりでしたけど、実は全然で。こんな駄目なわたし……許婚失格です。だから、きっと、結婚もまだなのかも」

思わず肩を落とすと、小夜子が力強く励ましてくれる。

「堂々としてなさいな、雫ちゃん。若旦那は婚約を破棄しようとしていないのだから。彼はあなたと結婚する意思を見せているの、そこは信じてあげなきゃ」

「……はい」

（優しいなあ……。涙がちょちょぎれる）

「羨ましいわ。特別な肩書きがあるというのは」

「え?」

すると小夜子ははっとして、慌てて笑う。

「私、未婚の母だったから。憧れるのよ、ちゃんとした結婚に。叶わぬ夢だけれどね。……あっと、引き止めてしまってごめんなさい。じゃあ私、戻るわ。ごゆっくり」

「お疲れ様です。おやすみなさい」

小夜子は笑みを湛えたまま、足を引きずりながら出ていく。

もし今彼女が誰かと恋をしているのなら、人魚姫のように不運な恋で終えないでほしい。今度こそ、その相手と幸せになってほしいと、心から願わずにはいられなかった。

「はぁ……。いいお湯」

源泉掛け流しの温泉という贅沢さ。無色透明の熱めの温泉が、身体の芯まで温めていく。

「人魚の涙でできた温泉か……」

華宵亭のすべての風呂には人魚の石像が設置されており、その下から源泉が流れている。

「人魚さんは、こんなにたくさん泣いちゃったのね……。よしよし」

雫が笑って人魚の頭を撫でると、ざらりとした違和感を覚えた。傷でもあるのかと、石像の後頭

部を見たところ、なにかが表面に刻まれている。

『亥ヲトコ』……?　なにこれ。誰かの落書き?」

昔は、大勢の従業員が華宵亭に寝泊まりしていたと聞くから、そのうちの誰かが刻んだのかもしれない。

「もしかして……他の人魚の像にもなにか刻まれているのかしら」

興味が湧いて無人であることを確かめ、露天に向かった。木の葉の匂いがする心地よい夜風に包まれながら、照明の淡い光を浴びた人魚の後頭部を見てみる。

「……やっぱりある!　『申ソトミ』?　……亥男に、ソトミちゃんがなにかを申したの?　ここにも刻まれていたということは、すべての像にあるのかも。今度、お掃除の時にでも確かめてみようっと!　ふふ、お掃除の楽しみができたわ」

風呂から上がっても火照りが消えない。クールダウンをするのに、自販機のアイスや冷たい飲み物を買うのも手だが、今夜は大庭園を散歩したい気分だ。

「よーし、今日は雨も降っていないし、久しぶりに夜の庭を歩くかな」

大庭園の裏手は客室からは見えず、従業員だけの秘密空間みたいなものだった。ライトアップされていないため、冴え冴えとした天然の月明かりが植物の輪郭を浮き彫りにする。

それは不気味さよりも、心地よさを与えた。

「ああやっぱりわたし、雑然とした都会よりも自然に囲まれた華宵亭が好きだなあ」

その声を歓迎するみたいに木の葉がさわさわと音をたて、柔らかな夜風が頬を撫でた。

98

夜露に湿った落ち葉を踏みしめ歩いていたところ、どこからか話し声が聞こえてくる。

妙に気になり声を追って歩くと、小夜子が住まう離れが見えてきた。

小夜子が外に出ている。彼女が話している相手は、夜闇に溶ける濃藍の着物姿。

（若旦那？）

なぜこんな夜更けに、瑞貴が訪問するのだろう。なにか緊急の用でもあったのだろうか。

そう、雫が訝った時だった。小夜子の哀切な声が響き渡ったのは。

「瑞、貴……」

（呼び捨て……？）

小夜子は瑞貴に向けて手を伸ばし、彼の頬を撫でた。

すると瑞貴は――小夜子を抱きしめたのだ。

瑞貴の背中に回る白い手が、蛇のように淫猥に動いて彼に巻きつく。

……愛しい男を離したくないと言わんばかりに。

（どう、して……）

雫の脳裏に、浴室で会った小夜子が蘇る。

いつになく早い時間に風呂に入り、上機嫌だった彼女。

『なにかあればいいわね――。王子様との密会とか？』

（まさかあれは……若旦那と会うために？）

小夜子はいつだって優しかった。雫が瑞貴の許婚だと知り、影ながら応援してくれていた。

その彼女が今、雫の愛する男と愛を交わしている――

拒絶反応にズキズキ痛む頭を抱えながら、雫は思い出してしまう。

数日前、女将に着替えの礼を述べた帰り、小夜子を見た瑞貴の目が切なげだったことを。

（あれば……恋する眼差しだったんだ……）

年の差がある。しかも大倭の母親で、瑞貴には許婚がいる。

『羨ましいわ。　特別な肩書きがあるというのは』

雫は愕然として、地面に両膝をついた。

（結婚話が進まなかったのは、わたしと結婚したくなかったから？　なにか事情があって婚約破棄

ができず、仕方がなく先延ばしを繰り返していたの？）

瑞貴が自分に見向きもしなかったのは、小夜子が好きだったからだ。

延期ばかりで業を煮やした雫側が、婚約を白紙に戻すことを期待していたのだろうか。

そして、小夜子との禁断の恋に苦しみ荒れていたから、クラブで発散し、彼女の身代わりとなる

女たちを抱いて欲求不満を解消していた――

（わたしは……そんなことも知らず、彼と幸せになる夢を見てきたんだ……）

ああ、本当に――瑞貴についてなにひとつわかっていなかった。

『嬉しいよ。雫が、僕のお嫁さんになるなんて！』

あの時の彼は、確かに自分を望んでくれた。　しかし所詮は祖母同士が強制的に決めた縁談だ。

（わたしだけ、だったんだ。ずっと……結婚を楽しみにしていたのは。……消えちゃったんだ、あ

100

の時の若旦那の気持ちは。膨らんで弾けて……泡のように消えちゃった……)

雫の目の前で、瑞貴は小夜子とともに、彼女の部屋に入っていく。

愛し合う男女がすることはひとつしかない。

激しい拒否感が、雫の中を狂おしく駆け巡る。

「いや、だ……。若旦那……行かないで。ねぇ、行かないで……」

しかしその声は届かず、玄関の戸は無情にも閉められた。

「うう、う、ぐ……っ」

食いしばった唇の隙間から、堪えきれない鳴咽が漏れ、涙がぼろぼろとこぼれ落ちる。

……長いこと待ってみても、瑞貴は屋敷から出てこなかった。

「若旦那……」

いずれ瑞貴と結ばれるために、どんな困難でも頑張って耐えようと思っていた。たとえ瑞貴から

女として見られていなくても、ずっと彼のそばにいるために。

未来に託していた一縷の希望が、音をたてて砕け散った気がした。

『指切りげんま〜ん　嘘ついたら針千本の〜ます　指切った!』

……瑞貴が好きだった。彼しか見ていなかった。

だから——わかる。もう、無理だと。

他の女性を想う彼のそばにいてはいけない。

瑞貴が好きだからこそ、彼の恋路を阻む枷になりたくなかった。

「どうして……」

左肩に垂らされている緩い三つ編みの黒髪が、大きく揺れた。

いつも凛然とした女将らしからぬ驚きよう。

「婚約を破棄したい⁉」

昔は自分もこの部屋に住まうのかと興味津々だったが、今は悲しみが募るだけ。

歴代の女将が使用してきた部屋は、飾らない現女将の趣味を反映してか、とても質素に思えた。

硬い雫の声音からなにかを察したのか、起きていた女将は小言を言わずに部屋に通す。

夜更けに非常識だと叱咤されるのを覚悟して、雫は女将のもとを訪れた。

＊。∴・＊・・。∴＊

……今なら、王子のために消えることを選んだ人魚姫の気持ちが、よくわかる気がした。

（今まで束縛してしまって、ごめんなさい。あなたを解放……するから）

せめて、彼の元許婚が自分でよかったと思ってもらえたら、この恋心も救われる。

決断しよう。彼ができなかった婚約破棄を。

（若旦那……）

『泡になる前にシズクがまた助けてあげるから、生きていて！』

瑞貴の幸せのために。彼の心からの笑顔を守るために。

掠れきったその声は、激しい動揺を雫に伝えてくる。

鉄仮面のように思えた女将でも、感情はあるのだなと、雫は妙におかしくなった。

「常々、思っていました。わたしでは、若旦那の伴侶も、華宵亭の女将も力不足です。できるのはせいぜい力仕事のみ。能力も根性もなく、ご期待に添えず申しわけありません」

思っていた以上に、すらすらと言えた。それは日頃から、心に渦巻いていたものであったからなのかもしれない。

「婚約を破棄して、あなたはどうするつもりなの？」

「……まだなにも決めていません。仲居としての経験が無駄にならないところで、ひとり生きていければと思っております」

「しかし……」

渋る女将を見て、雫はなにをそこまで躊躇うことがあるのかと訝る。

華宵亭のためを思えば、役立たずの許婚が消えることは万々歳ではないか。むしろ、雫の決断が遅すぎたことに、嫌味を言われる覚悟もしていたというのに。

「どうか、若旦那に相応しい女性を。華宵亭と若旦那を心から愛する、有能な女性を次期女将に据え下さい。なにより、若旦那がお気持ちを向けられる女性を……」

「だったら、雫さんがあの子のそばに……」

「わたしではないんです。女将さん……。こればかりは努力しても無理でした。どうか察して下さい。わたし……若旦那を苦しめたくないんです。幸せになってほしいから」

雫は戦慄く唇を噛みしめ、小さく笑った。そんな雫に女将は強張った顔を向け、静かに問う。

「このこと、瑞貴には言ったの?」

「……いいえ。明朝、若旦那には置き手紙を残して、出ていこうと思っています」

「な……」

「長年許婚としてお世話になりながら、不義理に消えるわたしを若旦那はお怒りになるでしょう。だからこそ信頼で成り立つ華宵亭の嫁には相応しくないと、どうぞ若旦那をお諭し下さい」

「雫さん。この縁談は……今は亡き大女将の願いでもある。結婚まで時間がかかっても、たとえなにか障害があっても、あの子が婚約を取り消したりはしないわ」

しかし雫を安心させようとした女将の言葉こそが、瑞貴の懊悩の原因になった気がした。

「ならば尚更のこと。若旦那からは、婚約を破棄したいと言えないでしょう。なので、わたしからご辞退申し上げます」

そして──

「……どうしても、あの子との婚約を破棄したいの?」

「はい。わたしが前に進むためにも。どうしても破棄させていただきたく」

女将は目を瞑り、しばし沈黙した。

「……わかりました。長年にわたるあなたの努力と、瑞貴へ注いでくれた愛情に免じて。あなたの望む通り、瑞貴との婚約を破棄させてもらいます。あなたのご実家にもそれを伝えますね」

「最後までお手数をおかけしてしまい、申しわけありませんが、どうぞよろしくお願いします」

雫は涙を堪えて微笑むと、美しいお辞儀を見せる。

「……でもね、雫さん。戻りたかったら、すぐに言いなさい」

それは初めて雫に向けられた、女将の情だった。

「ありがとう……ございます。優しいお言葉を胸に、別の場所で生きていきます」

……その夜、雫は再び仲居の着物を着て、室内の掃除をし続けた。

深夜勤担当の仲居に代わってもらい、早朝勤の仲居が来るまで最後の仕事に勤しむ。

大好きだった華宵亭。もう二度と足を踏み入れることはないと思えば切ないが、ありったけの感謝を示したかった。

そして雫は、休憩時間に瑞貴への手紙をしたためた。

手が震え、便箋に涙が落ちて滲み、何度も書き直してできあがったのは――

『若旦那 今までお世話になりました。どうか愛する方とお幸せに 朝霧雫』

十八年の時を思えばあまりにも簡易な文ではあったが、それが雫の精一杯だった。

(若旦那……。直接あなたに言えない、臆病なわたしをお許し下さい)

雫は震える唇を噛みしめ、涙がこぼれないように天井を見上げた。そしてそっと呟く。

「あなたを……心から愛していました。結婚、したかったです」

＊・。・＊・。・＊

早朝勤の仲居が来るのは朝の五時少し前。無事に交替を終えた雫は、部屋の隅にしまっていた

スーツケースを取り出して、荷物を詰め込んだ。

そして五時をやや過ぎた頃、スタンドカラーの白いブラウスとネイビーのフレアスカートに着替

えて裏口から出ると、大倭が日課の水撒きをしている。

「あれ、お前深夜勤だったっけ？ って……なんだよ、その服と荷物は！」

驚きの表情を浮かべた大倭に、雫は笑顔で言った。

「華宵亭を出ていくことにした。今までありがとう。これからも若旦那を支えて、華宵亭を盛り立

ててね」

大倭は目を何度か瞬かせ、きょとんとした顔をする。そして――

「お前、なに突然。は!? ちょっと待てよ、なんだよ、それ」

かなり混乱しているらしい。そんな姿はレアだと思い、くすりと笑った雫は封書を渡した。

「これ、香織ちゃんに渡しておいてくれる？ あの子、来るのがいつもぎりぎりだから、直接お別

れを言えないと思って、手紙にしたの」

「だから待ってって。なんでお前、そんなに暴走しているわけ？ 落ち着けよ」

落ち着けと騒ぐ大倭が、一番動揺している。

「十分落ち着いてるよ。それに、心のどこかでこんな風に出ていくことを予感していたみたい。未練や悔しさよりも、爽やかな気分なの。お天気もいいし、いい旅立ち日和」

「お前の許婚はどうするんだよ。あいつを捨てたら、どうにかなっちまうぞ」

「捨てるんじゃないよ。若旦那には、部屋の前に手紙を置いてきた。悪いけどフォローを頼むわ。手紙ですませたことに怒るかもしれないけれど、そのうち落ち着くところに落ち着くと思うから。……婚約破棄させてもらったんだ。夜、女将さんに頼んで」

「なんだって⁉」

大倭の声が裏返った。

「若旦那、好きなひとがいるみたい。もう限界だなって。邪魔者扱いされたくもないしね」

さすがに瑞貴の想い人が大倭の母親だとは言えなかった。でも、そのうち大倭にもわかるだろう。

小夜子と瑞貴が結婚したら、大倭と瑞貴の関係は、幼馴染ではなく義理の父子になる。

（絶対ふたりとも、その関係は嫌がりそうだけれど）

「意味わかんねぇ。なんでお前が出ていくんだ」

「なんでお前が邪魔になるんだよ？」

「お邪魔虫になりたくないの」

「若旦那には好きなひとがいるんだってば」

「だからなんで！」

察しがいい男なのに、なんだか話が噛み合わない。

「……あ、もしかしてわかっていたの？　若旦那の好きなひと。まさか、それでイライラして若旦那にあたっていたとか？」

すると大倭は、心底いやそうに顔を歪めた。

「イライラしていて悪かったな。せっかく鎮めたのに、お前が煽るなよ」

「だけど……まあいいや。そういうことで、とにかく許婚はやめました。もう恋は疲れたし、どこかでまた仲居として頑張って、再出発しようと思う」

「……待て。今、あいつ呼んでくるから。もっと腹割って話し合え」

走り出そうとする大倭の腕を、雫は慌てて両手で掴む。

「やめて。ここを笑顔で出たいのよ。それに今、若旦那は部屋にいるかわからないし、いたとしてもきっとお疲れだわ。だからこの時間に静かに出ていきたいの。もうそろそろ行くね」

大倭から手を離し、スーツケースを手にする。笑顔で去ろうとした雫の腕を、今度は大倭が荒々しく鷲掴みにした。

「……行くな」

「放してよ。もう決めたことだから」

「それは勝手すぎるぞ！　……俺も捨てるわけか？」

「大倭とはまたどっかで会えるから。落ち着いたら連絡もするし。ね？」

「――お前の結婚式の時に？　見知らぬ男の横で笑っているお前を祝えって？　ふざけんな」

「わたしもう恋なんて……ちょ、大倭……痛いって」

「なあ、小学校の卒業式の時。女たちから制服の第二ボタンを狙われて、俺が学校を逃げ回っていたこと、覚えているか?」

「ああ、そんなこともあったね。あんた、ぼろぼろになっていたよね」

中学生になれば制服が変わる。そのため小学生最後の日には、女生徒間で意中の男子生徒の第二ボタンを巡り、激しい争奪戦が繰り広げられた。先に卒業した瑞貴と同じく、クラスの中心的存在で人気があった大倭も、その洗礼を受けたのだ。

多数対ひとりの追いかけっこが面白くて、雫は笑い転げて囃し立てた後、死に物狂いで走る大倭を見捨てて、卒業したことを瑞貴に告げに華宵亭へ向かったのだった。

夕方、ぼろぼろの制服姿で大倭が華宵亭に戻ってきた。髪は乱れ、顔にはひっかき傷があり、ボタンは裏表すべて毟り取られている。疲れ切っているのに妙に真剣な顔をした彼は、雫の前に拳を突き出し、ゆっくりと掌を開いてみせた。手のひらにあるのは、小さなボタン——

『……第二ボタン、死守した。お前にやる』

雫は首を傾げた。女生徒たちが第二ボタンを欲しがるのは、その男子への恋心があるからだ。だったら男子生徒が、欲しがってもいない女生徒にボタンを差し出すのはどんな意味があるのだろう。……雫は、色恋沙汰には疎かったのだ。

大体、欲しがる女生徒がたくさんいるのに、自分がもらっていいものかと悩んでいると、休憩に入った瑞貴がやってきた。

瑞貴はボタンを一瞥して怖い顔をしたが、雫が怯えるとすぐ笑顔に戻り、こう言った。

『大倭は特別な友達ということで、雫にボタンをあげようとしていたんだね』

『特別な友達……そうか、大倭。わたしたちは親友だものね。だったら親友の証か！』

『それがわかれば、雫がもらう必要はない。これは大倭のボタンなんだから、ちゃんと返そうね』

忌々しげに歪む大倭の顔。それを冷ややかに見ながら、瑞貴は続けた。

『女の子が男の子の第二ボタンを欲しがるのは、どういう意味がわかってる？』

『好きな気持ちを受け取って、という意味でしょう？』

『そう。雫は僕の第二ボタンが欲しい？』

欲しいと騒ぐと、瑞貴は「ちゃんととってあるよ」と微笑み、雫を自室に招いたのだ。

……ふるふると震えながら、ボタンを握りしめて立ち尽くす、大倭を残して。

『あの時はあいつに邪魔されてしまったし、お前にはストレートに言わなきゃいけねぇことを学んだ。……雫、俺は……お前に惚れてる』

「は？」

（今、なんと？）

「友達として以上に、女として……お前が好きなんだよ。好きだからボタンを渡したかった。その気持ちは、あの時からなにひとつ変わらない」

苦しげな表情で大倭は言った。

「お前はあいつに夢中だし、いずれ結婚しちまうからって、何度も諦めようとした。お前が東京に行っている間、他の女と付き合ったこともあったけど、他の女じゃ無理だ。お前がいい」

110

大倭に恋人がいたということも、恋心を向けられていたということも初耳だ。

（知らなかったとはいえ、わたしずいぶん、大倭に若旦那への気持ちを口にしていたけど）

彼はいつも応援してくれた。頑張れと励ましてくれた。

彼は本音を隠して、ずっと笑ってそばにいてくれたのだ。

そう。瑞貴に接する雫のように——

「お前があいつを切るというのなら、俺……我慢しなくたっていいだろう？　俺なら……お前を泣かさない。俺なら、お前の隣にずっといる」

熱を滾らせた漆黒の瞳。いつもそばにいた幼馴染が、見知らぬ男に見える。

「雫。俺を好きになれ。俺の女になれよ」

哀切な光が、切れ長の目にゆらゆらと揺れている。

「——お前が好きだ」

……胸が痛い。

「ありがとう。大倭の気持ちは嬉しい。でも——」

自分は瑞貴が好きなのだ。

好きで好きでたまらなくて、異性として振り向いてもらいたかった。

こうした情熱を瑞貴から向けてもらいたかったと思うのは、大倭に対して失礼だけれど、どんなに情熱的に告白されても、頭を過ぎるのは瑞貴のこと。

「拒むなよ。俺の気持ちも、受け入れてくれよ！」

大倭の気持ちに、瑞貴を想い続けた自分の気持ちが重なり、心が震える。

共鳴しているのだ。彼が口にする言葉のすべてが、身に覚えのあるリアルな感情だからこそ。

「雫⋯⋯好きなんだ」

泣き出しそうな大倭の顔。

「好きなんだよ、お前が。頼む。男としての俺を、お前の心の中に入れてくれ。俺を切り捨てず、俺のことを⋯⋯男として好きになろうって思ってみてくれよ」

「大倭⋯⋯」

「あいつを忘れられなくてもいいよ。想い続けていてもいい。俺をあいつの代わりにしていいから。だから俺のそばにいろ。俺から離れようとしないでくれ」

全力での大倭の告白に、雫の心は水面の如くゆらゆらと揺れた。

大倭を好きになれば、瑞貴を想って痛むこの心は癒やされるのだろうか。

大倭が相手なら、涙を流すこともなく笑っていられるだろうか。

大倭だったら──

「雫⋯⋯。俺のところに来い。幸せにするから」

（⋯⋯無理だ）

自分が辛いからと、大切な友達を瑞貴の身代わりにはできない。

大倭は大倭であり、愛する瑞貴にはなれない。

「ごめん、大倭。わたしは若旦那以外のひとに恋はできない。わたしも大倭も幸せになれないわ」

王子以外に恋ができないから、消えるのだ。愛するひとに選ばれなかった人魚姫は。

「ぐちゃぐちゃ考えるな。俺がすべての苦しみから守る。だから、俺のところに……」

大倭の腕の中に、荒々しく引き寄せられる。

嗅ぎ慣れたサンダルウッドの香りが、やけに魅惑的に感じた。

それでも……陶酔するほど恋しく思うのは、菓子のような甘い麝香だけ。

大倭といっても思い知るばかりだ。どれだけ自分が、瑞貴を好きなのか。

雫が大倭を突き飛ばそうとした瞬間、彼が泣きそうな顔で笑った。

その直後——雫の腕が掴まれ、ぐいと後ろに引っ張られる。

「大倭のもとになど、行かせない……っ」

それは、この時間ここにいるはずがない……瑞貴だった。

小夜子と抱き合っていた時と同じ濃藍色の着物を着たままだ。激しい怒りを隠そうともせず、ぎらついた眼差しでスーツケースを一瞥すると、威嚇めいた声を出す。

「雫、戻るんだ」

「あの、若旦那。わたしは……」

「戻るんだ!」

剥き出しの激情をぶつけられ、雫は恐怖にびくっと震え、身を竦ませた。

そんな中、大倭が嘲るみたいに笑い出す。

「はは。まったく余裕ねぇな、あんたの顔。それが素なのかよ」

113　若旦那様、もっとあなたの愛が欲しいのです

それは瑞貴の怒りを煽り、秀麗な顔がさらに歪められた。

「ま、そうだよな、捨てられた哀れな男としては、力ずくで拘束するくらいしかねぇものな」

大倭らしくもない挑発だ。しかもその物言いでは、雫が大倭を選んだようにも聞こえる。

「違う、違う！　大倭、勝手に話を歪めないで。わたしは……っ！」

雫の腕を掴んだままの瑞貴の手に力が入り、骨が悲鳴を上げた。

大倭に向けられている暗紫色の瞳はギンと殺気に満ち、触れれば切り裂かれそうなほど剣呑な空気をまとっている。

「自業自得だろうさ。あんたは雫の心変わりを止められなかった。それもすべて……許婚という肩書きで雫を縛って満足して、雫の心に寄り添おうとしなかった結果だ。だから俺如きに盗られるんだ！」

大倭は、雫が受け入れたと思い込んでいるのだろうか。

（うぅん、違う。大倭は、もしかすると……）

『今、あいつ呼んでくるから。もっと腹割って話し合え』

（わたしの背を押すために、わざと泥を被ってくれているんだわ！）

瑞貴の身代わりでもいいと愛を乞いながら、土壇場で雫のために憎まれ役を買って出た大倭。自分は大倭の気持ちに応えられなかったのに、彼はいつだって雫の一番の味方でいようとしてくれているのだ。

自分を殺して、雫の心を大切にしてくれているのだ。

（ありがとう。わたしの大好きな親友！）

大倭が言っている気がする。

雫の鼻の奥がツンとした。

幼馴染として共有した過去もすべて、簡単に捨て去るなと。残された者の気持ちを考えろと。瑞貴から逃げずに本音できちんと話をつけろと。一時の感情で

「この間男が……」

瑞貴の声はどこまでも冷ややかなのに、烈火の如き温度を感じさせる。

いつもの瑞貴であれば、大倭らしくない挑発に、裏があることくらい見抜いただろう。

（若旦那をここまで激高させてしまったのは、わたしのせいだ……）

雫が唇を噛みしめた時、瑞貴がゆったりと嗜虐的に笑った。

「俺から雫を……奪い取れると？」

酷薄なその笑みに雫は震え上がり、さすがの大倭も顔を引き攣らせる。

（これ、やばい展開になるかも。どうする？　どうすれば若旦那を鎮められる？）

そんな時、実にタイミングよく、騒ぎを聞きつけて番頭が駆けつけた。

「若旦那、どうなさったんですか!?」

続けて、孝子を含めた数人の仲居もやってくる。瑞貴の舌打ちが聞こえた瞬間、彼の殺気が薄らいだ。雫が安堵したのも束の間、瑞貴は雫を軽々と肩に担ぎ上げ、従業員たちに言い渡す。

「大倭を押さえつけ、俺の部屋には誰ひとりとして近づけさせるな」

日頃の瑞貴からは想像もつかぬ高圧的な言葉だ。従業員は彼の変貌に驚いている。番頭が恐る恐

「あ、あの……若、旦那……？」

る瑞貴に尋ねた。

「……聞こえなかったのか？　二度も言わせるな」　副番頭がなにか……？」

刃のように研ぎ澄まされた目が向けられ、従業員たちは蒼白となって震え上がる。そして大倭に

謝りながら、彼を羽交い締めにして動きを制した。

「おい、止めるならあっちだろうが。雫が拉致されているの、見えるだろう⁉　俺もついていかな

きゃ、ストッパーがいなくなるだろうが！　あいつ、勘違いしたままなんだぞ⁉」

大倭にとっても想定外の事態になったらしい。

「雫、おい、雫──！」

大倭は遠ざかる雫に声をかけ、困り顔で拳を上げてみせた。

（ひとりで頑張れってこと？　この若旦那の怒りＭＡＸな状況で、なにができると……）

それでも、腹を括ってきちんと話をしようと思い直す。やはりこそこそ逃げるのは卑怯だった。

瑞貴の怒りを粛然と受け止め、少しでも彼の幸を願う心を伝えたい。

……今度こそ穏やかに、華宵亭から出ていくために。

第三章　若旦那様、本当の心をお聞かせ下さい

モダンな黒い木目調の襖が、激しい音をたてて閉められる。

雫が運ばれた瑞貴の部屋は、雫が立場を弁えるようになってからは、女将の部屋同様、公私とも

においそれと近づくことができない聖域だった。

畳に下ろされた雫は、そのまま覆い被さってくる瑞貴に組み敷かれ、荒々しく唇を貪られた。

「若……旦……ふ、んんっ」

雫の口腔内で瑞貴の舌が暴れる。恐ろしさに逃げる雫の舌を追い詰め、支配しようとしていた。

それは甘さの欠片もなく、力を誇示して、雫を屈服させるだけのものだ。

獰猛なキスで呼吸を奪われ、気が遠くなった時、首筋に歯を立てられて現実に引き戻される。整

いすぎているがゆえに凄みのある秀麗な顔が、雫を見下ろしていた。

怒りを帯びた、ぎらついた双眸。それとは対照的に、唇は弧を描く。

食べられる――ぞくりとした雫は本能的に逃げようとするが、腰が抜けたのか足に力が入らず、

仰向けになった芋虫みたいに這いずることしかできない。

「――母さんから聞いたよ。婚約破棄、したいんだって？」

言葉遣いはいくらか緩和されたが、瑞貴の激情までは鎮静化したわけではないようだ。

雫の顔の両横にゆっくりと瑞貴の手がつかれ、彼が作る檻（おり）に閉じ込められる。

……逃げ場はない。

「手紙も読んだよ。いやになっちゃうね、僕に……浮気の濡れ衣を着せ、あんな紙切れ一枚で消えようとするなんて。きみがそんな子だったなんて、失望したよ」

失望。その言葉に心がきりきりと痛む。

「わ、わたし知っているんです。若旦那が……」

「ああ、僕も知っているよ、雫。大倭にわざわざ言われなくてもね」

雫を遮り、くつくつと喉元で笑う瑞貴は、雫の頭を優しく撫でる。冷えきった手だ。いつもなされていた触れ合いなのに、今は全身が総毛立つ。

「大倭が好きだから、僕との婚約を破棄したんだろう？　僕の不貞を理由にしたのは、大倭の差し金なのか？　それともきみの考え？」

依然口元には笑みが浮かんでいるが、瑞貴が発する言葉は理解しがたいものだった。この口ぶりではあの場で大倭が憎まれ役にならずとも、既に勘違いをしていたらしい。

慌てて弁解をしようとしたけれど、またもや瑞貴に遮（さえぎ）られる。

「あいつのどこがいい？　顔？　身体？　教えてよ。僕、その部分を切り取ってくるから」

「な……」

「性格だっていうのなら……どうしようか。身体の中、全部取っちゃえばいいのかな。そうしたらきみは、大倭に興味をなくすだろう？」

118

冗談とも思えない仄暗（ほのぐら）いものを感じた雫は、悲鳴じみた声を上げた。

「若旦那、なにを言っているんですか!?　大倭ですよ、幼馴染（おさななじみ）の！」

「わかっているよ。だから情けをかけて殺さなかったじゃないか。雫、どちらがいいだろう」

思えば、ひと思いに殺した方が楽なのかな。雫、どちらがいいだろう」

残忍に笑う目の前のこの男は、一体誰なのだろう。

優しく穏やかな若旦那でもなく、クラブで荒れていたミズキでもない。

「若旦那、お願いですから……やめて下さい。大倭なんですよ？　若旦那は大倭に、わたしには見せない顔を向けてきたじゃないですか。わたしよりずっと、同じ時を共有してきたんですよ？」

雫の訴えに、暗紫色の瞳がかすかに揺れた。

「それでも……大倭は、僕から雫を奪った」

「わたしは奪われていません！　僕から雫を奪った」

「わたしは奪われていません！　確かに大倭はいつもと様子が違いましたが、わたしは拒んで（こば）」

すると瑞貴はカッとしたように叫ぶ。

「奪われていただろう！　本気でいやだったら、大倭を殴るくらいしたはずだ！」

刺々しい言葉が、胸に突き刺さる。とげとげ

確かに大倭に激しく抵抗しなかったのは……

（どこから見られていたのかわからないけれど、大倭への自分の想いとよく似ていたから。大倭の想いが、瑞貴への自分の想いとよく似ていたから。失恋の苦しみから解放されたくて、一瞬でも大倭に揺らいだことは認める。……それでも、瑞貴以外に恋はできないと思い知ったのだ。彼の気持ちは素直に嬉しいと思った。

「僕がきみの手を引かなければ、大倭に抱きしめられ、キスしていたんじゃないか？　もしかして、もう既に結婚の約束でもしていた？」

負の感情をぶつけられ、悲しみのあまり弁解もできない雫は、ただ唇を戦慄かせた。

（若旦那。どうして……あなたがそんなことを言うんですか？　仲居長を抱いたあなたが）

好きな女性がいても雫との婚約にこだわる理由は、大女将の願いが呪いとなって彼を縛っているせいかもしれない。その重圧に彼はもがき、幼馴染という関係まで壊そうとしている。

「なにか言えよ。それとも、図星でなにも言えない？　あるいは僕には言いわけをする価値さえない？　きみが頼るのは、いつもいつもいつも！　大倭ばかりだものな！」

瑞貴の悪意ある言葉に、雫の心は切り裂かれていく。

彼は穏やかな笑みの陰で、そんなことを思っていたのか。

「……僕との婚約は解消させやしないよ。きみが大倭を想っていようが関係ない。どんな手を使ってでも、逃すものか」

ぎらついた暗紫色の目が細められた瞬間、雫のブラウスが下着ごと押し上げられた。慌てて隠そうとする手を押しのけ、露になった両胸を鷲掴みにされる。

白い柔肌に食い込んだ瑞貴の指。雫は痛みに顔を顰めた。直接触られるのは初めてではないのに、淫猥に形を変えた胸を食い入るように見つめられていることが、羞恥を煽る。

「いつからこんなに……男を誘う身体になったんだ」

瑞貴は怒りと悲しみが綯い交ぜになった声で呟くと、震える胸の蕾に吸いついた。

「ひゃ、ぁっ！」

　彼の唇で引っ張り上げられた蕾が、舌で転がされて揺らされる。

　それは雫の官能を高めるためというより、彼の激情をぶつけているみたいに荒々しい。

　本能的に身を竦ませていた雫だったが、たとえどんな行為であろうとも、愛おしい男に女として

求められていると思うだけで、身体がじんわりと熱を持ってしまう。

（ああ、駄目。そんなところばかりいやらしく攻められたら、わたし……）

「……ん、ふ……ぁ……」

　雫の唇から漏れた声は、甘さが滲んだものだった。それを耳にした瑞貴が冷たく笑う。

「こんなにされているのに感じるんだ？　……大倭でも思い出した？」

「違っ、わたしは大倭のことをそんな風には思っていません。それにこの行為だって誰とでも……」

「だったら、愛想を尽かした男をそんな風に感じているのか。心通わせる大倭になら、もっと気持ちよく乱れ

ることができただろうにね。可哀想に」

「違います。気持ち……よくなるのは、大好きな……若旦那だから……っ」

　そこに愛があるのだと訴えても、瑞貴の頑なな心は解れなかった。

「雫は悪い子だね。そうやって僕を誑かすのか。なにも知らない無垢のふりをして」

「信じて下さい。わたしは若旦那が好きなんです……！」

　するとまた瑞貴は笑う。暗紫色の瞳を、暗澹たる色に染めながら。

「……知っているよ？　だって幼馴染だからね。だけどその〝好き〟は……腹立たしい」

笑みが消えて凍てついた顔と低い声音に、思わずぞくっとする。

雫の怯えに気づいた瑞貴が、ゆったりと笑って雫の目を手で塞ぎ、耳打ちした。

「俺の本性はわかっていたはずだろう？　せっかくあれで見逃してやったのに」

一人称が変わった。スカートが捲られ、太股を指先でなぞられる。

「ずっと、目を閉じていればよかったものを。もう遠慮しない。無理矢理でも……俺のものにするよ」

ショーツが一気に引き下ろされ、雫は本能的に震えて悲鳴を上げた。

「……大丈夫。すぐに終わらせるから」

視界を塞がれたまま、両足を大きく開かされる。まだ解してもいない秘処に、質量ある……熱いなにかを押し当てられた。それが怖くて仕方がなく、雫は引き攣った声で訴える。

「わ、若旦那、やめて！」

両手を伸ばして瑞貴の身体を押し返そうとしたが、暗闇の中で空を切った手は、頭上に交差させる形で押さえつけられる。そして熱を伝える大きなものが、秘処に入ってくるのがわかった。

「いや、若旦那、やめて！　いや！」

焦った雫は短い悲鳴を上げ、泣いて抵抗した。

それがなにか、今なにをされようとしているのかわからないほど子供ではない。しかし、こんな怒りに満ちた情交はいやだ。自分が彼を怒らせ瑞貴に女として抱かれたかった。

ていることはわかるけれど、今までの優しく穏やかな思い出を壊したいわけではないのだ。

122

『指切りげんま〜ん　嘘ついたら針千本の〜ます　指切った！』

脳裏に蘇る、遠き日の約束。

それを違えて離れようとした報いなのだろうか。

（だけど、若旦那には好きな女性がいるのに！）

「やだ、若旦那、やだ！　やめて、お願いだからやめて！」

雫が泣きじゃくると、瑞貴は雫の涙で濡れた手を拳の形にする。そして、ダンと大きな音をたて

て彼女の横の畳に叩きつけ、行為を断念した。

涙で滲んだ視界の中で、俯いた瑞貴の顔がゆっくりと上がり、雫に向けられた。

深い翳りに覆われた顔。悲痛に細められた眼差し。

暴力的な行為をしようとしていた瑞貴なのに、あまりにも苦しげで、雫の胸が締めつけられる。

「……そんなにいやか、俺に抱かれるのは」

瑞貴は唇を戦慄かせながら、弱々しい声音で懇願した。

「雫の処女を俺にくれよ。他の男にではなく、少しは俺に……きみの特別をくれよ……！」

どくん、と雫の心臓が跳ねた。

こんなに彼のことを特別に想っていたのに、それは彼に伝わっていなかったのか。

（ねぇ、若旦那。どうして今頃、そんな執着めいたことを言うんですか？）

雫は悲しみに満ちた声で、過去形で尋ねてみる。

「特別を求めるのは、許婚……だったから？」

すると瑞貴は口を引き結び、自嘲するような薄ら笑いを浮かべて答えた。

「そう。許婚の義務。一度抱かれれば、雫のおばあさんも大女将も満足してくれるだろう?」

その返答は、雫の心をさらに傷つけた。しかし。

「──とでも言えば、きみは納得するのか?」

瑞貴が言い出したことなのに、彼もまたひどく傷ついた顔をしている。

「処女をくれたら……終わりにしてあげる。雫を解放してやるよ、大倭も一緒に」

今にも消え入りそうな弱々しい声で──

「だったら……いいだろう?」

胸が痛くて泣き出しそうなのは雫の方だ。それなのに、瑞貴はそれ以上に痛ましい顔で雫の頬に触れる。

「雫の大切な……たったひとつのもの、俺にくれてもいいだろう?」

……冷たく長い指先をかすかに震わせながら。

(ずるいよ。仲居長がいるのに……。わたしは……こんなにも若旦那が好きなのに)

その時、瑞貴が雫の首にかけられていた鎖に気づいた。こんなにも若旦那が好きなのに。

つけていなかった雫形のペンダントが現れる。それを指にひっかけ引っ張ると、いつもは鎖を指にひっかけ引っ張ると、いつもは

「これは、若旦那にお返ししようと思いました。だけど……できなかった。これは若旦那がくれたもの。わたしの……永遠の宝物だから。これだけは手放すことはできなくて」

雫の目から涙がつぅとこぼれ落ちる。

124

「わたしは……昔から若旦那だけを想い続けてきました。ずっとずっと……指切りを思い出しながら、若旦那のお嫁さんになれる日を夢見て、わたしなりに頑張ってきたつもりです」

わずかに瑞貴の瞳が揺れた。

「でも、わたしの存在が若旦那の重荷となっていたことがわかり、耐えられなかった。わたしは……若旦那に幸せになってもらいたい。人魚姫のように、消えてほしくないんです。今も」

瑞貴の瞳に広がっていた闇の濃度が徐々に薄まっていく。

「だから、大女将の遺志に囚われた若旦那が、したくてもできない婚約破棄を……わたしから女将さんにお願いしました。それが、わたしにできる唯一のことだから」

瑞貴が口を開く前に、雫もまた瑞貴の頬に触れる。

「愛してます、若旦那。あなたに抱かれたいと思っていました。あなたが求めてくれるのなら、喜んでこの身を捧げたい。だけど……大女将への義理を果たす前に、本当に愛する女性の気持ちを考えてあげて下さい」

無理矢理に笑う雫の声が、涙で震えた。

「仲居長が……悲しみます」

「……え?」

瑞貴が怪訝な声を上げた時だ。

ドスドスという音が近づいてきて、襖が開いた。そして――

「――雫さんになにをしているの。はしたない格好をなんとかしなさい、この……馬鹿息子が!」

その声とともに、水がざばあと降ってきたのだ。

……般若の形相をした女将が手にするバケツから。

＊・。・＊・。・＊

雫は瑞貴とともに、彼の部屋にあるバスタオルにくるまれ、女将の前に正座している。

視界の端にあるのは、ショーツ。その存在は女将にとってはどうでもいいらしいが、雫にとってはどうしても気になる。またもや、濡れたショーツに。

（はかせてもらえないかな。でも……濡れていたら風邪ひいちゃうか。だったら手元に引き寄せるくらい……。頑張ればもうちょっとで……）

雫の手を止めたのは、女将の声だった。

「昨夜、雫さんが帰った後、仲居長が私のところにやってきたの。それで私は、雫さんが、仲居長と瑞貴が恋仲だと誤解していたことに気づきました」

（誤解……？　抱擁して呼び捨てにする仲なのに？）

しかし疑問を解決する間もなく、女将が続ける。

「瑞貴が私から婚約破棄のことを聞き、あなたのところに駆けつけたのが朝になったのは、瑞貴がずっと岩風呂にいて話をするのが遅くなったからです。心が昂った瑞貴は岩風呂で長く過ごす……いわばあそこは瑞貴の別宅。……昔から瑞貴は、私に関するいやなことがあると、あの岩風呂で現

126

実逃避をして、心を押し殺すのが常でした」

「なぜ、そのことを……」

濡れ髪のため、いつも以上の色香を漂わせる彼は、青ざめた顔で唇を戦慄かせている。

「なぜですって？　母が子供の行動を知っていたらいけないの？」

瑞貴はなにか言いたげな眼差しをしたが、押し黙った。

「話を戻します。　瑞貴と仲居長が昨晩会っていたのは、私にも関係することなのです」

（どういうこと？）

「――私は瑞貴が可愛い。　しかし華宵亭を守る女将という立場上、世の母たちのように、それを表に出すわけにはいかない。　瑞貴は息子とはいえ、華宵亭の未来を担う運命に生まれついた、今はいち従業員。　浮気を繰り返し、華宵亭の伝統を壊そうとした……亡き主人と同じ轍は踏ませまいと厳しく育ててきました。　私は……瑞貴を追い詰めていたことに気づかなかった」

「違う！　それは僕が未熟だったから……」

瑞貴の声を女将はぴしゃりと制する。

「いいえ。　瑞貴は期待に応えていた。　だからこそ私は、さらに上を目指せるはずだと、瑞貴の心を抑えつけていたのです。　瑞貴が雫さんを求めているのを知りながら、私が女将であるうちに未来の不安要素をひとつでもなくそうとするあまり、結婚を延ばしました。　結婚するのは決定事項なのだから急ぐことはないと。　しかしそれは瑞貴の本意ではなく、さらに瑞貴の猜疑心を煽ってしまった」

女将は凜然と背を正したまま、言った。

「……雫さん。私は――瑞貴を産んでいません」

「え?」

「瑞貴は、仲居長の……小夜子さんの子供です」

ひゅうと、雫の喉がおかしな音をたてた。

瑞貴は女将から顔を背け、膝の上の手を拳にして震えている。

それは怒りというより、悲しんでいる姿のように見えた。

そして雫ははっとする。小夜子が瑞貴を呼び捨てにし、ふたりが抱き合っていたのは――

「若旦那が仲居長のもとを訪れたのは……」

やがて、瑞貴の掠れた声が響いた。

「ええ、瑞貴は確かめたのです。実の親が彼女だということを。そうですね?」

「そう……です。なぜこんなことになったのか、話を聞いていました。仲居長の家で」

感情を押し殺すみたいに語る彼の様子からは、嘘や偽りは感じない。

（愛し合っていたわけじゃなかったんだ。でも待って。小夜子さんが母親だとすれば……）

安堵から一転、雫は新事実に眉を顰める。

「だったら……大倭と兄弟なんですか、若旦那は」

女将は静かに首を横に振り、瑞貴は苦悶の表情を浮かべた。

「若旦那は」

女将は、抑揚がない声で淡々と言う。

128

「――大倭こそが、私が産んだ子供です」

それを耳にした瞬間、雫はすとんと腑に落ちた。

儚げで優しい小夜子は、まとう妖しげな色香も含め、瑞貴とよく似ている。

一方、いつも凛として手厳しい女将は、一本気な大倭とよく似ている。

（近くにいすぎて、わたし……気づかなかった）

女将は静かに話し始めた。

「……女将として嫁いできた私は、子宝に恵まれなかった。跡継ぎを急かす周囲の重圧がのしかかる中、ようやく子を身ごもりましたが、女将の仕事がきつかったせいか流産してしまった。それに気づいて秘密裏に小林院長へ連絡してくれたのが小夜子さんでした。私はひどく取り乱した。子供を殺してしまったこと、再び妊娠できるかわからない不安と、跡継ぎを残すこともできぬ役立たずだと罵倒されることを怖れて。そんな私に小夜子さんが提案してくれたのです」

『私は女将に大変感謝しております。DVに怯えていた私を救って下さっただけではなく、お腹の子供共々、安全で穏やかに生きられる場所をいただけたのですから』

「ここに来た時、既に彼女のお腹には、逃げてきた恋人の子供がいました。しかし彼女は子供に罪はないと、堕胎せず、ここでひっそりと産むことを望んだのです。出会いは偶然ではあったものの、私たちは同じ妊婦として、出産までの不安を互いに励まし合った仲でした」

『女将。幸運にも私の妊娠は目立たず、妊婦であることを誰にも言っておりません。……私の子供をもらって下さいませんか。せめてご恩をお返ししたいのです』

「小夜子さんの出産予定日と私の出産予定日は大体同じだった。私は……辛い現実をなんとかしたくて、彼女の提案に縋り、小林院長の協力を仰ぎました。日頃は腹に詰め物をして妊婦を装い、小夜子さんの腹が目立つようになると、彼女に離れで安静にしてもらい……出産期には彼女もわたしも、同時入院という形をとりました。そして小夜子さんが産んだのが、瑞貴です」

場は静寂に包まれていた。女将の淡々とした声だけが響いている。

「産後、小夜子さんは体調を崩しやすくなった。体質が変わったからだと院長や彼女は言うけれど、それは違うと私は思った。……私に瑞貴を奪われた悲しみゆえのことだと。いかに自分に言い聞かせようとも、その乳は我が子に飲ませたいと痛いほど張っていたことでしょう。しかし私は残酷にも、彼女に瑞貴を返すことができなかった。それどころか、触らせもしなかった。怖かったのです。

瑞貴を……私に懐いてくれた可愛い我が子を奪われることが」

女将の目から涙が一筋、こぼれ落ちた。

「それから二年後、私は奇跡的に自然妊娠をしました。だから私は瑞貴の代わりに、お腹の子を小夜子さんに渡そうと、彼女を説得しました。私の子供は、華宵亭の跡取りである瑞貴だけ。この子は私の腹を貸しただけで小夜子さんの子供だと。せめて母の悦びを感じて子育てをしてほしいと。

そしてまた院長に協力してもらい、小夜子さんに妊娠しているふりをしてもらった」

雫は噂を思い出す。小林院長が過労に倒れた女将と、妊娠しているのに働きすぎて持病が悪化した小夜子を病院に強制的に入院させたことがあったはずだ。その時に、大倭が生まれたのだろう。働きづめの女将では膨れた腹は目立ちにくい。出産期にいつもふたりが入院していることも、働きづめの女

130

将と身体が弱い小夜子だから、怪しまれずにすんだのだろう。

なにより院長の存在なくして、法的な手続きを含め、周囲の目を誤魔化すことはできなかったはずだ。三人が協力したからこそできた、子供の……いや母親の〝入れ替え〟――

「私たちは、腹を痛めて産んだ子供のそばにいることができた。しかし、この事実は墓場に持っていくことを約束し、血よりも濃い愛情で結ばれている我が子を慈しむことを誓い合いました。私にとっては瑞貴だけが、彼女にとっては大倭だけが、我が子です」

しかし雫は昨夜の小夜子を思い出す。彼女はそんな誓いがあっても、瑞貴を息子として扱った。

血が繋がる子供は特別なのだ――そう、瑞貴は感じたはずだ。女将に対して。

「瑞貴に厳しくしたのも、私の息子だからです。瑞貴が私に似ていないため、私の子供ではないから厳しくしているのでは……という噂が出たことも知っています。ですが私は鼻にもかけなかった。誰がなんと言おうとも、瑞貴は私の息子だと断言できるから。しかし瑞貴は違った。小林院長に出生を尋ねたことを知り、私は愕然とした。だからより一層、誰もが認める華宵亭の跡取りにしたかったのです。そうすればきっと瑞貴の不安も拭えるものと」

女将は愛情だと言うけれど、厳しくされた瑞貴は、こう考えたのではないだろうか。

本来ならその資格がないゆえに、厳しくされているのだと。

雫が瑞貴と初めて会った時、彼は今にも消えてしまいそうな儚い様子で泣いていた。

足に負った傷が、女将の躾によるものだったと今になればわかるものの、痛々しい傷を温泉で癒やす彼は、なにを思っていたのか。

女将は、あの岩風呂で泣いていた彼を知っていたのだろうか。知っていながら、瑞貴を抱きしめ

なかったのだろうか。

窺い見る瑞貴の顔は、悲痛に翳っている。

母の愛があるのだと涙を流した女将の声が、心に届いているようには見えない。

彼の闇は、そんなものでは晴れないのだ。

いつも穏やかだった瑞貴の姿が、どろどろとした気持ちを隠すための仮面だったのだとすれば、

彼が願うものはそんな口先だけのものではないはず。

（若旦那のために、わたしができること。それは──）

雫は両手を畳につくと頭を下げて、女将に言った。

「女将さん。失礼を承知で申し上げます。"愛しているからこそ厳しくした"……それは、女将さ

んが満足したいだけの、一方的な押しつけではないのでしょうか」

顔を上げた雫は、冷たい面持ちになっている。

「親子の愛は無償です。"愛してやっている"と"若旦那が跡取りに相応しくなる"はイコールで

もなければ、因果関係もない。女将さんの望みは、若旦那の意思がなければなされないものなので

す。若旦那の意思を、女将さんが自ら確認したり、尊重したりしたことはありますか？」

（言わなければ。若旦那のために）

女将は……渋い表情を見せるだけだった。

「そうしなかったのは……女将さんにもまた、本当の母親ではないという……若旦那に対する負い

132

目があったからではないでしょうか。　その距離感が、若旦那を傷つけていたのでは？」

次は、瑞貴の方を向いて言う。

「そして若旦那。あなたが仲居長に実の母親かどうかを確認した理由はなんなのですか？　厳しすぎる女将さんが嫌いだから、仲居長に優しさをお求めに？」

「違う……」

「実のお母さんと幸せな時間を過ごしたのに、なぜ岩風呂に入る必要が？」

（女将さんの前で言って。若旦那……あなたは我慢しすぎている）

「血が繋がらないのに、躾と称して虐待の如き仕打ちをした女将さんへの恨みを再確認し、怒りを鎮めていたのですか？」

「違う！」

瑞貴の激情が爆ぜた。　苦しげな表情をして、言葉を絞り出す。

「……小林院長に否定されて一度は心を宥めたのだけれど、父さんに言われたんだ。僕は父さんと母さんの本当の息子ではない。だから、どこの馬の骨とも知れない子供を育ててやった恩を返すべきだと」

「そんな！　あのひとが気づいていて、そんなことを言っていたなんて！」

女将は驚きの声を上げた。　雫もまた、驚愕の表情を瑞貴に向ける。

「その上、父さんが用意した見合いを潰したから、怒った父さんに僕を廃嫡して大倭を養子にすると怒鳴られ、そこで気づいた。　大倭こそが母さんに、そして僕は仲居長に似ていることに。　でも僕

と大倭は三歳違い。母親同士の合意がなければありえない……そう思っていた時、父さんが死ぬ間に、母さんが重度の貧血で倒れた。その際、小林院長は僕ではなく別の血で輸血処置をした。僕の血は医学的見地から輸血には不適切だったと説明されたけれど、その時カルテには、B型だと聞いていた母さんの血液型がA型だと書かれていた。父さんはA型だ。だったら僕がAB型であるはずがない。そこで大倭に聞いてみた。大倭はA型、仲居長はAB型だ。その時頃から僕は、自分の血液型をA型だと公言するようにして、出生のことには蓋をしようと思った」

『誕生日は正解ですが、血液型はA！』

香織が瑞貴から直接聞いたという、彼の血液型。自分が聞き間違いをしたのかと思ったが、やはり本人からは昔、AB型だと聞いていたのだ。

「今まで母さんが僕を認めないのは僕が未熟なせいだと思ってきた。だけど……母さんは、父さんの血も引かない僕のことを永遠に認めたくないのかもしれない。雫との結婚を認めないのも、僕が……仲居長という使用人の血を引き、さらに仲居長に乱暴したという荒くれ者の血を引いているからではないか。僕の存在が疎ましいからだと……」

その時、ふわりと風が吹いた。そして雫の目に、女将が瑞貴を抱きしめる姿が飛び込んだ。

「あなたを苦しませてきて、ごめんなさい。瑞貴は疎ましい存在なんかではない。あなたの存在が、それは女将としてではない——ひとりの母親としての剝き出しの感情だった。

「小夜子さんの申し出に乗ったあの日から、瑞貴の誕生が待ち遠しかった。早く我が子をこの手で

抱きたくて仕方がなかった。あなたをお腹に感じられる小夜子さんが羨ましくて仕方がなかった。

あなたは私の宝なの。血なんか関係ない。私の自慢の息子なのよ！」

いつも理路整然としている女将らしからぬ直情に、雫の心も震える。

「理想の母親であろうとして、あなたの気持ちを無視していたのね。ごめんなさい。もっともっと、私は……息子の気持ちに寄り添うべきだった……。なにも知らずにいて、ごめん夜子さんのもとに行くことはなかったのに……っ」

悲哀に満ちた言葉には、小夜子にとられたという口惜しさも滲んでいた。

抱きつく母親の身体を、瑞貴の手が躊躇いがちに包み込む。

「……僕の方こそ、仲居長に会ってごめん。彼女にも言われたよ。自分の息子は大倭だけだと。だけど僕が食い下がった。女将からすべてを聞き、仲居長のもとへ行けと言われたと。だから彼女は観念し、僕の名を呼び抱きしめた。一度だけという約束で。その時、わかった。僕がずっと求めていたのは、彼女の温もりじゃなかった。母さんの……温もりだったと……」

雫はタオルを目に押し当てて、声を殺して泣いた。

（これでいい。これでやっと……若旦那が心から笑顔になれる）

自分の役目は終わった——

雫が静かにショーツに手を伸ばして、こっそりと部屋から出ていこうとした時だ。女将が袖で涙を拭って立ち上がり、雫に笑みを向けた。

「あなたのおかげね、雫さん。あなたが私と瑞貴をけしかけ、憎まれ役を買って出てくれたから」

……また、ショーツを掴み損ねた。

「そんな大層なことをした覚えはありません。最後に素敵な場面を見せていただけたので、安心してここを出ていくことができます」

　正直、女将の実子である大倭の真似をしただけだ。

「ふふ。黙することが美徳にならないと教えてくれたのは、あなたよ。次はあなたの番。きちんと瑞貴と話し合いなさい。瑞貴も私も……最後にする気はないから、覚悟して」

（か、覚悟って……）

「瑞貴を……私の大切な息子を、どうぞ末永くよろしくお願いします」

　女将は深々と頭を下げると、慌てる雫に意地悪げに言った。

「雫さん。婚約破棄は……　"満足したいだけの、一方的な押しつけ"　よ？　婚約自体を破棄したいのなら、それは　"瑞貴の意思がなければなされないもの"。　"瑞貴の意思を、あなた自ら確認したり、尊重したりする"　ことが必要よ」

（ううう……。しっかり根に持っていらっしゃる……！）

　感情を表に出した女将の顔は、瑞貴の素顔によく似ている。実はこの親子は似ているのだろう。

「大女将がよく言っていたわ。中々帰ってこないあなたを捜しにあなたのお祖母様と岩風呂へ行った時、あなたと瑞貴は仲良く抱き合って眠っていた。おふたりは、いつもひとりでいる瑞貴の友達になれたらと、あなたを岩風呂へ行かせたらしいけれど、寄り添う姿があまりにも幸せそうで可愛

136

かったから、もうこれはふたりを結婚させるしかないと思ったと。しかし本人の意思確認をする前に、内々で進めていたふたりの話を盗み聞きしてしまった瑞貴が、あなたが別の男性と結婚するのかもしれないと勘違いし、泣きながら懇願したそうだ。

『お願いです。雫を僕に下さい。僕がお嫁さんにしたいんです』

雫は瑞貴を見るが、彼は仄かに染まった顔を慌てて横に向けた。

「大女将に言われております。破談にするにはあなたと瑞貴双方の意思が必要だと。だから私も、亡き主人がいかに反対しようと、私なりに陰からあなたたちの縁談を守ってきたつもり。雫さんが心から瑞貴との破談を望むのなら、瑞貴の意思を変えなさい。変えられるものならね。この子は私に似て、真面目すぎて融通が利かず、器用そうに見えて不器用で、その上頑固だから」

酷い言い様ではあったが、そこにはわかりやすい母の情が滲んでいる。

「今日はふたりとも全日休になさい。ここには立ち入らせないようにします。それと副番頭ともちゃんと仲直りするのよ。小夜子さんを倒れさせるようなことがあったら私が許しません。……あとこれ、気が散るようだから洗濯に出しておくわね。それではごゆっくり」

女将はショーツを拾うと、それを持って出ていってしまった。

（いやあああああああ！ わたしのパンツ！）

女将の後ろ姿に手を伸ばす雫の身体が、ふわりと浮いた。瑞貴が雫を抱き上げ、向かい合わせにして自分の膝の上に乗せたのだ。そしてきゅっと抱きしめてくる。昔のように——

「雫、ごめん」

ふわりと甘い香りを漂わせ、瑞貴が神妙な顔で雫の顔を覗き込み、謝罪をする。

「まずは……仲居長のこと。きみに勘違いをさせてしまい、悲しませてすまなかった」

長い睫が、小刻みに震えていた。

「ずっと言えなかったんだ。僕が女将の実の息子ではないということを。きみとの婚約は、華宵亭と『あさぎり』の結びつきでもある。僕が華宵亭の跡取りでなければ、きみは……本当の跡継ぎである大倭の許婚になってしまう不安があったから」

「そんな……」

「妬いていたんだ。僕は、大倭に」

瑞貴は苦しげに自嘲する。隠されてきた彼の心情が、ゆっくりと吐露されていく。

「僕は若旦那の修業をしないといけないのに、大倭は後から割り込んできて、あっさり雫との時間を奪った。僕だって、可能なら同級生としてきみと同じ時間を送りたかった。だけど学年が違うし、僕の特別な存在だと知られたら、きみがいらぬトラブルに巻き込まれる。だから我慢した。きみの隣に当然のようにいる大倭を遠目に見て、歯がゆく口惜しく感じながら。僕ができることは、公ではきみを特別扱いしないことぐらいしかなかった。華宵亭でも許婚と紹介しなかった理由は、彼なりに雫を慮っての

瑞貴が積極的に雫へ会いに来ず、華宵亭でも許婚と紹介しなかった理由は、彼なりに雫を慮ってのことだったらしい。

確かに学生時代も瑞貴の人気ぶりは尋常ではなかったし、彼の影響力は凄まじかった。

さらに瑞貴は、大倭のように群がる女子をうるさいと一喝するタイプではなく、場の調和を大切にする。

それに彼からの接近はなかった学生時代ですら、ファン倶楽部（クラブ）の妨害は熾烈（しれつ）だった。もしも瑞貴が公然と雫を特別扱いしていたら、あんな程度の嫌がらせではすまなかったかもしれない。

「きみが華宵亭に会いに来てくれることは僕の救いだった。きみの心がまだ僕にあると感じられたから。だけど、なんとか時間を作って駆けつけた時、きみの隣には……やはり大倭がいた。放置していた自分が悪いと思いながらも、大倭に打ち解けた笑顔を見せているきみを見て僕は怖くなった。いつか大倭に雫を奪われると。大倭の気持ちは、第二ボタンの一件でわかっていたから」

（大倭の心をわかっていなかったのは、わたしだけなのか……。近くにいたのにな）

「僕と雫の思い出が、大倭に上書きされていくのがどうしようもなくいやだった。大倭を男として見るかもしれない。そう考えたら、嫉妬（しっと）で我を忘れそうだった。こんな僕を嫌ったきみに婚約を解消されないよう、できるだけ……きみに好かれる優しく清らかな男でいようと思った」

彼に仮面を被せたのは、自分だったのだ——

「結婚も早くしたかった。でも、邪魔する父から守ろうときみを遠ざけたのも苦渋の選択だ。僕なりに戦っていたけれど、気づけば七年も遠距離。気がおかしくなりそうだった……」

瑞貴は翳（かげ）が落ちた顔で切なげに笑うと、雫のペンダントを指にひっかける。

「僕の想いを込めた……これをつけるきみを見たいと、実はこっそり会いに行ったこともある」

「え……」

「仲居修業にペンダントは邪魔だ。わかってはいたけれど、これをつけてもらえない理由こそが、僕のことを名前で呼ばずに、距離を置き始めた動機に思えてしまい、声がかけられなかった」

瑞貴は、雫形のペンダントトップに唇を押し当てる。

その仕草が切なくて、雫の胸がきゅっと締めつけられた。

「僕は父のように、妻に苦労をかける男にはなりたくなかった。そしてきっと、華宵亭と雫の笑顔をしっかり守るためには、一日でも早く一人前になる必要がある。父が死んできみを呼び寄せた僕は、母から合格点が出るまで、きみとの恋愛を禁じられたんだ。修業の枷になると」

「え……」

（だったら……それも知らずにわたしは、若旦那の心を求めていたの？）

「母に従ったのは、すぐに解禁できると思ったからだ。女将がいるとはいえ、トラブルなく亡き父の代理を務めてこられたから、前より評価してもらえると思っていた。だけど……」

瑞貴は自嘲気味に笑った。

「きみが華宵亭に来て一年経っても、まだ僕は一人前の若旦那だと認められない。心の底から欲しいきみがすぐ近くにいるのに、男として触れられない。愛も告げられない。きみが……僕に戻るところか、大倭との距離が近づいている様を、ただ指を咥えて見ていることしかできない。すべてにおいて中途半端すぎる自分がいやでいやで、反吐が出そうだった」

「若旦那……」

「だから、怖かった。きみがいつ……こんな僕との婚約を嫌がり、大倭を選ぶか。いつ大倭に取って代わられるのか。毎日が本当に怖かったんだ……」

瑞貴の伏せた目から、涙がこぼれ落ちる。それを見た雫は思わず、彼を抱きしめた。

なんでもできる彼は、遠い存在だった。しかしそれも、彼に相応しくなろうと気張りすぎ、遠慮すると同時に卑屈になっていた自分の思い込みがそう見せていたかもしれない。

信じていればよかったのだ。昔と同じく、手を伸ばせばこうして……瑞貴の身にも心にも触れられる距離にいることを。自分も怖れず、彼の胸に飛び込めばよかったのだ。

「そのうち僕は、きみと大倭が親密にしているところを見ると、いつもの顔が作れなくなった。内に抱えた獰猛さを抑えられなくなる。そんな僕を知る学生時代からの友達が、どうしても自分を制御できない夜は、彼がオーナーをしているクラブ『セイレーン』で息抜きをすればいいと提案してくれたんだ」

雫は思い出す。あの日あったことといえば――

「あの日、僕は……大倭のために可愛く化粧をしたきみにあたり、泣かせてしまった。その結果みが大倭を頼り、大倭とまたふたりで酒を飲む。それが僕には……やりきれなくて」

「わたしがあの化粧をしたのは、若旦那に見せたかったからです。大倭じゃない！」

雫が悲鳴のような声を上げると、瑞貴は驚いた顔を向けた。

「でも板長は……」

「あれ、悔しかったです。あの化粧をしても若旦那の横に立つレベルではないと言われているみたいで。それと誤解されているようなので弁解すると……あの夜、居酒屋で飲んだのはふたりではなく、わたしにメイクをしてくれた香織ちゃんを含めた三人です」

「香織ちゃんって、あの番頭の娘の？」

「はい。素は毒舌の面白い子ですよ。彼女のおかげで、わたしは幼馴染の関係に胡座をかいて若旦那のことをよく知らなかったと思い知り、愕然としたんです。そんなところに、若旦那がいつもとは違う雰囲気で外出したから、香織ちゃんを運転手にして追跡調査をすることになりました」

「車……いや、彼女もいたの!?」

「は、はい。香織ちゃんはお酒を飲んでいなかったし、運転にも夜遊びにも慣れていたので、すんなりセイレーンに入れました。わたしと大倭だけだったら、外で立ち往生がいいところです」

瑞貴は顔を手で覆い、大きなため息をつく。

「ふたりだけじゃなかったのか……」

「三人です。ただ……正直ショックでした。若旦那が女の子をナンパして部屋に消えたのは」

気落ちして項垂れると、瑞貴が苦笑して雫の頭を撫でた。

「無料で気分転換させてもらっている代わりに条件があってね。セイレーンがドラッグに汚染されないよう、妙なテンションの女たちをこっそりVIPルームに連れていって確かめないといけなかった。だから僕は異様な興奮状態にある女たちを見つけては、友人に引き渡していたんだ。……ドラッグの売人が誰かを突き止めるための尋

VIPルームでされていたのは乱交ではないよ。ドラッグの売人が誰かを突き止めるための尋

問だ」

そういえば、香織が言っていた。

『クラブって、パーティードラッグの温床になることもあるんです』

「他の女を抱けば問題が解決するわけでもないし、大体雫以外の女に欲情したこともない。きみを裏切るような真似は、一切していないよ」

「……っ、わたし……とんだ勘違いをしていました！」

雫は顔色を変えた。瑞貴を疑っていたことに泣きたくなる。

「それは僕の台詞だ。大倭とどこで過ごしたのかとか色々と邪推してしまった。さらに僕の女遊びを許容するみたいに言われ、カッとなってきみに手を出した。脅しでやめるつもりが、その……僕の腕の中で蕩けるきみが、あまりに可愛くて歯止めがきかなくなって……」

「……っ」

「結婚を先延ばしにしている間に、僕のような不埒な男たちに、雫を強奪されたらどうしようと不安になった。だから僕が実子ではない証拠を掴み、母さんの痛いところを突くことで、恋愛禁止令を解禁させるつもりだったんだ。キーパーソンは仲居長。ただいつも彼女は、僕とふたりきりで話すことを避ける。どうすれば彼女と話す時間が作れるのか、悶々としていて」

（まさか……若旦那が切ない目で仲居長を見ていた理由は、それ!?）

「仲居に頼み、大倭が仲居長に相談したいことがあるから、夜に訪問すると伝えてもらった」

（お風呂で仲居長がご機嫌だったのは、息子から頼られたから？）

少しずつ誤解が解けるに従い、雫は瑞貴を疑っていたことを一層申しわけなく思う。

「呼び鈴を押したのが僕だと気づくと、仲居長は表情を強張らせた。わかったんだろう。そこまでして僕が訪問した理由を。歓迎されないのはわかってはいたけれど、拒絶されるのも辛いものがある。だから僕は一度だけと懇願して、彼女に息子として扱ってもらった。自己満足のためだ。それを雫が見ていることにも気づかずにね」

瑞貴はため息をひとつつくと、話を続けた。

「多分僕は、この苦しみをわかってもらいたかったのだと思う。実親ならば慰めてくれると、その甘さを見抜いていたんだろうな。仲居長が家の中でまずしたことは、説教だった」

「説教……。あの優しい仲居長が」

「そう。彼女は大倭と僕の仲が険悪になったのは、出生やきみに関する問題があるせいだと予想していたようだ。そして言われたよ。女将が結婚を許さないのは、僕に欠けている部分が華宵亭や雫に悪い影響を及ぼす将来が見えているからだ。女将のせいにする暇があるなら、少しでも早くそれを克服しろと。女将に意見があるのなら、正々堂々と正面からぶつかって、母子喧嘩をしてみろ。その度胸もないのに、被害者意識ばかりを募らせるな。大体待たせている雫の気持ちを考え、フォローしたことがあるのか……などなど。大倭から指摘される以上に、痛いところばかり突かれてさ」

「すがに落ち込んでしまって……岩風呂で長湯しながら反省を……」

「それが長湯の理由ですか。でも本当に、あの仲居長がそんなことを言ったんですか？」

「そうだ。正直面食らったよ。彼女は僕の境遇に同情するどころか、容赦なく駄目出しをした。だ

144

てにあの女将に推されて仲居長をしていないね。　僕は、優しい母には恵まれない運命らしい」

その顔は嬉しそうだったが、すぐに曇る。

「それなのに……きみが婚約破棄をしたがっていると聞いて、我を忘れた。きみのことになると、カッとしてしまう。　実の父親の血なのかはわからないけれど、そこなんだろう、僕の悪いところは。女将のようにどんな時でも泰然自若とした態度を貫けない。そしてその結果、大倭への嫉妬のあまり、きみを犯そうとした。どう償っていいのかわからない」

反省しきっているその顔は、見ているだけで痛ましくなるものだった。

「いいんですよ、若旦那……。わたしを求めて下さったことは、嬉しかったから」

それに、瑞貴と女将のわだかまりが少しでも解けたのなら、幸せを感じるくらいだ。

「わたしが……本当の若旦那を知ろうともせず、若旦那の足を引っ張らないようにと振る舞ったことで、かえって若旦那を不安にさせていたんですね。わたしこそ謝らないといけません」

「謝るのは僕の方で……」

「違います、わたしの方で……」

そしてふたりはこつんと額を合わせると、くすりと笑った。

「雫。僕の前では、物わかりのいい子にならないでいい。むしろ本音でぶつかってほしい、昔のように。　僕だって、きみを海の泡にしたくないのだから」

瑞貴は、自分の小指を雫のそれに絡める。

「それを言うのなら、若旦那もです。　聖人の仮面を被らなくても結構です。　もうわたし……知っ

ちゃいましたから。若旦那が実は不良だってこと」

「幻滅した、よな?　それだけじゃなく、色々と……」

「いいえ。それが若旦那の一面であるのなら、見せてもらえて嬉しく思います。見せてもらえない方が辛かったから。取り繕った若旦那ではなく、ありのままの若旦那を見せてほしい。どんなに意地悪されても、それが若旦那であればいい。若旦那がまるごと好きだから」

「雫……っ」

「でもタバコはほどほどに。ニコチンの泡で消えてしまったら、わたし……さらにショックです」

ふたりは声をたてて笑い、視線を合わせる。

「——愛してる、雫」

笑みを引っ込めた真剣な顔で、やるせなさそうに瑞貴は言った。

「恋愛を禁止されていようが、きみに伝わっていると過信せず、きちんと伝えればよかった。堂々と母さんに示せばよかった。恋愛は若旦那修業の妨げではなく、力になることを」

震えるその声から彼の想いを感じ取り、雫の胸はきゅっと締めつけられる。

「ふたりの母親に叱られてばかりで、あまりにも頼りないこんな僕だけど……ひとりの男として、きみが好きだ。昔からずっと。雫だけを求めてきた」

焦がれていた言葉が、雫の胸にじわじわと熱を広げていく。

「わたしも……です。こんなにも好きでたまらなくて苦しい気持ちを……若旦那に伝えればよかった。もっと愛されている自信を持てばよかった。わたし……本当に駄目な子ですね」

146

ほろりとこぼれた涙を拭うように、頬に瑞貴の唇が押し当てられる。

「……僕たち、似たもの夫婦になれると思わないか?」

「もう夫婦ですか?」

笑って尋ねると、瑞貴が長い睫をかすかに震わせ、緊張した声音で言う。

「その前に、恋人になりたい。……結婚が大前提の。仕切り直しをさせてもらえる?」

『……いいのだろうか、愛する瑞貴と幸せな未来を夢見ても。

『今、あいつ呼んでくるから。もっと腹割って話し合え』

瑞貴の本音を聞けたのは、大倭のおかげだ——

(ありがとう、大倭……)

『瑞貴も私も……最後にする気はないから、覚悟して』

(そして女将さんも、言いたくなかっただろう秘密を口にしてまでわたしの背中を押して下さり、

ありがとうございます)

ふたりへの深い感謝を込めて、雫は笑顔で答えた。

「——はい。喜んで」

互いの瞳に吸い込まれるように、ふたつの唇が近づいていく。そして——

「はっくしょん! はっく……はっくしょぉぉん!」

唇が触れ合う寸前で、瑞貴から顔を横に背けることができたのが、不幸中の幸い。

「……ごめん、寒かったよね……。はは……ショーツもはいてないものね」

途端に雫は目を見開き、悲鳴じみた声を上げた。

「そうだ、パンツ！　だったら……今、直でがっつり若旦那の膝の上……!?」

慌てて瑞貴の膝から下りる。彼は肩を震わせて笑っていた。その姿ですら優雅だ。

（はしたない上にムードをぶち壊す、わたしの馬鹿！）

涙目で落ち込んで項垂れると、耳元に甘く囁かれた。

「隣で……一緒の布団で温まらないか、俺と」

一人称が変わるのは、彼が男を見せる時だ。その声は、ぞくりとするほど艶やかな低音になる。

「でも……今度は止まらないよ。きみを最後まで抱きたい」

妖しげな色香を漂わせる暗紫の瞳。それがゆらゆらと情欲の炎を揺らして、雫を魅了する。

「もしいやだったら、風呂に入っておいで。その間に、自制心で抑えるから」

雫は瑞貴の袖を掴むと、真っ赤な顔で軽く睨みつけて答えた。

「……その言い方はずるいです。わたしが若旦那と離れたくないこと、わかっているくせに」

その返答にふっと笑い、瑞貴は雫の手を引いた。

＊．。．＊．。．＊

隣の八畳間の寝室には、瑞貴の匂いに似た甘い香が立ちこめていた。

床の間には飾り棚があり、その上には白い芍薬と紫藤を生けた花瓶が飾られている。

148

畳の中央には布団が敷きっぱなしであり、使われた形跡はない。

瑞貴は飾り棚からなにかを取り出した後、濃藍色の着物を脱いだ。

男らしく盛り上がった筋肉、無駄なく引き締まった身体だ。

瑞貴は、どこまで美しいのだろう。人魚と見間違った昔は、もっと幼い子供の身体つきだったのに。

瑞貴はそんな雫にふっと笑いかけ、布団の上に引き寄せる。そして向かい合うように膝の上へ座らせ、冷たくなった服を脱がせて一糸まとわぬ姿にさせると、ぎゅっと抱きしめた。

雫はどこを見たらいいかわからず、目を泳がせた。

（うわあ。肌の感触が気持ちいい……）

うっとりとした吐息が漏れたのは、どちらからなのか。

顎を掬い上げられ、しっとりとした唇が何度も重ねられた。

「ん……ふ、ぅ……あ……」

ちゅくりちゅくりと一定のリズムで刻まれる水音に、ふたりが漏らす甘い声が交ざる。

瑞貴の匂いと熱に包まれてなされる口づけは、非常に情熱的だった。

ねっとりと舌を絡め合わせ、ぞくぞくしたものを感じながら、溶け合いそうな感覚にたまらなく幸せな気分になる。瑞貴に誘われるまま、互いの舌を吸い合うと、唾液が甘露にも思えてくるから不思議だ。

（ああ、キスって……こんなにも蕩けるものなのね……）

瑞貴はどうなのだろう。薄目を開けて見る彼の顔はとても悩ましげで、男の艶に満ちていた。見

ているだけで身体の芯がじわりと溶けてくる。

不意に瑞貴の目が開き、こっそり見ていたのがばれた。彼は濡れた目を優しく細めると、舌の動きに緩急をつける。口腔をまさぐる舌が雫の快感を煽り、思わず喘ぎ声を大きくしてしまう。する

と瑞貴はふっと笑い、ちゅぱりと音をたてて唇を離した。

「ふふ、気持ちよさそうな顔をして。可愛い」

耳に囁かれたその声は、ひどく熱を持っている。ふるりと身を震わせた雫の胸を、瑞貴の手のひらがゆっくりと揉みほぐした。

「ふ、あ……、あぁ……ん」

背を反らして曝した細い喉元に、瑞貴の舌が滑る。ちゅくちゅくと音をたてて肌に吸いついては、紅い華を咲かせていく。

「朝は、乱暴にしてごめん。本当は……こうやって優しく、雫を愛したかった」

胸を包んで強く弱く動く手のひらは、雫の官能をじわじわと引き出した。

彼を待ち焦がれる胸の中心がじんじんする。ようやく彼の舌が蕾に触れた瞬間、全身に燻っていたもどかしくも甘い痺れが、足の付け根に集中し、秘処をとろりと潤していく。

（ああ、若旦那が、赤ちゃんみたい……）

一心不乱に胸へ吸いつく瑞貴が愛おしく、母性本能が擽られた。しかし瑞貴は赤子のように大人しくはなく、手と口の両方で淫らに蕾を攻め立ててくる。

「やっ、あっ、んんっ」

150

彼の指の甘さを知る秘処が呼応し、この部分も触られたいときゅんきゅんと疼いてたまらない。飢餓感にも似たこの感覚をなんとかしたくて、雫が無意識に腰を振ると、秘処に硬いものがあたった。

（あぁ……なにこれ。気持ちいい……）

思わずそれに、秘処を擦りつけてしまう。

雫はやるせない吐息をひとつつき、胸への愛撫をやめて雫の身体を抱きしめた。

「本当に、きみって子は……」

瑞貴は雫を膝立ちにさせて少し腰を落とさせ、己の腰をゆっくりと突き上げた。

「は、ぁぁ……んっ！」

秘処が、熱く質量あるものでぐりっと抉られる。その気持ちよさにぶるりと震えて声を出すと、

彼はさらに腰を強く突き上げ、それを前後に動かした。

擦れ合う熱さが気持ちよすぎて、喘ぎ声が止まらない。

瑞貴を見ると、彼の情欲が滾る暗紫色の目は苦しげに細められ、わずかに開いた唇から悩ましげな喘ぎが漏れ聞こえた。彼も感じているのだ。

気怠そうな彼の色香にくらくらして、脳すら蕩けそうになる甘い快楽の最中、雫は自分に触れているこれはなんなのかぼんやりと考えた。

手かと思っていたが、瑞貴の腕は二本とも、雫を抱きしめている。

頭を垂らして覗き込んだ雫の目に飛び込んだもの——それは上品な瑞貴の肉体の一部とは思え

「逃げないで」

ぬほど、太く筋張ったものだった。本能的にそれがなにか悟った雫は——

腰を引こうとする雫の身体を抱きしめた瑞貴は、雫の手を掴んで己の熱杭を掴ませた。その瞬間、彼はぶるっと震えて小さく声を漏らし、雫の手ごと、雄々しくそそり立つ肉茎を上下に扱いた。蜜をまぶしたようにぬるぬるしている。

「雫……これが俺なんだ。受け入れて……。……ぁ、ん……」

瑞貴が感じているその顔と声に、雫は生唾を呑む。なんて色っぽい顔をするのだろう。

手のひらの中のものは、剥き出しの瑞貴なのだと思うと、愛情が湧いてくる。

おずおずと自分から手を動かすと、瑞貴が嬉しそうな声を漏らした。

（うわ……。すごい色気……。気持ちいいんだ、わたしと同じに）

雫が怖がらなくなったのを察して、瑞貴は仄かに上気した顔で雫に口づけ、その舌を搦めとる。

そして雫の手を己自身から外させると、彼女の両手を自分の首に巻きつかせ、布団に押し倒す。

雫の足は大きく左右に開かれ、そのままぐっと頭上に持ち上げられた。その状態で瑞貴は、ふたりの粘液にまみれた部分を強く擦り合わせる。

「ふ、あ!? ん、ああ……っ、んんっ」

ぐちゅんぐちゅんと粘着質な音が響く。硬い先端から根元まですべての感触が、敏感な秘処にリアルな熱を伝え、雫の肌が粟立った。

視界を往復する猛々しい剛直。

152

粘液が攪拌される音と、絡れ合う舌の音にたまらなくなる。

（ああ、わたし……若旦那と、上も下もいやらしいキスをしてるんだ）

男を主張するこの熱いものが愛おしくて仕方がない。擦られるたびに甘い痺れが身体に奔り、腹の奥がきゅっと収縮する。熱くとろとろしたものが止めどなく垂れると、滑りがよくなったのか動きが速くなる。

「雫、……たまらないっ」

唇を外した瑞貴は掠れた声を響かせ、本当に身体を繋げているかのように激しく腰を振った。

「あんっ、あっ、うんっ、気持ち、いいっ」

「雫、俺を感じて。雫が欲しくて、こんなになった……浅ましい俺を愛して」

蜜口の浅いところに入りかけた先端は、焦らすみたいに出ていき、花園を抉る。

もどかしい動きが、快感の渦に囚われた雫を追い詰めていく。

「ああ、若旦那。わたし、わたし……」

身体の内側で大きくうねり始めたものが、雫を呑み込もうと勢いを増す。

「ああ、雫。イキそうなんだね。俺を見て……俺を見ながらイッて……」

切羽詰まった瑞貴の秀麗な顔。雫は、はくはくと浅い息をしながら身体を強張らせる。

熱を帯びて潤んだ暗紫色の瞳が、自分の胸元のペンダント同様に揺れて見えた。

「ああ、クる……ぁ……」

奔流となった快感が、雫の身体を一気に駆け抜けた。

瑞貴を見つめてビクビクと身体を震わせて弾け飛ぶと、彼は感嘆の吐息を漏らす。

「俺のでイッたんだね。あぁ……可愛い……」

愛おしげに、そして嬉しそうに微笑んだ瑞貴は、切なげに目を細める。

「俺……限界なんだ。雫、俺に慣れたなら、今度は中で……愛して」

雫ははにかみつつ頷いた。瑞貴は、飾り棚から取り出した小さな黒い巾着を手にする。

「これは避妊具。セイレーンのオーナーが、これをつけて雫と愛し合う日を夢見ろってくれたんだ。果てたばかりなのに、雫の身体は扇情的な瑞貴の顔に、もう熱い疼きをもてあましている。

挑発的な流し目で、巾着から出した銀の小袋を咥えて、封を切った。

嫌味な奴だと思ったけど、夢は捨ててないでおくものだね」

蕩ける秘処を曝すが如く、両足が大きく開かれた。

「雫……。もらうよ」

先刻の擦り合いで甘い刺激を覚えた蜜口は、瑞貴の呼びかけにきゅうきゅうと収縮して悦び、侵入を待ち望んでいる。

「……はい。若旦那を……下さい」

雫が微笑むと、瑞貴は余裕をなくしたように喉を鳴らし、剛直を奥に押し込んできた。

「キッ……。痛かったら、俺の肩を噛んでいい。だから……少し我慢して」

質量あるものが、ぎちぎちと中を割り開いて入ってくる。

凄まじい圧迫感だ。異物に内臓を掻き回される不安に、思わず雫は瑞貴に抱きついた。

154

苦しくて痛い。できればすぐさま退散願いたいけれど、これが瑞貴とひとつになる儀式で、体内にいるのが愛おしいひとだと思えば……最後まで続けてほしい。

引き攣った呼吸を繰り返しながら、雫は顔を顰めて耐えた。

「く……っ、ごめ、ん。辛いね、だけど……やめ、たくない。あと……あと半分、だから」

うっすらと汗を掻き、苦しげに顔を歪める瑞貴の唇が、雫の耳に触れる。ぬめった舌が大きく水音を響かせて耳の穴に侵入してくると、身が竦むようなぞくりとした感触に意識を持っていかれた。

身体の力が抜けた瞬間を見計らい、瑞貴が根元まで押し込んでくる。

「い……っ」

引き裂かれそうな痛みが身体に走り、目に火花が飛ぶ。

そんな雫を強く抱きしめる瑞貴が、彼女の耳元で荒く息をつき、感極まった声を出した。

「……繋がった。全部、入ったよ。よく我慢してくれたね。ああ……熱くて、溶けそうだ……」

（痛い。痛いけど……でも）

身体の奥に、瑞貴が息づいているのがわかった。

ひとつになれた感動がじわじわと広がり、彼への愛おしさが次から次へと溢れてくる。

（好き。彼が好きでたまらない）

そう思い、涙で滲む目で瑞貴を見上げると、彼は今にも泣き出しそうな面差しで雫を見ていた。

「ごめんね、痛かったな。だけどきみの中に、俺がいるのを感じて」

笑みを作る瑞貴の双眸には、涙が浮かんでいる。

「ようやく……俺たち、身も心もひとつになれた」

「……っ」

「辛い毎日を送っていた俺の前に、消えないでと泣きながら現れたきみ。あの時から恋して……きみにとって特別な男になりたかった……。ありがとう、きみの初めてを俺にくれて」

頬をこぼれ落ちたのは、汗だったのか。それとも涙だったのか。

「きみと出逢えて、こうして愛し合えて……幸せだ」

瑞貴はふわりと笑った。その美しい笑みに魅せられ、雫は涙を流す。

ずっと瑞貴の幸せを願っていた。その美しい笑みに魅せられ、雫は涙を流す。

だが、今こうして瑞貴と溶け合い、彼が笑顔を向けてくれているのが嬉しくてたまらない。

自分でも瑞貴を幸せにできることがあったのだ。だから身を引こうとした。

込み上げてくる喜悦をどう表現していいかわからず、雫は自ら唇を重ねた。彼がするように舌を絡めると、瑞貴からたっぷりとお返しをされて、たくさん喘がされてしまう。

「ありがとう、瑞貴。繋がってきみを感じられただけで今は十分だ。我慢させて悪かったね」

瑞貴が引き抜こうとしたため、雫は慌てて制した。

「もっといて。もっと……若旦那を感じたい」

「でも痛いだろう?」

「幸せすぎて、痛みが薄くなっているんです。その……動いてもらっても大丈夫です」

「……っ、痛かったら言うんだよ」

両手の指を絡め合わせて握り、ゆっくりと瑞貴の律動が始まった。

圧倒的な熱量を持つ剛直が、隘路を擦りながら抜かれていき、喪失感を感じる前に再び押し込まれる。それを何度か繰り返されると、不思議に身体の奥からじわじわと甘さが広がり、痛みを掻き消していく。

「痛く……ない?」

上擦（うわず）った声すらも色気の漂う瑞貴が、とろりとした顔で問うてくる。

「痛くない……。それどころか……んぅ」

「痛いというよりも気持ちよさそうな顔だな。きみの中も……うねって、すごくいいよ」

瑞貴は半開きの唇から乱れた息をこぼして、悩ましげに微笑む。

「俺の形になりたいと、絡みついてきて……んっ、油断、すると……もっていかれそう、だ。あぁ……想像以上だな。こんなに気持ちいい、なんて。あっ、そんな、に……締めつけ、るな」

彼の感じている表情と言葉に、雫がゾクッと身を震わせた瞬間、瑞貴が悲鳴にも似た声を上げる。

男らしい喉仏が上下し、鎖骨に溜まった汗が滴（したた）る様（さま）は、壮絶な色香に満ちていた。

（この色気、どこから出てくるの? あぁ、彼の色気に窒息しそう……）

「あぁ、たまらない。……ん? 雫……ここ、弱い? きゅっとなる」

腰を回すようにしてある一点を突かれる。すると、ぞわぞわとした快感が増し、悶えて身体を跳ねさせてしまう。瑞貴は挑発的な眼差し（まなざ）しで舌舐めずりをして、そこを集中的に攻めてくる。

「やっ、あっ、あっ、駄目、ぁあっ」

漏れる声には、甘さしかない。

力強い抽送で、粘液が混ざり合う音が高まっていく。

「聞こえてる？　俺ときみのいやらしい音。すごいな、こんなに求め合って愛し合えて……。雫、とても色っぽい顔をしてるよ。たまらない……もっと、女の顔を見せて」

抽送が激しくなる。蜜が溢れる隘路を擦り上げられ、その刺激に足が震える。

内から絶え間なく押し寄せる快感の波があまりにも激しすぎて、どこかに流されてしまいそうだ。

「あん、あぁん、うんっ、若、旦那、ぁあ、若旦、那っ」

雫は泣きながら乱れ、瑞貴に取り縋る。

「んっ、しず、くっ、気持ち、いいね。ん……俺、やばい、かもっ」

「ぁあっ、脳まで……溶けちゃう。ああ、もっと。もっと若旦那を……感じさせて」

「は、本当に、雫は……いやらしい子だ。俺に、手加減もさせてくれない」

手を握り合ったまま頬をすり寄せ、瑞貴が大きく突き上げてくる。

「雫、好きだよ。好き。あぁ、好きすぎて……おかしくなってしまい、そうだ。もっと、もっと……溶け合いたい。雫……っ」

耳元に聞こえる切羽詰まった声が愛おしい。

「わたし、も……。若旦那が、好き。好きなんです」

感じてほしい。身体の隅々まで染み渡っている、瑞貴への愛を。

「名前……呼んで。雫、きみが愛してる男の名前を……！」

158

「みず、き。わたし……瑞貴が好き。愛してる、の。あなただけ……」

瑞貴に唇を奪われ、それ以上は言えなかった。雫を穿つ熱杭が一段と大きくなり、律動も激しさを増す。

快楽の波が荒波となり、雫を大きく揺るがした。

（ああ、壊れる……っ）

押し寄せる怒涛を感じて、雫の肌がぶわりと総毛立つ。

額をくっつけ合い、余裕を失った瑞貴の顔を見つめながら、か細く啼く雫の身体がしなる。

瑞貴は雫の胸に顔を埋め、がつんがつんと奥深くを突いた。

「瑞貴、みず……っ」

一気に弾けた中で名を呼ぶと、嬉しそうに笑った彼はぎゅっと眉根を寄せる。その直後、獣じみた呻き声とともに、彼女の最奥に向けて薄い膜越しに熱い白濁を吐く。

男の艶を撒き散らして果てたばかりの雫の身体に、またもや強烈な快感の波が押し寄せてくる。雫は絶頂の声を上げて、身体を痙攣させた。

「……雫、今もしかして……俺がイッたのを見て、またイッちゃった?」

雫は恥ずかしくて、瑞貴の胸をぽかぽかと叩いて真っ赤な顔を背けてしまう。

「そんなに……俺が好き?」

からかうような顔は情事の余韻が漂い、妖艶だ。彼の色気は尽きることがない。

「……好き。瑞貴が思っている以上に好きだもの」

今まで想いを口にするのを我慢してきた分、素直にそう告げると、蕩けそうなほど甘い笑みを浮かべた瑞貴は雫をきつく抱きしめて、耳元に囁く。

「これからは思う存分、愛し合おうね。俺……恋愛もセックスも、きみしか知らない初心者だけど、雫にもっと悦んでもらえるよう精進するから」

（彼も未経験だったの？　だったら……）

「……ふふ、そっか。わたしも……あなたの特別をふたつももらったんですね。嬉し……」

言葉が続けられなかったのは、瑞貴の唇に塞がれたからだ。

とろとろに溶けてしまいそうな至福のキス。唇を離して視線を絡め合うと、瑞貴に頰擦りをされ、恍惚とした声で囁かれた。

あぁ、俺……幸せだ、と。

160

第四章　若旦那様、こんなに幸せでいいのでしょうか

瑞貴と雫が結ばれてから数週間、瑞貴の美貌は一段と輝きを増した。

愛する女性に愛される悦びと、男としての自信が彼を活き活きとさせているのだ。

漂うフェロモンも活性化し、今までと同じ所作であるのに色香が優雅さを凌駕している。そのた

め、目が合うだけで真っ赤になって身体をもじらせる従業員も出てきた。

そんな瑞貴は、華宵亭をとりまとめようとする気迫も身につけ、日ごろは今まで通り柔らかな対

応だけれど、仕事を疎かにする従業員には厳しい顔も見せるようになった。

さらには番頭任せだった華宵亭の経営へ介入し、敬遠しがちだった地域振興会の会合にも積極的

に参加する。　精力的な動きを見せる瑞貴は、溌剌としていた。

激高した瑞貴の豹変ぶりを目撃した従業員……特に孝子は、かなり誇張して噂を広げていたが、

雫たち当事者がうまく立ち回っている。それに、そもそも幼馴染の仲は険悪になっていない。その

ため、あの場にいなかった従業員たちは、真偽のほどがわからぬ話よりも、各々が目にしている瑞

貴の魅力的な変化の方に注目し、彼のゴシップはすぐに立ち消えたのだった。

若旦那はどこか変わった——その理由が、恋い焦がれてきた許婚と身も心もひとつになったか

らだとは、誰も想像だにしていないだろう。ましてや彼の情熱の迸りを受け止めているのが、連

日目の下にクマを作って仕事をする新人仲居と気づく者もいないはず。

瑞貴と初めて愛を交わした日の夕方、雫は大倭に頭を下げて言った。

『わたしを好きになってくれてありがとう。そして今までそれを知らず、大倭を傷つけていたことがいっぱいあったはずなのに、いつだってわたしの味方でいようとしてくれてありがとう。でもわたしは、やっぱり若旦那が好き。大倭のことは、幼馴染としても友達としても最高に好きだけれど、若旦那の代わりにはなれない。だから、ごめん。大倭の気持ちには応えられない』

絶縁されることを覚悟で伝えると、大倭はぽんと雫の頭に手を置いた。

『切ろうとしても切れねぇ関係が幼馴染だろうさ。わかっただろう？　ひとりでとんずらしようとしやがって。お前は暴走しすぎなんだ。おかげで俺もつられてしまったじゃないか』

再び笑いかけてくれたことに、どれだけ胸がいっぱいになっただろう。

『いいって。勝算がないことは昔からわかっていながら、お前が弱っているところにつけ込んだんだ。ただな、もしもあいつが来なかったら、俺はお前を無理矢理にでも奪ったと思う。でもあいつ、王子のように危機を救いに現れたもんな。ああ、瑞貴だなって思ったよ』

そして清々しい顔でこうも言った。

『……あいつ、どんな時も華宵亭の若旦那というスタイルを崩さなかったろう？　付き合いが長い俺たちにも、若旦那であろうとし続けて。ちょっとくらい力を抜けばいいのにさ。それがいつも痛々しかったというか、いつか壊れちまうんじゃないかとハラハラしていたんだ。特にお前が東京に行っている間、笑い方がおかしくなってさ。連日大旦那の怒鳴り声が聞こえていたし、あいつも

162

大変だったんだろう。雫と喧嘩してねぇなら早く呼び寄せろ、死ぬ気かよって何度も言ったんだが、聞き入れねぇ』

それは結婚が延期となり、瑞貴が自らの出生に気づき始めた頃だ。揺れる彼を察して、大倭はひどく心配していたらしい。

『あいつ、お前を盗られまいと、ようやく素を見せたろう？　それを見た時、我が子が初めて立ち上がったかのような妙な感動を覚えてさ。……別に、あんな面倒臭い子供はいらねぇけどよ。完璧主義の若旦那スタイルを崩して、あんなに必死な形相を見せたの、初めてだったから。怒りも悲しみもストレートにぶつけてきたのを見た時、雫をかけて戦おうと思うより、身内感覚になっちまったんだ。それに両想いのくせに両片想いにしちまっている不器用な奴らを、俺がなんとかしてやらねぇとっていう、謎の使命感が湧いてさ。お前に対する恋愛感情も、恋敵としての瑞貴への感情もなくなったわけじゃねぇけど、それを上回るだけの幼馴染の情があったってことだ』

幼馴染って厄介だよなと、大倭は笑った。

それを聞いて雫は、涙が出そうになるのを必死で堪えた。

自分自身ではなく、友達を優先した、最高の幼馴染——

懐が広く情け深い……こんないい男の想いに応えられないことは本当に申しわけなく思うけれど、彼が自分と瑞貴の幼馴染でいてくれて本当によかった。

本来なら、大倭は華宵亭の御曹司であり、使用人ではない。瑞貴こそが大倭に従う立場なのだ。

……だが大倭は、そうした関係を望むまい。

そして瑞貴もまた、大倭に名を呼び捨てにすることを許可している時点で、立場を越えた関係性を彼に求めているのだ。

だからこそ、あえて真実を口にする必要はない。ただ惑わせるだけだ。大倭には出生の秘密を黙っていようと思う。

大切なのは血筋でもなく……これからどうしたいかという、意思だ。

『俺……初めてあいつに頭を下げられたんだ。それで今夜、奢らせることにしたよ。"若旦那スペシャル"も特別に用意させて。……どんなものかって？　教えねぇよ。ちなみに男同士の飲みで、お前は参加不可だから。いちゃいちゃするお前らを見たくねぇし。……ずるい？　お前はスペシャルな若旦那を食えるだろうが』

しんみり気分を台無しにする大倭に、キーキーと怒って……戻ってきた、いつもの日常。

季節は六月に入り、大庭園には紫陽花が咲き誇っている。

仲居の着物も、紫陽花を想起させる水色と桃色のグラデーションとなった。

「えっと、向日葵（ひまわり）の間の仲村様には浴衣、牡丹（ぼたん）の間の上杉様には……」

雫がすべきことを反芻（はんすう）して廊下を歩いていると、前方に瑞貴が現れた。

半衿（はんえり）は藍色。淡青色の模様が入った白の着物姿は、清爽（せいそう）であった。

深夜勤がない夜は、いつも彼に抱かれているため、顔を見ただけで顔も身体も熱くなる。

熱を持った頬を自覚しながら会釈（えしゃく）して通り過ぎようとすると、手を引かれ、口づけられた。

口腔（こうこう）に舌で押し込まれるのは硬くて甘いもの。金平糖（こんぺいとう）だ。

『僕がきみに金平糖をあげるのは、きみに溶けたいという僕の愛情表現だったんだよ』

以前聞いた瑞貴の言葉が蘇る。それからというもの、一日何度も金平糖を口に入れられる。このままだと彼の愛で太ってしまいそうだ。

「……今日の休憩、何時？」

唇を離して見つめてくる秀麗な顔は、金平糖よりも甘い。

「二時……」

「今日はそこまで忙しくないよね。だったら、一時半に呼びに行かせるから、僕の部屋で一緒に昼ご飯を食べよう」

「……はい」

「雫、僕の顔を見て？　今は誰もいないから」

人目を気にするというよりも、彼を意識しすぎて真っ赤になった顔を見られるのが恥ずかしいのだが、魅惑的な瑞貴の声に逆らえず、おずおずと視線を上げる。

そこには、愛おしくてたまらないと言わんばかりの双眸があった。

身も心もきゅんとしていると、瑞貴は顔を傾けて雫の唇を軽く啄み、耳元で囁く。

「……これ以上は、部屋でね。……ちゃんと確認するよ？」

含みを持たせた声に呼応するように、下腹部の奥が熱く蕩けた。

＊・。・＊・・。・＊

「ほら、見てごらん。雫のいやらしい姿」

瑞貴の部屋の鏡台前、雫は彼の膝の上で両足を開かされていた。

乱れた着物の裾から白い太股が伸び、足袋を履いた足先が羞恥に震える。

「下着をつけずに、こんなに濡らして」

雫はショーツをつけていなかった。というのも理由がある。

数週間前、雫は女将に婚約破棄の撤回を申し出た時、こう願い出たのだ。

『わたしは嫁としてまだまだ至らず、接客も任せてもらえない新人仲居の身。月末に一度他の仲居たちと一緒に女将さんからお茶やお花を習っておりますが、そのセンスも腕もご存じの通り、平々凡々以下。おこがましいのは承知の上でのお願いなのですが、大旦那になられる若旦那を支えられる力が欲しいのです。どうかわたしに、女将の稽古をつけていただけませんでしょうか』

それは雫の初めての意思表示だった。

今まで言われるがまま私立校に通い、瑞貴に諭されて他の旅館でも修業をした。華宵亭の役に立てたらと専門学校に通ったが、その知識を活かしてどうこうしているわけではない。

瑞貴と愛を確認して、ともに歩みたいと思ってから、今までの自分があまりにも人任せだったことに気づいた。こんな状態では、血の繋がりを越えて華宵亭を担おうとしている瑞貴の力になれな

い。彼に必要なのは、公私ともに同じ未来を歩むことができる人材だ。

女将は完璧な仕事を求め、厳しい。あの瑞貴ですら苦労しているくらいなのだ。

自分が認められるとは考えられない。それでも、瑞貴の力になりたいと思った。

『ふふ。本当に似た者同士ね、あなたと瑞貴は。瑞貴も同じことを言っていたわ。公私ともにあなたを支える力が欲しいから、扱いてくれと。必ず期待以上の結果を出してみせると。ずいぶんと、嬉しい方向に変わってくれたわ。ようやくやる気になってくれた』

女将の唇が、弧を描いた。

『あの子は天性のものがありすぎるゆえに、自分を曝け出すほど必死になるということができない子でした。もしもこの先、不測の事態が起き、あの子が肩書きなしで対処することになったら、そんなあの子についてくる者はどれだけいるのか。それが心配だったから、我武者羅さを掻き立てるためにも、瑞貴の恋愛を禁じたのです。ようやく意識改革ができたみたいでひと安心ね』

そして、続けてこうも言われたのだ。

『私があなたにあえて女将修業をさせなかったのは、あなたの意思がなかったゆえです。仲居としての仕事ぶりは評価できても、次期女将としての覚悟がまだできていないあなたに、女将の仕事は教えられないと思っていました。ですがあなたもやる気を見せたのなら話は変わる。ちょっとついてきて』

女将は奥の間へ続く襖を開けた。

そこは三畳間くらいの小さな和室で、豪華な金糸の刺繍が施された黒い着物が両袖を広げて飾ら

れていた。

『これは代々、女将が次期女将である若女将に託すもの。これから深夜勤ではない日の仕事終わりにここへ来なさい。女将として学ぶべきことを教えましょう。知識を蓄えることができたら瑞貴と相談し、若女将としてこれを着て、本格的に表に立ってもらいます』

あまりに話が進展しすぎてこれを着て、戸惑う雫は尋ねた。もっと実践的な長い修業が必要なのではと。

『あなたは仲居として十分すぎるほど修業をしています。次期女将として……基礎はできている。足りないのは知識だけ。それをものにすれば、あなたなら若女将として振る舞えるはず』

女将修業と花嫁修業に違いなどなく、瑞貴とともに華宵亭を担う未来に必要不可欠なものは日頃の仲居修業にあったのだと、女将は答えた。

認められていないから特別なことを教えられていないのだと思っていたけれど、既に大切なことは教えてもらっていたのだ。それに気づかなかったのは、自分があまりにも受け身すぎて、日々の仕事の意味を真剣に考えずにいたからなのだろう。

女将になるには、雑用と思われがちな仲居の仕事を極める必要があった。女将は、ひとから言われるがままに動く人形であってはいけない。自ら考え、仲居目線で動くことも大切だったのだ。

それから数週間。女将に知識をつけてもらいつつ、雫はますます仲居業に熱を入れた。凛然とした女将に近づくべく、積極的に努力を重ねたのだ。

しかし昨日、ある客に言われた。

『仲居さん、とても元気で、いい"男っぷり"だね』

力仕事を中心にしているから仕方がないこととはいえ、がさつだと指摘されたようなものである。

落ち込んでいたところ、瑞貴にアドバイスされたのだ。

『しとやかに振る舞いたいなら、ショーツを脱げばいい。僕の趣味で言っているんじゃないよ。昔のひとたちは着物の下には下着をつけていなかった。呉服屋の娘として聞いたことはあるだろう？なにもおかしいことではないよ。女将修業だと思ってやってみればいい』

言いくるめられた感はあるが、試しにショーツを脱いで仕事をしてみたところ、ノーパンが気になって大胆な動きができない。結果、奏功した面もあったが——

「雫、女将修業だろう？ だったら、ちゃんと鏡を見て」

瑞貴によって足の角度が変えられる。恥じらう雫の耳を舐めながら、瑞貴の指は黒い茂みを掻き分けて花弁を割ると、蜜で潤んでいる薄紅色の花園を見せつけた。

グロテスクさに雫は引きかけたが、瑞貴はうっとりとした面持ちだ。

「熱い蜜でとろとろだ。すました顔で、こんな状態になって仕事をしていたの？」

そしてゆっくりと長い指が花園を往復する。彼は、ぶるりと身震いして喘ぎを押し殺す雫の目の前に、蜜で濡れた指を近づけた。蜜は淫靡な糸を引き、それはやがてとろりとした滴となって落ちる。

「いやぁ……っ」

雫はあまりの羞恥に泣き出しそうな顔をしたが、意地悪く笑った瑞貴は、蜜が滴る指に自らの舌を這わせると、口に含んでみせた。

169　若旦那様、もっとあなたの愛が欲しいのです

「ああ、金平糖の味だ。僕の愛が溶けて蜜になったのかな。美味しい……」

挑発的な眼差しを向けられるとともにかけられた扇情的な言葉に、身体がぞくぞくしてくる。

「ねえ、雫はなんでこんなに蜜を溢れさせているんだ？　露出プレイが好きなのか？」

耳に囁かれる、吐息交じりの声。瑞貴の指が、蕩けた花園を掻き混ぜる。そこはすぐに熱を持ち、じわじわとした痺れを広げていった。

「違……っ」

否定する声にも、甘さが滲む。

「違う？　聞こえるだろう、このくちゅ、くちゅ、という音。これはなんなの？」

時々瑞貴は、こうして意地悪になる。わざと雫を困らせ、赤面させるのだ。前からその片鱗はあった。彼は愛情表現の一環として、そうしたことをする面があるのだろう。

「ちゃんと答えて」

そして、蠱惑的な声音でなされる命令に、雫は逆らうことができない──

「雫の……えっちな、蜜、です」

雫は横を向いてか細く答える。

「なんでえっちになったの？　仕事をしている時から？」

「若旦那に……瑞貴に……少しでも触れられると、もう……駄目で……」

雫は羞恥にふるふると震えた。

「どうして僕が雫に触れたら駄目なの？」

170

「……っ」

「雫？」

「瑞貴に愛される時のこと、思い出すから……っ」

今にも消え入りそうな声で答えると、瑞貴はふっと笑う。

「可愛いな、この仲居さん。あぁ、早く皆に自慢したいよ、僕のえっちなお嫁さんだって」

耳殻に舌を這わされ、ぞくりとした雫は身を竦ませる。ぴちゃぴちゃと唾液の音をたてて、耳殻

や耳朶を舐められると、瑞貴に食べられている気分になってしまう。

瑞貴に身体を預けて喘いでいると、蜜口を緩やかに触っていた中指が、くぷりと蜜壺の中に差し

込まれる。ゆっくりと深い抜き差しをされ、歓喜の吐息が唇から漏れた。

「そんなにこうしてほしかったの？　奥、きゅうきゅうして喜んでる。あぁ、僕の指、食いちぎら

れそう。……雫、鏡をちゃんと見て。女将はいかなる時も、顔を背けない。その練習をするんだ」

鏡の中、はしたなく広げた足の間に、瑞貴の中指が出たり入ったりしている。

その長い指をゆるゆると呑み込む雫は、蕩けきったいやらしい女の顔で、彼に身を委ねていた。

そんな自分を見ている瑞貴の眼差しは、なんと愛おしげなのだろう。

抽送される指は内壁を押し、親指が花園の前方にある秘粒を刺激する。快感に肌がざわついた。

雫は思わず瑞貴の腕を掴むと、鏡の中の彼に向けて首を横に振る。

「駄目……声、出ちゃう。もう駄目」

「耐えるのも、修業だよ、雫」

やめる気がない瑞貴は、ごそごそとなにやら動きながら、蜜壺へ抜き差しする指を二本、三本と増やし、数週間前には未開だった部分に甘い刺激を与えていく。

瑞貴によって快楽を知った身体は、愛おしい彼からの刺激に悦び震えていた。暴力的なまでに身体を狂おしく駆け抜ける……あの絶頂感が、近づいている気がする。

我慢しようとすればするほどに、追い詰められる心地だ。さらに気持ちよさが強まり、どうにかなってしまいそうだった。

しかし――今は休憩時間。瑞貴の部屋は立ち入り禁止にしていない。

いつ、誰が入ってくるかわからないのだ。

そんな矢先に足音がして、ノックがなされた。雫は慌てて瑞貴から離れようとしたが、彼は雫を解放しない。それどころか、雫を愛撫したままで平然と対応する。

『若旦那、よろしいでしょうか』

孝子の声だった。

（こんなところ見られたら、軽く三回は死ねる……）

「今、忙しくて手が離せないから、用事があるのならそこで言って」

（この手も放してくれれば……んぅ、駄目……感じちゃう……）

けれど、瑞貴の指は雫の官能を引き出すようにゆっくり蜜壺を擦り続ける。

（あぁ、ん……気持ち、いい。声……出ちゃう……）

雫は瑞貴の着物を口に含み、漏れ出てしまう声を殺した。

『ホテルわだつみの女将が、若旦那とお話がしたいといらっしゃっています』

わだつみは、特定客しか受け入れない華宵亭とは違い、一般客を広く受け入れている。

その女将は三十代で独身の美女。瑞貴に色目を使っていると、仲居のウケはよくない。

華宵亭に面した坂下にある和風ホテルで、華宵亭が自ホテルの別館であるかのように、瑞貴へ頻繁に会いに来るのだ。その上、瑞貴には媚びるが、仲居たちを下に見て横柄な態度をとる。

（あのひとと会わないでほしい……）

着物を食みつつ、嫉妬心を抱きながら瑞貴を窺い見ると、彼は嬉しそうに微笑んだ。

「手が離せないと言っているだろう。用事があるのなら、きみが代わりに聞いて、彼女には帰ってもらってくれ。必要があれば後で電話をかける。僕は今、無駄話に付き合う余裕がない」

苛立ったような返答に孝子が息を呑んだ気配がし、了承の意を告げて足音は遠ざかった。

「もう行ったよ。可愛い声を聞かせて」

「いい……んですか、行かなくて」

「行ってほしかった？」

雫の返答をわかっているくせに、瑞貴はわざと問う。

雫はふるふると首を横に振った。

「なんで？」

「わたしの……瑞貴だもの……。仕事じゃなければ、渡したくない」

「はは、可愛いな、雫。やきもち妬いてくれるなんて」

蕩けた暗紫色の目が柔らかく細められ、ゆっくりだった指の抽送が速くなっていく。

「あぁ……いつも、妬いて……う、ん……ま、す。女優の、映子さん……にも」

「彼女は一緒に来るマネージャーが好きなんだよ。彼の気を引くために、俺にべたべたしてみせているだけだ。その証拠に、部屋に入ったら一度も僕を呼ばないだろう？　当て馬なのさ」

（知らなかった……。あの……後ろでぺこぺこ頭を下げているひとが本命だったとは）

「僕は雫一筋だ。いつだってどんな時も、雫だけを愛してる」

瑞貴の言葉に、雫の身体がさらに昂る。

「んっ、んぅ、ん、あ……っ、駄目、わたし……駄目、駄目っ」

口を手の甲で押さえても、声が止まらない。こうして魅惑的な瑞貴の甘い匂いに包まれ、愛を囁かれると、至福に身体が熱くなり、溶けてなくなりそうな心地になる。

蜜壷を愛撫していた指が引き抜かれ、正面に向き合うように座り直させられた。

鏡越しではなく、直接瑞貴を見つめることができるのが嬉しい。

熱を帯びた暗紫色の瞳に吸い寄せられ、再び口づけを交わし、濃厚に舌を絡ませ合う。

瑞貴は合間に悩ましげな吐息をひとつつくと、雫の腰を少し持ち上げた。そして、疼いていた隘路に下からずぶりと剛直がねじ込まれる。

「――っ！」

質量と熱量がある猛々しいもので一気に奥まで貫かれた雫は、突然の衝撃にキスをしたまま達してしまう。それで情交が終わることはなかった。袖から入って来た瑞貴の手に直接胸を揉みしだか

174

れつつ、果てたばかりの身体を容赦なく突き上げられる。

散ったはずの快感と熱が再び身体に戻り、雫を揺り動かす大きな波になっていく。

「や、また……っ、わたし、また……っ」

硬いものが中を強く擦り上げて、後から後から新たな快感をもたらす。

あまりの気持ちよさに、身体の芯が蕩（とろ）けていきそうだ。

「雫、いやらしいね、俺のを根元まで……こんなに呑み込んで。ああ、奥が……ここが、いいんだね。すごく締めつけて、俺のを絞り取ろうとしてくる」

目が合うとたまらなく愛おしくなり、どちらからともなく唇を求める。

いつも遠かった彼が、垣根を取り払ってこんなに近くで存在を感じさせてくれるのが嬉しい。

優しくて穏やかで笑みを絶やさなかった彼が、こんなに荒々しく男らしい身体で、飢えたように自分を求める日が来るなど、想像できただろうか——

「あん、あんっ、いい……っ、瑞貴、ああ、そこ……瑞貴っ、好き……」

今、隣よりも近い場所に、彼はいる——

これまで足りなかった分を補い、互いの身体のすべてを感じられる距離に。

「雫、好きだ……よ。俺も……好き。愛してる……」

耳元で囁かれる瑞貴の声が、荒くなっている。

余裕がなくなるほど感じてくれていると思うと、一層愛が募る。

「あぁ、きみは俺のものだ。早く……俺だけの形になってくれ」

優しく腹を撫でながらも、突き上げは猛々しい。

「ん、んぅっ、あぁ、駄目……感じ、すぎちゃう。瑞貴が、気持ちよくて、おかしくなる……」

雫は泣きそうな声で喘ぎ、瑞貴の首にしがみつく。

もうこれ以上は駄目だと思うのに、腰が動いてしまう。さらに彼が欲しいと思ってしまう。

「あぁ、雫。いいよ、もっと感じて。俺なしでは……生きられないほど、おかしくなって」

瑞貴が雫の尻を掴み、雫の身体を前後に大きく動かす。

「あっ、やあっ、みず、きっ、あぁ」

脳まで痺れそうな快感におかしくなってくる。

「雫、こっちを向いて可愛い顔を見せて……。俺に……感じている顔、見せて」

顔を向けると、彼は欲情に滾った目でやるせなさそうに微笑み、突き上げを激しくした。瑞貴の顔がさらに艶めき、悩ましげな苦悶の表情となる。

突き出した舌を吸い、絡ませ合いながら、この激しい愛の終焉へとふたりは走り続けた。

「あ、ああ……わたし……イ、ク……」

身体を強張らせ、弾け飛んだのは雫が先だった。

雫から嬌声が迸る前に、瑞貴はその唇を塞ぐと、震える彼女のより深いところに己の精を放つ。

「しず、く……っ」

呻き声とともに、何度も何度も注がれる、瑞貴の熱い飛沫。

雫は彼に抱きしめられたまま、畳に放られていた避妊具の包みの残骸を目にした。

ああ、自分の中に隔たりなく、直に注いでもらえたら──

そう思っていると、雫の首に顔を埋めて息を整えていた瑞貴が、悲鳴みたいな声を出す。

「頼むから、俺が無防備な時にまで、締めつけないで」

……そのせいなのか、雫の中にある瑞貴は芯を取り戻している。

今回も、ゆっくりと休憩はできないようだ。

＊・。・＊・。・＊

『練り切りを作りたいと？　坊ちゃんが？』

幼い瑞貴の懇願に、副板長は驚いた声を出した。

『うん。僕も雫が喜ぶものを作ってみたくて。これから雫が来るから、その前に』

すると副板長は、最近ぽつぽつと白髪が交ざるようになった短髪の頭を掻く。

『うーん、練り切りは修業が必要で、一日でできるものではないんですが……。だったら求肥やあ

んこは私が作るので、坊ちゃんは粘土遊びみたいに、好きな形に……』

『ちゃんと一から作らせてよ。形を作るだけだったら、僕が作ったと言えないじゃないか』

『うーん、坊ちゃんならできてしまうかもしれない。よし、やってみましょうか』

『ありがとう、副板長！』

『まずは求肥を作ります。白玉粉にお砂糖とお水を入れて……加熱して混ぜる。冷めると重くなる

『おまじない?』

『ああ、あの魚の鱗みたいな表面の容れ物のことか。あれは……ふふ、ちょっとね、おまじないをかけて桜の樹の下に埋めちゃったんだ』

『それはそうと、坊ちゃん。前に差し上げた、刺身包丁を入れていた箱、今もお使いですか? 文箱にするって言われていましたが』

瑞貴は笑って頷いた。

『餌付けしているのは内緒にして下さい』

『あの片桐の坊主……つまみ食いに来るんですよ。最初はどこからか忍び込んだチビだと思ったも

『あれ、副板長も大倭を知っているの? こっちの棟には来ていないはずなのに』

『は、はい、そうですか。でも最近、片桐の坊主とも遊んでいますね』

『嬉しいよ。別れた瞬間から、次に会える日が待ち遠しいんだ』

『ふふ……坊ちゃんは、雫ちゃんが来ると嬉しそうですね』

『ありがとう、副板長。雫、喜んでくれるといいな』

その繊細な出来映えに、副板長も思わず唸って絶賛である。

和気藹々と和菓子レッスンは進み、完成したのは紫陽花を象った練り切りだ。

『それに片栗粉をまぶしておいて……。次はあんこ。さて、練り切りは何色にしましょうね』

副板長が褒めると、……ああ、坊ちゃん、筋がいい。艶々の求肥になりましたね!

からさっさと……ああ、坊ちゃん、筋がいい。艶々の求肥になりましたね!

178

『そう。副板長にも内緒。口に出したら叶わなくなりそうだから』

そう瑞貴が意味深に笑った時だった。

『腹減った、なにかくれ。あ、瑞貴もいる。なにか……おお、うまそ、なにそれ!』

……突如現れた幼い大倭が、台の上にあった紫陽花の菓子を鷲掴みにして口に入れたのは一瞬。

呆気にとられていた瑞貴が現実に戻った時には、数個あった練り切りがなくなっていた。

『瑞貴もひとりで食わずに、俺を呼んでくれよ。ああ、うまかった。え、どうかした?』

俯いた瑞貴から漂う負のオーラを感じ取り、危険を察知した大倭は逃げ去った。瑞貴の恋心を踏み躙ったことで、この先、彼の対応が辛辣になるとは、知る由もなく。

＊・。・＊・。・＊

華宵亭を営む雅楽川家は、元々は玖珂という、神職を世襲する社家のひとつだった。

明治期の華族令で玖珂家は爵位を得たものの、後にその撤廃に伴って神職の身分も失った。

激動の時代を生き残るべく、長男は玖珂家を引き継ぎ、財閥系グループとしての基礎を築き上げる。

しかし次男はそうした経営よりも自然を愛する風流人だったため、自然に囲まれて生きたいと玖珂家を出て、母方姓である雅楽川を名乗った。そしてたまたま訪れた……海と山に囲まれた熱海の地を気に入り、旅館を建てたという。それが華宵亭だ。

初代大旦那である彼は豊穣に感謝すべく、神官の血族として受け継いできた神楽舞を八百万の

神々に奉納したらしい。それが後に、神に見立てた客を楽しませる日舞や雅楽を取り入れた催しへと変わり、花や木々が咲き乱れる大庭園の小舞台にて、歴代の大旦那が舞を披露することになった——と瑞貴は聞いている。

瑞貴の父親はこうした芸より、色事の方を好んだ。そのため華宵亭の伝統舞は女将が舞っていたそうだ。それを知る古参の従業員は、天女の如く美しかったと口を揃えて語る。

瑞貴は母を超えたいと思う。神童だと持て囃されるのも、所詮は華宵亭跡取りの肩書きがあるからだ。それがなくなれば、誰にも見向きされなくなる。仮面を取り繕い、素顔から次第に乖離していくことで、なにが自分なのかと見失いかけそうになっていた——そんな不安を抱えて過ごしていた時、想いを通い合わせた雫が言った。

『それが若旦那の一面であるのなら、見せてもらえて嬉しく思います。見せてもらえない方が辛かったから。取り繕った若旦那ではなく、素の若旦那を見せてほしい』

彼女の許しで箍が外れたようで、狂おしく雫を求めてしまう。

片想いだからこそ想いが募るもので、両想いになれば満たされると思っていたのに、身も心も通い合ってからは、ひとりでいることが寂しくてたまらなくなった。欲は際限なく、前以上の激しさで胸の中を暴れ回る。込み上げるこの衝動は、渇愛だ。雫を僕の腕の中にずっと閉じ込めて、キスをしたまま抱き合って寿命を迎えたいって言ったら、さすがに引かれるだろうな……」

「はは。あれだけ盛っているのに、若旦那としての自分に遠慮しているところがある。雫はいまだ、

もし自分が、華宵亭とは無縁な、ただの片桐瑞貴になったとしたらと、ふと思う。

手を繋いで堂々とデートをして、有名なデートスポットで楽しい思い出を作り、美味しいレストランで笑顔になって。その後は声を殺さなくてもいい場所で、ともに溶け合って。

そんな普通の形を、雫も実は望んでいるのではないかと。

「我慢させているよな……。かといって、夜に連れ出した上で抱いたら、雫も次の日の仕事が辛いだろうし、僕もこれから華宵祭まで稽古ずくめ。しかも休日が合わないし……」

瑞貴は大きなため息をつくと、憂いを帯びた顔をがくりと俯けた。

最近の雫は、深夜勤がない日は女将修業をしている。自分の妻になろうという強い意思を見せて、自発的に動いてくれたことが嬉しくて、その時間を邪魔したくない。

だからどうしても、数時間で切り上げる深夜の夜這いか、休憩時間中の逢瀬で我慢せざるをえなかった。

本当は雫とともに、ゆっくりと朝を迎えたい。今のままでは、自分の欲求を満たすためだけに呼びつけているようで、やるせなかった。かといって、抱かずにお喋りだけで留められるかというと、無理な気がする。開花した雫はあまりにも魅惑的すぎるし、マーキングをしたくなるのだ。

「なんで一日が二十四時間しかないのだろう……」

両想いの彼女が常にそばにいるのに、それが利点にならないとは。

「……結婚したら、雫とふたりで華宵亭から出ることはできないだろうし、いや、子作りは時期を見た方がいい作ろう。どうせすぐに子供部屋もたくさん必要になるだろうし、せめて防音の離れを

いか。

　まずは僕と雫のふたりだけの蜜月をきっちり満喫しないと」

　未来への希望が見えた瑞貴は勝手に計画を立てると、目を輝かせる。

「温泉……岩風呂を専用にするか。檜（ひのき）の内風呂も欲しいな、増やせるかな」

　華宵亭自慢の温泉。掘れば新しい温泉も出る気がする。もしも言い伝え通り、人魚の涙でしか温泉が湧出しないなら、新たな開設は望めないが。

「大体、人魚が十二の風呂分の涙を溜めていた状況って、どんなものなんだ？　涙脆（もろ）いのか、頑張って搾り出したのか。……こんなこと雫に言ったら、夢がないと怒られそうだけれど」

　雅楽川家に残る古い文献には、確かに当初、華宵亭には温泉がなかったと記されている。湯治場（とうじば）として名高い熱海の地で、湯も出ない山中に、自己満足としては広すぎる敷地面積の旅館を作ったことに理由はあるのだろうか。鉄道が走る明治期、東京からの客で賑わっただろうが、温泉なしでやっていけると思うほど、初代は商才がなかったのだろうか。

　そして突然に現れたという温泉。それについて伝えているのは、人魚の存在によるものだという口伝（くでん）のみ。書物には子細は語られていない。書物の気になる記述としては、華宵亭には口の利けない〝名も知れぬ女〟が滞在し、いつしか彼女は華宵亭の使用人として働くようになったという文章があった。また、経営が苦しい時にどこからか肉を仕入れ、その肉を食べた客がみるみる元気になったこと。それが人伝（ひとづて）で話題になったことによって救われ、温泉なし旅館としてやっていけたと記されている。

　温泉が湧き出て以降、女は書物から消え、代わって妻の……初代女将が現れた。妻は口が利けた

182

とあるので、名も知れぬ女ではないのだろう。

そのことを女将から聞いた雫は、瑞貴へ実に複雑そうな顔で語った。

『わたし、初代に尽くした口が利けない女というのが人魚だと思うんです。人魚が助けられた恩を返しに華宵亭へ現れ、労働で返していた。途中で初代が温泉を望んでいることに気づき、人魚は自分の涙を渡した。姿を消したのは、初代が別の女を愛したからでしょうか。……だとしたら切ないですよね。創設期の華宵亭を支えてくれた功労者は人魚なのに、ぽっと出てきた女性が初代女将になったなんて。人魚が初代を愛していたとは限りませんが、海の泡にならず、ちゃんと海に帰って寿命を全うしていたらいいな』

華宵亭において人魚が無関係だと言い切れないのは、十二もある風呂すべてに人魚の像があるからだ。初代の時代に作られたと言われている年代物である。初代にとって、人魚という存在は確かに意味があったのだろう。

「そういえば、雫に人魚の話をしたのは、大女将だったか……」

瑞貴は、雫を嫁にしたいと泣いて懇願した幼き日を思い出す。

あの時大女将は幼い恋だからと邪険にせず、精一杯、瑞貴個人を尊重してくれたように思う。

『初代が華宵亭をこの地に開いたのは、かつて湯治に訪れた際、熱海を気に入ったからららしいわ。そこでもし、瑞貴のように誰かに恋をして、その相手を忘れられずに華宵亭を開いたのだとしたら、どんなにドラマチックなことでしょうね』

そう語った彼女は、華宵亭創設秘話を、なにか知っていたのだろうか。

そんなことを思っていると、執務室に番頭がやってきた。

「あ、若旦那。お疲れ様です」

へこへこと頭を下げる番頭に、瑞貴は返事をしてにっこりと笑う。番頭は瑞貴の手にある書類を見ると、首を傾げた。その書類は今年度の経理簿だ。

「なにか、ありましたでしょうか」

「いいえ。ありえないくらいに完璧です。さすがは番頭の仕切る経理ですね」

番頭は顔を緩めながら、薄くなった頭を撫でた。

「恐縮です。あの、若旦那はお忙しいのですから、引き続き私に任せてもらっても……」

「女将が番頭に経理を任せていたのは、前代が亡くなり、すべてをひとりで切り盛りしないといけなくなったからです。今は僕がいますし、僕も覚えていきたいと思っています。わからないことは番頭にお聞きするので、その時はどうぞご教授下さい」

「あ……、はい」

優雅に頭を下げて教えを乞う瑞貴に、番頭はたじろいだように顔を引き攣らせて頷く。

「ところで番頭。先ほど、地域振興会会長よりお電話がありまして、今月末に開催される〝花祭り〟に華宵亭が参加することになっているとか。テレビカメラが入るため宿泊客で満員な日を教えてくれと言われましたが、僕、安易に開放しないように言いましたよね？　連絡が行き渡っていなかったのかと思い、丁重にお断りしておきました」

「そんな!?　全国中継される〝花祭り〟に参加すれば、華宵亭の名を広められるんですよ！　ちょ

うど百二十周年といういいタイミングなんです」

「必要ありません。華宵亭は愛して下さるお客様が、他のお客様が既にいる。それを守り続けるのがうちの伝統。幸運にもここを気に入ったお客様が、他のお客様を紹介してくれる。そうやって繋いできた信頼の輪で、この華宵亭はやってきた。それを覆すつもりはありません。女将も同じ意見です」

「なぜそこまで意固地になって、"鎖国"を続けるのですか。すべての部屋を開放しましょうよ。有名人お忍びの宿だなんて、話題性があり予約も殺到します。馴染み客だって、ファンが増えたら嬉しいはず！　快くサインのひとつやふたつ応じてくれますって！」

妙に弾んだ声を出す番頭とは対照的に、瑞貴の声は静かだった。

「逆にお尋ねします。なぜそこまで、質を下げたサービスを提供しようとするのです？　うちの従業員は優秀なベテラン揃い。それも、ひとえに伝統を守り抜いた結果です」

「若旦那……。従業員というものは金を多く出して教育すれば、自ずといい人材になるのですよ。それにこれだけの設備がありながら特定の客にしか開放しないなんて、バチが当たりますよ。今の時代は、大衆を呼び込んでナンボです。伝統というのなら、外国人観光客を集団で引き受ければ、きっと肌で感じ取ってくれることでしょう」

「番頭！　華宵亭は他のホテルとは違うんです」

「同じですよ、若旦那。私は長いこと振興会で他のホテルとの交流をして参りました。皆、いつどうなるかわからない時流に怯えているんですよ。華宵亭も別の方向に舵を切るべきです。あなたはビジュアルもいいから、テレビに少し出ただけでも問い合わせが殺到し、華宵亭は今までにない賑

わいを見せるでしょう。あなただってちやほやされるんですよ、芸能人みたいに」

番頭は鼻息荒くして言うが、瑞貴の面持ちはどんどん冷ややかになっていく。

「——平行線ですね。この件はもっと話し合う必要があるようです。今後、仮に方向転換する必要

があるとしても、今は時期尚早。今回は僕に従ってもらいます」

「若旦那！　今年は……玖珂グループが"花祭り"のスポンサーにつくんです。うまくいけば、玖

珂グループにだって入れてもらえるかもしれませんよ！」

瑞貴は疲れたような顔をして、言い放つ。

「興味ない」

それは恐ろしく低い声だった。そして瑞貴は会釈をすると部屋から出ていく。

「この……顔だけの若造が！」

……番頭の暴言を耳にすることなく。

＊。・・＊・。＊

「腰がイタタ……」

華宵亭の正面玄関前を竹箒で掃いていた雫は、腰に手をあてて前屈みになった。

原因はわかっている。　愛されすぎだ。

瑞貴が求めてくれることは素直に嬉しいし、素の意地悪な彼にもときめく。

186

（仕事に影響が出るほど若旦那に激しく愛される日がくるなんて、少し前のわたしは想像すらしていなかった。今では穏やかすぎたあの頃が、やけに懐かしく感じるわ……）

「なんで若旦那は、あんなに元気なんだろう……」

見た目からはそこまで絶倫とは思えない。妖艶なフェロモンはあるものの、清廉さが打ち消しているイメージがあった。だが実際の彼は、がっつり肉食系だったらしい。

「あ〜、しんど……」

年寄りのように腰をとんとんと叩きながら掃除を続けていると、坂道の下方から言い争いが聞こえてくる。一体なんの騒ぎだろうと坂道を下りてみたところ、わだつみの女将が声を荒らげていた。

「何度も言っておりますが、うちは宿泊客だけしか受け入れていないんです。しかも現在は満室。休みたいのなら、他をあたって下さいな！」

「しかし、身体が辛くて……少し横にならせてもらえればそれでいいんじゃ。長椅子でもいい」

小柄な老人が胸を押さえている。

「ですから！ こっちは忙しいんです、同じことを言わせないで下さい！」

（え、具合悪いおじいちゃんを拒否しているの、あの女将！）

雫は目を見開き、腰が痛いのも忘れて坂を駆け下りた。

雫の出現に驚く女将を無視し、老人の目の高さに身を屈めて声をかける。

「おじいさん、大丈夫ですか？ この坂道はお辛いですよね。わたしはこの上にある旅館で仲居をしています。お休みいただけるようにお部屋をご用意しますから、わたしの背中にお乗り下さい。

「おんぶしてお連れしますので」

「あなた！　華宵亭はどこの馬の骨ともわからない一見さんはお断りのはず。　仲居の分際で勝手なことをしてっ……」

雫は老人をおぶさって立ち上がると、女将に冷たく言った。

「たとえマニュアルがそうだとしても、わたしはこのご老人をお連れします。　なにかあったらどうするんですか？　人命が優先です！」

「よくごらんなさいな。　こんなに色艶のいい老人に、なにかあるわけないじゃないの」

「では、もしなにかあった時、女将に責任をとっていただけるんですか？　どのように？」

わだつみの女将は、ぐっと言葉を詰まらせた。

怒りでもやもやしつつ、雫は一応礼儀として頭を下げ、坂道を上っていく。

（ぐぅ……こ、腰にくる……っ）

「仲居さん、すまんのう」

「い、いえいえ！　困った時はお互い様ですから！」

（……なんかお尻をむにむにと触られている気がするけど、腰が重いせいね。　具合悪いおじいちゃんがおイタできるはずがないし）

華宵亭に戻ると、玄関先で瑞貴がフロント担当の仲居と話していた。

老人をおぶって現れた雫に気づき、瑞貴が慌てて飛んでくる。

「若旦那。　こちらのご老人が、具合がよろしくないようなんです」

すると瑞貴は眉根を寄せた。

「それは大変だな。ここから近いのは椿の間。僕が運ぶから、きみはお水を持ってきて」

「かしこまりました」

彼に老人を任せた雫は冷水が入ったコップをお盆に載せると、バタバタと部屋へ向かった。

部屋で老人は布団に横になっており、瑞貴が心配そうに声をかけている。

「本当によろしいんですか、医者を呼ばずに……」

「いらん。休ませてもらったら、すぐによくなるから」

雫は老人の枕元にお盆を置くと、床の間に飾っていた呼び鈴を添えた。

「よくなるまでゆっくりしていって下さいね」

雫だけではなく瑞貴もまた、柔らかく微笑む。それを目にした老人は、怪訝な顔をした。

「ワシはここの宿泊客ではないのに、こんな簡単に部屋へ入れて寝かせてくれていいのかね。旅館にもルールがあるのじゃろう？」

すると瑞貴は、静かに口元を綻ばせる。

「でしたら、僕の……若旦那の権限で密かに招いた、特別なお客様ということで」

その返答に、老人は愉快そうに笑う。

「……似た者同士じゃのう。若旦那さんと、そこの仲居さんは。……ふう、胸がキリキリしておったわ。ああ、医者はいらん、良心の痛みじゃ。仮病じゃからの」

さらりと最後に爆弾発言を放った老人に、雫の口からおかしな声が漏れた。

「──は？」

老人はむくりと起き上がると、雫が用意したコップを手に取り、ごきゅっごきゅっと音をたてて水を一気飲みした。その健康的な様子は、どう見ても具合が悪そうな老人のものではない。

「ふう、うまい水じゃった。……つまり、下の女将の言い分が正しかったということじゃな。お人好しばかりいる旅館じゃの、この華宵亭は。ただまあ、嫌いではない。ふむ……」

何やらぶつぶつと呟くと、老人はスタスタと部屋から出ていった。

一体なにが起きたのかよくわからず、雫は瑞貴と顔を見合わせる。そして雫が思い出したのは、おんぶした時の尻の違和感。あれはもしかして──

（エロジジイ！）

まんまと一杯食わされた雫が、老人を追おうと立ち上がった時だった。

「いらっしゃいませ、宮田様。お待ちしておりました」

来客を迎える女将の声が聞こえる。

瑞貴とともにフロントに戻ると、老人が片手を上げ、堂々と玄関から出ていくところだった。

ぽかんと呆けた顔になったのは、女将も同じ。しかし女将はその場にいる誰よりも早く正気に返ると、何ごともなかったかのように接客モードに戻ったのであった。

＊。・・＊・。＊

190

六月も中旬になると、梅雨に入る。

雨の湿った匂いが華宵亭にも広がり、屋敷を叩く雨音が静寂を際立たせた。

じめじめとして気鬱になりやすい季節ではあるものの、華宵亭の大庭園では、雨露に濡れた花も

また風情があり、晴天の時にも増して活き活きとした色彩を見せている。

特に紫陽花は、土壌が酸性のため青みが強い花を咲かせるが、元々色が移ろう花だ。

停滞しがちな気分を癒やすかのように、日々変化を見せてひとの目を楽しませてくれている。

居酒屋『四季彩』でもメニューが変わり、しらすを使った料理が多くなった。

中でも桜エビとしらすのかき揚げは、ホタテに次ぐ雫の大好物。揚げたてを抹茶塩で食べると、

あまりの美味しさに悶絶してしまう。

「……本当に幸せそうに食べますよね、雫さんって。あ、そうだ。忘れないうちに。これ雫さんご

所望のクマ隠し。話題の人気商品の『ハイドベア』」

香織が雫に差し出したのは未開封の化粧品だ。かくれんぼをしているらしいクマのイラストが、

なんとも愛らしくてほっこりする。

「そしてこれが腰に効く、匂いがしない湿布」

「ありがとう！　さすがは香織ちゃん。お値段は……」

「いいですよ、今夜の奢りで。高いものでもないし」

香織はテーブルに両肘をつき、面白くなさそうな顔で雫を見つめた。

「まさか雫さんが、エベレスト登山に成功してしまうとは。私の色仕掛けでも化粧でも堕ちなかっ

た若旦那が、雫さんには堕ちたこのミステリー。さらに信じられないのは、雫さんと若旦那が、大女将が決めた許婚だったこと。なにがどうなればそんなことになるんですかね」

「香織ちゃんだけに話したことだから、他のひとには内緒にしてね」

相変わらず香織は辛辣だが、毒舌を受けても雫は照れている。幸せそうにビールをちびりちびりと飲むと、なにを思い出したのか突然にやけて、テーブルの上に突っ伏して悶えた。

「言ったところで、誰が信じるんですか。妄想も休み休み言えと笑われるのがオチです。でもまあ……おめでとうございます。そして香織ちゃんも深夜勤、お疲れ様」

香織がウーロン茶のジョッキを持ち上げたため、雫はビールのジョッキを合わせる。

「ありがとう。そして香織ちゃんも深夜勤、お疲れ様」

瑞貴は華宵祭に向けて本格的な稽古に入り、さらに忙しくなった。女将はその指南をするため、本日の女将修業は休み。女将修業がない時は深夜勤なので、身体を休めろという配慮もあるのかもしれない。

最近は、雫と香織が交互に深夜勤をしていた。だが今夜は珍しく孝子が深夜勤だったため、労いと報告を兼ねて、香織を飲みに誘ったのだった。

瑞貴の出生のことは伏せ、クラブ通いは過度の重圧からの逃避だったこと、そして乱交していたわけではなかったことも併せて説明した。また、香織は大倭の気持ちに気づいていたようだ。その上で、番頭経由で瑞貴と大倭が喧嘩していたことを知ったらしい。大倭とはその後どうなったのかを質問され、雫が素直に答えると、香織は複雑そうな顔つきになった。

「ずいぶん物わかりがいいんですね、副番頭。いいひとすぎるというか。私にはいないから、イマイチその重要度というのはわからないんですが、まぁ……副番頭をヘタレにさせるくらいのものではあったんでしょうね。副番頭、本当にいつも通りになりました？」

「うん。若旦那と飲みに行ったそうだし、わたしとも普通に接してくれる。とはいっても、大倭は大倭で忙しいみたいで、最近は滅多に会えないんだけれど」

「そう、ですか……」

香織は思案する様子を見せる。

「ここ数日の副番頭……なんだか妙に、私の父と仲良しになっているんですよね。昨日も外で一緒に飲んだみたいだし」

それは初耳だ。瑞貴が妬くため、大倭とふたりで飲むことは控えているし、個人的な話はできていないが、大倭が番頭と交流を深めているとは知らなかった。

「若旦那と副番頭が喧嘩をした時に父も居合わせたから、それで励ましているのかもしれないんですが、元来、父は面倒見のいいタイプじゃないんですよね。考えてみれば、なんで私に副番頭を堕とせと言ったのかわからないし、こうして自分から副番頭に近づいているところを見るに、なにかしら副番頭に近づくメリットはあるんでしょうね。ウマが合うふたりだとは思いませんが」

娘が抱いている違和感はなんなのだろう。

「あと孝子さんも、やたら副番頭に話しかけてますよね」

そう言われればそうかもしれない。最近、ふたりが一緒にいる姿をよく見る気がする。

「副番頭、私のことはまったく相手にしなかったのに。いくら雫さんに失恋したからといっても、孝子さんには愛想よくするなんて酷いと思いません？　年増趣味かよ！」

（香織ちゃんのご立腹ポイントは、面白いわ……）

大倭は元々、露骨な媚びを嫌う。瑞貴に色目を使う孝子に対しても、あまりいい感情は抱いていなかったはずだ。ただ孝子は、裏方にいがちな小夜子に代わり表立って仲居をとりまとめられるほど、仕事ができる。仕事の点で、意気投合することでもあったのだろうか。

（いつも大倭はなんでも話してくれていたのに、他のひとから聞くのってなんだか切ないや）

「副番頭、なにか妙なことに巻き込まれてなきゃいいですが。父と孝子さんって腹黒さがよく似ているし、やけにウマが合っているし」

「そうであっても……見抜けない奴じゃないよ、大倭は。お客様の前ではともかく、プライベートではそういうひととはわかりやすく敬遠するし。理不尽なことを嫌う性格だし」

「まぁ、私にそうでしたから、回避できるとは思うんですが、なにせ失恋で傷心中ですし。割り切れないもやもやっとしたものがあるせいで、ついついおかしな道に……という可能性もあるし。だってほら、あの若旦那ですら心乱され、クラブでブラックになるくらいなんですから」

瑞貴を引き合いに出されると、なにも言えなくなる。大倭は強い男だが、瑞貴だって今まで完全無欠の王子様だと思ってきたのに、実は大きく揺らいでいたのだ。

華宵祭を控え、仕事が忙しくて気づかなかっただけで、大倭からのSOSがあったのだろうか。

なにか小さな綻びがあったのだろうか。

「明日……大倭と話してみるわ。わたしも気になってきたから」

「その方がいいと思います。副番頭がいかに強靭な精神の持ち主だとしても、人間ですし。裏では雫さんと若旦那の甘～い雰囲気に落ち込んでいるかもしれません。彼が最優先にした"幼馴染"でなければわからないこと、助けられることってあると思うので」

(香織ちゃんの言う通りだわ。わたし、親友の変調を指摘されないとわからないほど、恋に溺れちゃっていたんだ……よし、明日……腹割って話そう)

「若旦那が表で、副番頭は裏。目立たないように振る舞っているだけで、副番頭もかなりの切れ者でいい素材ですよ。もしも副番頭が御曹司に生まれていたら、それはそれで華宵亭は話題になっていたでしょうね。色気ありすぎの副番頭と併せて評判になったでしょうけど」

「そ、そうだね……」

相変わらず香織は鋭い。雫はぎこちなく笑ってビールをひと口飲んだ。

(やばい、たとえ香織ちゃんが相手でも、この秘密を漏らすわけにはいかないわ。万が一巡り巡って不安定になっている大倭にそれが伝わり、実は大切な幼馴染ふたりとも知っていて隠してました……なんて知られたら、笑えない状況になる)

青ざめた雫は、再びジョッキに口をつけ、今度は威勢良く一気飲みをした。

「雫さん。最近少しずつ仕事をするようになり、今度、私、楽しくなってきたんです。人間観察が」

「仕事じゃないんだ……」

「仕事は疲れるだけですもん。で、観察していると色々と見えてくるわけです。仲居たちの陰湿さが。元々わかっていたつもりですが、いやぁ雫さん、感服しますよ。よくあの妬み僻みの中で生きていますよね。若旦那の権力を使えば一掃できるのに」

「そんなことしたって、下っ端は下っ端だし」

「本当にお人好しだなあ。わかっていますか、最近の深夜勤続きの理由」

「ここのところ忙しい上、気候も暖かかったり寒かったりと続いたせいで、皆体調が悪くなって大変よね。従業員がひどい風邪とか伝染病にかかったら困るから、元気な人間が代わってあげなきゃ。困った時はお互い様だし、助け合うのは基本だしね！」

と言いながらも、差し伸べた手を見事に裏切ったあの老人を思い出し、むかむかしてしまう。

すると香織は盛大なため息をついた。

「……押しつけられたんですよ、雫さん。それに気づかずにこにこしているから、私までお人好しすぎる雫さんが心配になって、自分から深夜勤を代わる羽目になったんです。深夜勤、お肌に悪くてしたくないのに！」

「皆、元気だったの？ そうだったんだ……。香織ちゃん……ありがとうね、助けてくれて」

雫が素直に礼を述べると、香織はふんと鼻を鳴らす。そして、雫が最後に食べようと残しておいたかき揚げを箸で突き刺し、むしゃむしゃと食べてしまった。

（わたしの……かき揚げ……）

「仲居たちの仮病は雫さんが最近、若旦那と仲がいいのを察知して、妬んでのことです。本人たち

は隠しているつもりでも、若旦那狙いのハイエナたちは勘づくんですよ。なにか違うって」

「……っ」

「そこ、顔を赤らめるところじゃないですから! 若旦那に隠す気がないというのか……倍増しになったあのフェロモンは殺人級。お肌艶々だし、どれだけ働くんだっていうほどのバイタリティもある。自分は幸せですと言わんばかりの春色オーラ、雫さんを見る目の甘いこと。好きで好きでたまらないって顔を向けて、一方雫さんは連日クマ、しかも腰痛! 防音設備もないこの旅館で、どれだけヤっていいやがるんだって話です。中坊ですか、それともウッキーですか」

「いや……その……」

「これだけ明確な事実なのに、ハイエナ仲居たちはその事実を認めたくない。で、どんなに仕事量を増やして嫌がらせをしてみたところで、クマと腰の痛みを抱えながら雫さんはにこにこと仕事をこなしてしまうから、皆でよってたかって深夜勤を押しつけていたわけです。まぁ、雫さんに自覚がないのだから、いじめと言っていいのか微妙なところですが」

「そうだったんだ……。でも皆元気ならよかったよ。華宵祭も控えているし、心配だったから」

「本当に仕事馬鹿ですね。若旦那とお似合いです」

「ほ、本当!? 少しはお似合い要素ある!?」

「嫌味くらい気づいて下さい。目をきらきらさせて……本当にイラッとしますね。しかしいいんですか、ウッキーがこんなところで私と飲んでいて」

「若旦那は忙しい時期に入ったし、お疲れだし。しばらく遠くから見守ってる」

寂しいけどね、と続けた雫は、静かに視線を落とす。

それを見ていた香織は、雫を喝破した。

「どんなに忙しかろうと、ふたりの時間を作るのが愛ってもんです！　ひとつお聞きしますが、雫さんから若旦那を求めたことはあります？」

「そ、そんなははしたないこと……」

「若旦那の方がそんなにがつがつ求めているとは、羨ましすぎるぜ、こいつ……状態ですが、もし若旦那を気遣われるのであれば、たまには雫さんから誘ってみたらどうです？　それだけで若旦那、活力が漲ってくると思いますが。ええ、いつもよりたっぷりと濃厚に」

「そ、そういうもの？」

「そういうものです。受け身だけのマグロ女は飽きられますよ。年を食っている分、せめてぎらぎらと脂がのったサバにでもなって、美味しく食べられてきて下さい。せっかくクマ隠しと湿布、渡したんですから」

まだ九時前なのに、香織は気を遣ったのか飲み会を強制終了させて、裏口から走って帰ってしまった。

呆気ない宴の幕切れに、裏口で置き去りにされた雫は戸惑う。

「誘うって……。と、とりあえず、ひとまず部屋に戻ろう」

沸騰した顔で部屋に戻ると、部屋の前に人影がある。それは瑞貴だった。

「若旦那？　どうしました？　なにかありました？」

慌てて駆け寄ると、彼は苦笑する。

「……なにもなければ、来たら駄目?」

「い、いえ……。とにかく中へ。人目についてしまうので」

中に入りぴしゃりと戸を閉めると、瑞貴が雫を抱きしめて言う。

「別にいいよ、隠す気もないし。恋人に会いに来ているだけだ」

「……っ、今日のお稽古は?」

「終わらせたに決まっているだろう? そんなに長々と稽古をしないといけないほど、今の僕は不出来ではないと思っているけれど」

「す、すみません……」

ふわりと瑞貴の甘い香りが強くなる。

アルコールの匂いがする。せっかく休みをあげたのに、悪い子だ」

「香織ちゃん、頑張っていたし、報告……したかったから」

「そう。言ってくれたんだ、僕とのこと」

瑞貴がすり、と頬摺りをした。

「今夜はまだ早いから、長くきみといられる。どうする? ドライブでも行く?」

『たまには雫さんから誘ってみたらどうです?』

夜のデートをしてみたい。しかし――

「それは華宵祭が終わった時に、いいですか?」

「うん？」

「今夜は……若旦那とずっとくっついていたいというか、その……」

「僕のことはいいんだよ、雫がしたいことを言ってごらん？」

覗き込んでくる暗紫色の瞳。

そこにゆらゆらと揺れるものは海のさざめきにも似て。

「若旦那と……一緒に、温泉に入りたい。思い出の岩風呂で」

すると瑞貴は柔らかく目を細め、雫の耳に囁く。

「僕を誘うなんて、本当に雫は……悪い子だ」

自分から誘ったはずなのに、瑞貴に誘惑されているみたいに思うほど、甘い声だった。

＊。・・＊・。＊

さわさわと木の葉が音をたてていた。

磯の匂いが混ざった爽やかな風が心地よい。

幻想的な淡いオレンジの常夜灯が灯る庇つきの岩風呂は、葦簾の垣根に囲まれていた。

垣根があっても窮屈に感じないのは、そもそもの空間が広いことと、垣根の内にも広がる自然が見事だからだ。

春は桜、初夏の今は同じく薄紅の色みを持つ芍薬や紫色をした露草が咲き誇る。

絶え間ない季節の移り変わりを楽しめるこの露天は、瑞貴の部屋から直接行けるように改装され

ていた。ビーチチェアで休憩もでき、華宵亭御曹司の専用風呂は実に贅沢である。

雫は瑞貴とともに岩風呂に浸かった。

こうしてふたりで入るのは何年ぶりだろう。

あの頃と違うのは、風呂から眺める景色だけではない。肩を抱かれて足を絡ませつつ、何度も唇を重ね合わせるふたりの関係性もだ。

「ぁん……ふ、んんっ」

瑞貴のキスはいつだって甘い。脳まで蕩けそうだ。

力が抜けて慌てて彼の身体に縋ると、筋肉の隆起を手のひらで感じ、うっとりとため息が出てしまう。

温泉効果なのか、瑞貴の肌は気持ちよくて、もっとくっつきたくなってくる。身体を擦りつける雫に気づいたらしく、彼が力を込めて雫をさらに引き寄せた。

「洗い場では逃げていたくせに」

瑞貴は、顔にかかる濡れ髪を片手で掻き上げる。その姿はとてもセクシーで、ドキドキした。

「だ、だって……」

「恥ずかしがるきみも可愛いけれど、少しずつ慣れてほしい。俺は、もう遠慮しないから」

囁かれる声に、ぞくりとする。

夜に映える暗紫色の瞳は、妖艶かつ扇情的だった。

両腕を互いの首に回して揺蕩いつつ、ねっとりと舌を絡ませ、きつく抱きしめ合う。

「まさかきみからお風呂のお誘いが来るとはね。嬉しい誤算だ。本当は今日、抱かないつもりだった。たまにはきみを労（いたわ）らないと、身体目的の男だと思われてしまうってね」

「そんなこと……」

「でも無理だ。こうやってきみの身体に触れて、我慢なんてできない。本当にどうしてくれるんだ。こんなに抑制の利かない身体にするなんて」

「……いいよ」

「え？」

「若旦那なら、わたし……ずっと抱かれていたい。ふたりでどろどろに溶けちゃいたいの。すればするほど、好きが止まらないから。……もう多分、ただお話ししているだけだったら、物足りない。もちろん一緒の時間を過ごすのは嬉しいんだけれど、その、もっと激しく愛してもらいたくなるというか。肌で感じる愛も嬉しいというか」

「……っ」

「瑞貴をいっぱい……ちょうだい？」

誘い方など知らない。

雫なりの言葉で、意図せずに潤（うる）んだ上目遣いを向けると、瑞貴が赤くなって雫の肩に顔を埋めた。

「きみは……。どこでそういう誘い方を習ってきたんだ？　それも女将修業の結果なのか？　そうやって、できるだけ紳士に振る舞いたい若旦那を、発情したケダモノにしろと？」

202

「違……っ」

抱き上げられ、雫は平らな岩の上に乗せられた。

てっきり瑞貴も一緒に座るのかと思いきや、彼は彼女の足の間に立って湯に浸かったまま、濡れた暗紫の目を細めて、雫を睨んでいる。

「僕を淫らに誘う悪い子は、お仕置きをしないとね」

そして瑞貴は、仄かに紅潮した雫の胸に顔を埋めた。谷間に舌を這わせ、両手で柔らかな乳房を揉み込んでは、交互に頂きをちろちろと舌で揺らし、じゅっと音をたてて強く吸う。

「ひゃ、ぁんっ」

雫は倒れないように両手を岩につき、悩ましげな声を漏らした。

愛する男から快楽を刻まれた身体は、愛撫を待ち兼ね、過敏な反応を示す。

快感に火照る身体を、夜風が優しく冷ましていく。

「ん、んんっ……」

「ふふ、食べ頃に硬くなってきた。ん……噛めば噛むほど、美味しいよ」

くちゃりと唾液の音をさせて、甘噛みをしている様子を見せつけられる。

愛おしそうな顔でじんじんしている部分に口をつけられているだけでも、たまらない。

陸に打ち上げられた魚のように、びくびくと身体が跳ねる。

「可愛いな、雫は。そのうち胸だけでもイッちゃうね」

とろりとした目で微笑む瑞貴は、片手を下に滑らせて雫の太股を撫でた。そして蕾を捏ねていた

舌を肌に這わせ、蛇行させながら下に移動すると、両手でぐいと足を開く。

彼の意図がわかり、雫は慌てて足を閉じようとするが、湯に膝立ちになった瑞貴はそれを許さない。黒い茂みに唇を押しつけ、舌を滑らせて花弁を割り、花園を掻き乱していく。

静謐な空間に、くちゅくちゅと卑猥な音がやけに大きく響いた。

「駄目っ、汚いっ、駄……ぁあんっ、駄……あああっ」

「汚く、ないよ。綺麗で……んぅ、蜜でキラキラして……あぁ、すごく美味しい」

舐め取った雫の蜜を嚥下したのか、瑞貴の喉仏が上下する。

再び顔を埋め、陶酔しきったように一心に蜜を舐めている彼の様に、昂った雫はぶるりと身震いをした。

そこまで愛してくれる瑞貴が、たまらなく愛おしい。そう思うと感度も上がるのか、手の甲で口を押さえても声が止まらない。

子宮が悦びに震えて、さらに愛してくれと蜜を流してねだっている気がする。

瑞貴は、細めた舌先でくるくると蜜口を舐めると、蜜壺の中に差し込み抽送を始めた。

熱く湿った柔らかな舌は、まるで蜜壺を溶かすみたいに内壁をねっとりと舐め上げ、じわじわと熱を広げる。熱は快楽のさざ波となり、雫の理性を奪っていく。

「あん、ああっ、やぁっ」

花園に吹きかけられる息だけでも、たまらない。いつしか瑞貴の頭を押さえつけるようにして髪をまさぐり、喜びの声を上げて仰け反りながら、達してしまった。

「あぁ、雫が感じると蜜も甘く美味しくなる。ごちそうさま……って言っても、やめないけど」

瑞貴は雫の腰をしっかりと捕まえると、じゅるるると音をたてて湧き出る蜜を啜った。果てたばかりの雫の身体はその刺激に耐えきれず、びくんびくんと四肢を痙攣させて再び弾ける。

「ふふ、またイッちゃったんだね。でもまだ物欲しげだよ。今度は指をあげようか」

瑞貴はひくついたままの蜜壷に中指を挿入した。

「やっ、駄目。もう駄目」

「駄目？　僕の指をこんなにきゅうきゅうと締めつけてくるのに。ふふ、そんなに可愛い顔でよがっちゃって。気持ちよくてたまらないんだね。どう、これは好き？」

大きく手首を回転させ、舌では届かなかった奥を、指の腹で強く擦り上げてくる。

雫はもう、返事すらできない。

「雫の中、蜜でとろっとろ。ああ、早くここに挿れたくてたまらないよ、わかる？　僕の」

「ふふ、一層指が締めつけられた。欲しいのか、これが。もっと奥を突いてもらいたい？」

いつの間にか指は二本、三本と数を増やされ、奥を抉る動きに変わっていた。

指を深く抜き差ししつつ、雫の足の裏に猛りきった剛直を触れさせる。

瑞貴と繋がっている錯覚に陥り、雫は無意識に腰を揺らした。それを嬉しそうに見ていた彼は、ゆらゆらと動く秘処に再び顔を埋め、慎ましやかな秘粒を舌で探ると、啄むようなキスをしてから舌で捏ねた。

「や、ぁん、駄目、それっ」

「ふふ、可愛いな……雫の真珠。可愛がっていると胸の先みたいに硬くなってくる」

秘粒への優しい愛撫（あいぶ）とは裏腹に、蜜壷に出入りする三本の指は別々の生き物めいて動き、容赦なく雫を追い詰めていく。

「あん、あっ、あぁん、わたし……わたし」

乱れる雫のすべてを目に焼きつけようとばかりに、暗紫色の瞳が雫を見つめる。

男の情欲にぎらついた光を揺らしつつ。

女として認められているのが嬉しい反面、瑞貴のすべてと繋がっていないのが寂しい。あの熱もあの強さもなく、白い世界にひとりで行けと突き放されるのは、片想いの時の悲しさにも似ている。

迫り来る果ての気配に肌を粟立（あわだ）たせながら、雫は戦慄く唇（わなな）を動かし、声にならない声で瑞貴に気持ちを伝えた。

『もっとあなたで、わたしを奥まで満たして』——瑞貴の喉が鳴った瞬間、彼の目がぎゅっと苦しげに細められた。立ち上がった瑞貴は、雫の半開きの唇に舌を差し込む。そして痛いくらいに怒張していた自身を、雫の蜜壷に埋め込んだのだった。

「ああああああっ」

欲しかった瑞貴の感触。直の灼熱を体内に感じた刹那（せつな）、雫の身体が歓喜に震える。

瑞貴が数回奥まで擦り上げると、雫は呆気なく絶頂を迎えた。

絞り取ろうと誘惑し締めつける蜜壷から慌てて剛直を引き抜いた瑞貴は、雫をぎゅっと抱きしめて、キスを繰り返す。

「雫……。突然の誘惑はやめてくれ。それでなくとも、最近は避妊具をつけずに溶けたい欲望と

206

「戦っているんだから」

「つけ……なくても……」

「駄目だ。子供はまだ後。子供よりもまず、俺を愛してくれ」

瑞貴は一度風呂から出て、サイドテーブルに置いていた避妊具を持ってくる。

そして雫を人魚の像に掴ませ、前屈みに立たせた。

「なんか……人魚に見られているようで、居心地悪い……」

「見せつけ、羨ましがらせてやれ。雫は僕の愛を一身に受けて、海の泡にはならないんだ」

そう笑うと、雫の尻を持ち上げて、後ろから芯を持ったままの剛直を押し込んだ。

「う……んんっ」

いつだって彼が中に入ってくる時は、肌が粟立ってしまう。同時に幸せだった。

隙間もないほど、瑞貴を感じることができるのが。

「あぁ、ぁああん、っ……ああっ、気持ち、いい……っ」

背後から強く抱きしめられながら、奥までずんずんと熱杭で穿たれる。

「瑞貴、ああ、それ……それ、駄目……」

喘ぐ雫の頬に、瑞貴の頬がすり寄せられた。耳元で、感じているらしき彼の声が囁かれる。

「……はっ、はぁ。雫の中、やばい。気持ちよすぎ……。そんなに喜ばないでくれ。持たなくなる」

「そ、そんなこと、言ったって……ぁぁんっ」

「顔、見せて? 俺に感じている顔を……」

瑞貴に顔を向けると、髪を耳にかけられた。情欲の熱を宿した妖艶な紫色の瞳が、愛おしさと切なさを訴えて揺れている。それに惹き込まれた瞬間、唇が奪われた。

抽送が角度を変えて、雫のより気持ちいい場所を探して摩擦してくる。

先端が角度を変えて、奥をこじ開けられるかのように腰を回された。ごりごりと

「ふぅ……ん、ん……う」

快楽のうねりが渦になろうとしていた。雫はそれにまだ呑み込まれまいと、必死に耐える。

彼女の果てが近いことを悟った瑞貴は唇を離し、とろりとした目を柔らかく細めて囁く。

「雫、一緒にいこう。もう、我慢しなくていいからね。思いきり乱れてよ、俺の身体で」

返事をする前に抽送が激しくなった。肉と肉がぶつかり、粘液が攪拌される音が響き渡る。

瑞貴の息遣いが荒々しいものへと変わり、雫の声も艶めいていく。

「あ、んっ、ああ、駄目、わたし、声……止まら、ない」

雫は人魚の頭に口をつけて、段々と大きくなってくる声を押し殺した。

「ああ、すごい。俺、イキ……そう。雫も、なぁ、雫……っ」

切ない懇願を聞きながら、こくこくと頷く雫は、理性で堰き止めていたものを解放する。

途端、一気に快楽の波が押し寄せ、狂おしく雫の中を駆け抜けていく。

「わたし、イ、ク……ああああ……っ」

浮遊感に身体を強張らせた刹那、最奥を速く突いた瑞貴がきつく抱きしめてきた。

薄い膜越しに身体に伝わる、熱い彼の飛沫。

208

愛おしくてたまらず、自分の体内に留まってほしいと、雫は無意識に自分の腹を抱きしめる。

しかし足ががくがくして、彼女は慌てて人魚の頭に手をついた。

「危ない。……ん？　雫、どうした？」

瑞貴は雫を膝の上に乗せて支えたが、雫が人魚の頭を撫でているのを見て、訝しげに訊く。

「人魚の頭になにか……」

ふたりで覗き込むと、そこには『丑ネイコ』とある。

「そういえば、従業員用のお風呂の人魚の頭には、『亥ヲトコ』と『申ソトミ』とあったんですけど……」

雫は振り向き、瑞貴の首に両手を巻きつけると、逞しい胸に顔を寄せて言った。

「意味はわからないけれど、丑や亥、申……」

瑞貴は考え込みつつ、雫の頭に頬をすり寄せる。

「それ、他の風呂にもあるのかな」

「どうでしょう。　明日お風呂のお掃除だから、見てみますね」

「風呂掃除は体力を一番使う仕事だから、やらせたくないな……」

「でも立派な仕事です。　楽しいですよ、お風呂掃除も」

「ああ、本当に俺は……いい子をお嫁さんにすることができて幸せ者だ」

瑞貴は雫の額に優しく唇を落とすと、微笑んだ。

「もっと……幸せを感じてください」

雫は、ちゅっと彼の胸に唇を押し当て、自分がされているように、彼の胸の頂きを口に含む。

「どうしてそういう可愛いことをするのかな、きみは」

身体に触れる瑞貴の剛直は、またも臨戦態勢だ。彼が望むなら、何度も迎え入れたい。

「ああ、もう……。明日の風呂掃除、知らないぞ?」

心も温まる湯の中で、雫は昔の瑞貴を思い出す。

人魚姫のようだった、儚げな彼。その彼の確かな脈動を身体の内外で感じながら、ひたすら願う。

ああ、どうか。彼の笑顔が、この先もずっと続きますように、と。

……雫は本能的に感じ取っていたのかもしれない。幸せは長く続かないものだと。

＊。・・＊・。＊

ふたりでまったりと愛し合った朝方、瑞貴に部屋まで送られた。

「――と、飲んでいた時に香織ちゃんに言われて。大倭と話してみようと思います。香織ちゃん、鋭い子だし……確かに色々と周りの動きも気になるので。杞憂であればそれでいいんです。だけど幼馴染として、大倭が苦しんでいるのなら助けたい」

「だったら、僕が話した方がいいかもしれないな……」

嫉妬とはまた違う思案顔で瑞貴が提案した時、ふたりは雫の部屋の前で、頭を抱えて座り込んでいる人影に気づく。

「……大倭？」

雫の声に人影——大倭は視線を上げた。泣き出しそうなその顔は、深い翳りに覆われている。

大倭は、ふたりに言った。

「なぁ、俺が——女将に捨てられた息子だって、ふたりは知っていたのか？」

どくん。雫の心臓が不穏に跳ねる。

（大倭が——なぜそれを!?）

あまりにも唐突な質問すぎて、知らないふりができなかった。

「……知って、たのかよ。知ってて、俺だけ蚊帳の外かよ。楽しかったか？」

ほろりと大倭の目から、涙がこぼれ落ちる。

（違う、大倭のこんな姿を見たくて、黙っていたわけじゃないのに……）

『副番頭がいかに強靭な精神の持ち主だとしても、人間ですし』

心臓が苦しい。先に香織から注意を受けていたのに、瑞貴と過ごす甘い時間を優先させてしまった罪悪感が、きりきりと雫の胸を締めつける。

「なぁ、瑞貴。返せよ、俺から奪い取ったものを」

瑞貴は蒼白な顔をして固まっていた。その唇はわなわなと震えている。

「お前が……華宵亭と雫を奪ったんだろう？ たかだか、使用人の分際で」

静まり返った館内に突然聞こえて来たのは、激しい雨音。

——嵐が、すぐそこに来ていた。

第五章　若旦那様、わたしはおそばを離れません

横殴りの雨と暴風に、華宵亭の建物が悲痛な音をたてて揺れている。

『雫。大倭とふたりきりで話をさせてくれ』

いくら幼馴染いえども、雫は傍観者にすぎない。大倭を一番理解できるのは、同じ境遇の瑞貴だけだ。それが悔しくもあったけれど、ここはおとなしく見守ろうと自室で待機していた。

しかし、ふたりが大倭の部屋から出てくる気配はない。

じっとしていたら、心配すぎて吐いてしまいそうだ。大倭の部屋の前でうろうろするわけにもいかず、だったらこの時間、温泉の掃除をしようと思い立った。

浴室の見晴らしのよい大きな窓を雨が叩きつけ、木々が激しく揺れている。

こんな悪天候では露天に入る客もいまい。今日は露天の清掃を断念した方がいいだろう。

この荒れた景色が今の状況を象徴している気がして、少しでも憂いを拭うために、雫は一心不乱にブラシで浴槽を磨き上げた。

（大倭は誰に聞いたのかな。自分で気づいたわけじゃないだろうし）

わかってほしいと思う。実の母親に捨てられ、血の繋がらない母親に育てられたのは大倭だけではない。希有な環境に苦しんできたのは、瑞貴も同じなのだ。

『お前が、俺から……華宵亭と雫を奪ったんだろう？　たかだか、使用人の分際で』

大倭の言葉を思い出すたびに、胸がズキンと痛む。

（大丈夫。今、大倭は動揺して混乱しているだけ。きっとわかってくれる……）

そう思うのに、胸に渦巻くこの不安。いやな予感は一体なんなのだろう。

「……違うこと考えよう。そうだわ、人魚に刻まれた文字を確認しよう」

女風呂に竹む人魚の後頭部には、『未キノイ』とあった。露天の人魚も確認すると、やはり頭部には文字が刻まれている。

『辰ヲイカ』に『寅クワガ』？

忘れてしまいそうなため、着物の袖に入れて常備しているメモにそれを記した。

続けて男風呂を掃除し、同様に人魚の頭を確認する。

「やっぱりちゃんとあるわね。男性用は内風呂が『酉ゲトイ』、露天が『子ギオア』と『卯ンシバ』か。……カタカナの意味はさっぱりわからないけど、その前の漢字って十二支かしら。昔に刻まれたものなら、時刻という可能性もあるわね。どちらにしろ、人魚と同じ十二個……」

これは偶然ではないだろう。干支の順番に正せば、カタカナも意味をもってくるのだろうか。

『子ギオア』『丑ネイコ』『寅クワガ』『卯ンシバ』『辰ヲイカ』、巳と午がなくて『未キノイ』『申ソトミ』『酉ゲトイ』、戌がなくて『亥ヲトコ』

"ギオア・ネイコ・クワガ・ンシバ・ヲイカ・○○○・○○○・キノイ・ソトミ・ゲトイ・○○・ヲトコ"

「あと三個、あってもなくても……カタカナの意味がまるで予想できない。反対から読んでもまったく！ これは……若旦那レベルの頭脳じゃないと解明できなそう」

昔からこういう謎に興味を示して考え込むのが大倭で、なんなく解いてしまうのが瑞貴だ。

「……今頃ふたりは笑って和解しているはず。仲直り記念に三人でこの謎に取り組もう」

しかし現実はそんなに甘くはなかった。朝食の配膳を終えて、朝礼に出た時に見た瑞貴と大倭の様子は、一段と険悪になっていたのだ。慌てて前に立つ瑞貴に視線を送ると、彼は硬い表情で首を横に振る。話し合いは決裂した──そう言わんばかりだ。

「本日、宿泊されているお客様は八組。三日後の華宵祭には十二組のお客様を迎えます。華宵祭では特別な要素が様々あるので、粗相のないように……」

雫はあまりのショックで、女将がなにを言っているのか理解できない。

いつも通りの女将が、大倭に出生の秘密を漏らした気はしなかった。では小夜子だろうか。ここからでは、普段と同じく俯き加減でいる彼女の様子はわからない。

「質問はありますか？」

女将が最後の言葉を口にすると、珍しく孝子が片手を挙げた。

「なにかしら」

「女将にお尋ねしたいことがあります」

「華宵亭では初代の直系が大旦那となるのがしきたりと伺っておりましたが、若旦那が女将の実子ではないという話は本当ですか？」

どくり。雫の心臓が不快な脈動を告げ、身体が凍りついた。

（今、なんと……？）

仲居たちのざわめきが、虫の羽音のようにざわざわと聞こえてくる。

「女将が不倫をされたんですか？　それとも貰い子？　私たちは正当な後継者ではない方に仕えていたんですか？」

（どうしてそんなことを、孝子さんが？）

薄氷を踏んでいるような緊張感が漂う中、女将は凛然とした面持ちを崩さなかった。ただ静かな、警戒の色が濃い声音で問う。

「誰です、そんな根も葉もない噂をたてたのは。私の子供は瑞貴だけです」

瑞貴の気持ちを考えれば嬉しい答えだが、大倭のことを考えれば心が痛い。

黙するしかできずもどかしい雫の耳に届いてきたのは、くつくつという笑い声。嫌悪感の湧くその声とともにすっと歩み出たのは、番頭だった。

「先代がずっと私に言っていたんですね。若旦那は自分の子ではないと。そして私に残してくれました。この紙は……先代と女将と若旦那の毛髪から採取したDNA鑑定書。ここに書かれている数値、わかります？　ゼロって書いてあるの」

（そんなものを持っているなんて！）

「女将が産んだ本当の後継者は誰です！」

「お、お黙りなさい。そんな紙切れがなんだと!?　私の子供は瑞貴……」

「あぁ、なんて酷い母親なんだ。我が子を捨てて使用人にしたばかりか、こんなにも拒絶して……

あなたの育てのお母さんにそっくりな瑞貴くんの方を可愛がる」

番頭が肩に手を回すのは……女将に似た黒い瞳を持つ男。

「大倭くんはこんなにも、女将とそっくりな顔をしているのにね?」

その時だった。女将が胸を押さえてその場に崩れ落ちたのは。

女将は救急車で小林病院に搬送された。

女将を診察した小林院長は、ため息をついて言った。

『心筋梗塞の一歩手前というところだな。元々女将には不整脈があるんだ。今回は命に別状はない

が、次もそうだとは言い切れない。とりあえずしばらくは入院して、安静にしていた方がいい』

雫は眠ったままの女将についていきたかったが、院長もいることだし、騒動をどうにかするのが先

だと瑞貴に諭され、後ろ髪を引かれる思いで華宵亭に戻った。

女将が心臓発作で倒れたことにより、番頭の言葉は信憑性を帯びてしまっている。

従業員たちは女将を心配する素振りを見せつつも、女将の代理として業務を指示する瑞貴になに

か言いたげだ。いつもの殊勝な態度ではない。

(この空気、とってもいやだ。大倭は……いない? あれ、仲居長も……)

その時、誰かがなにかを呟いた。途端、従業員たちからいやな笑いが漏れる。

……雫の耳にはこう聞こえた。

『本当なら私たちと同じ使用人のくせに、なにを偉そうに』

（あれだけ若旦那に媚びていたくせに、血が繋がらないとわかったらそんな態度をとるの⁉）

それは瑞貴にも聞こえたのだろう。彼は言葉を切ると眉を顰めた。

「皆さん、まぁまぁ落ち着いて下さい」

場を仕切り始めたのは、この空気を作った張本人の番頭だ。孝子とともに、にやにやと……実に悪意が籠もった下卑た笑みを浮かべている。

「我々はねぇ、華宵亭の御曹司でもない使用人の子供に扱き使われたくはないんですよ」

途端、カッとした雫が言い返した。

「番頭、あまりに失礼ではありませんか？　血がなんだというんです、今まで若旦那がどれだけ力を尽くして華宵亭を守ってきたと思うんですか！」

瑞貴は片手で制したが、雫の怒りは止まらない。

「仲居の皆さんもそうです。あれだけ若旦那にきゃーきゃー騒いできたのに、何年華宵亭で働き、若旦那の仕事ぶりを見てきたんですか。ただの使用人が、あれだけのことをこなせるとお思いですか！」

仲居たちの数人はバツが悪そうに顔を見合わせたが、孝子が鼻でせせら笑う。

「朝霧さん。あなた……そちらの元若旦那の許婚なんですって？　次期女将になりたいからって、偽若旦那を推すことに必死ねぇ！　だけどあなたみたいな無能な下っ端仲居を、この先女将とか若女将とか呼んで敬うなんて、まっぴらごめんなんです」

「な、許婚って……」

誰も知らないはずだ。大倭が言ったのだろうか。

（いや違う。大倭はそんなことしない。じゃあ一体誰が……）

そんな雫の狼狽を読み取ったのか、孝子はゆったりと含み笑いをすると、ある方向を見て口を開く。

「わからないの？　そこにいるじゃない。あなたの情報を盗み出せるひとが」

「え……？」

孝子の視線の先にいたのは——香織だった。

「違う。雫さん、私は違う！」

香織は青ざめた顔を横に振り続ける。

「あらぁ、私たち同志だったわよね？　わざわざスパイをしてくれたんですものね？」

「違う、違います！」

しかし香織の様子は、青天の霹靂……といったものではなく、動揺が見えた。

少なからず彼女には、その自覚があったのだろう。

彼女の事情を知らず、勝手に心を許して色々と話してしまったのは自分だ。

……それに彼女は知っていたではないか。番頭と孝子が大倭に近づいていることを。

もっと、警戒すべきだったのかもしれない。華宵亭に味方はいないのだと。

「雫さん、違うんです！」

218

（……もう、誰を信じていいのかわからない）

くらくらする視界の中、瑞貴がすっと前に出ると、従業員たちに頭を下げた。

「……皆さん。僕が……先代や女将の血を引いていなかったにもかかわらず、若旦那として業務にあたってきたことは謝ります」

「若旦那、あなたがなぜ頭を下げるのです！」

しんと静まり返る中、雫は悲鳴を上げる。

「僕の進退は後々考えますので、女将がいない間だけでも、協力してもらえないでしょうか」

進退──その意味するところは、若旦那の肩書きを捨てるということに違いない。

「若旦那!?」

雫は悲鳴交じりの声を発した。

瑞貴はそれだけの覚悟を見せているのに、番頭はせせら笑う。

「後々？　真実がわかってもなお、我々を扱き使うつもりで？　そうやってなかったことにする気でしょう？　我々なら騙し通せると、馬鹿にして」

瑞貴に睥睨（へいげい）され、番頭は青ざめた顔で言葉を呑み込む。

「お客様が──いるんです！」

瑞貴は近くの机に手のひらをバァンと叩きつけた。

「今すぐにすべきは対立ではなく、お客様への変わりないサービスです。どんな時でも満足にお帰りいただくのが華宵亭。それを守ることが伝統！」

その迫力に圧されつつ、しかし番頭も負けじと叫ぶ。

「古い！　今の時代求められるのは、大衆を捌けるスピード！　客が我々を選ぶのではない、我々が客を選ぶのだ！　全力を出さずとも、半分の力で満足する客を確保できればいい。客が大勢いれば、我々への還元率も上がる。そうすれば我々だってやる気になる。これぞWINWIN」

「──ふざけるな！　華宵亭を潰す気か！」

瑞貴が怒鳴った。

「それはこっちの台詞だ！　いいか、あんたがちやほやされたのは、その顔と雅楽川の……いや玖珂の血を引く御曹司だと思われていたからだ。その血を引いていないのであれば、どこの馬の骨かもわからない下賤な身。華宵亭の伝統？　違うだろう、華宵亭がどうなろうと構わないから、人ごとなのだ。華宵亭が潰れる責任を女将や私になすりつける気か！」

（あんなに華宵亭に尽くしてきた若旦那が、なぜそんなことを言われないといけないの？）

ぎりと歯軋りした雫は、思わず番頭に平手打ちをしようとしたが、その手を瑞貴に止められた。掴まれた手首に込められた力が、彼も辛抱していることを伝える。

「──それを言うなら番頭だって、雅楽川の血を引かない、どこの馬の骨とも知れぬ老人だ」

瑞貴の返答に、番頭は顔を真っ赤にして憤慨した。

瑞貴は雫の手を下げると、指を絡ませて強く握る。もはや親密さを隠す気はないようだったが、この場だけでも、彼の苦しみを代わってあげられたらどんなによかったか。

温度をなくしてひやりとしている手は怒りに震えていた。

220

よりによって瑞貴が一番心を痛めてきた出生の秘密が、最悪な形で暴露されるとは。

（せっかく、血よりも大切なものがあるのだと、前を向き始めたのに……）

大倭はどうなのだろう。番頭と同じく、否定的な目で瑞貴を見てしまっているのだろうか。

『なぁ、瑞貴。返せよ、俺から奪い取ったものを』

『お前が、俺から……華宵亭と雫を奪ったんだろう？』

（大倭は……そういう目で若旦那を見る男じゃない……）

『……知って、たのかよ。知っていて、俺だけ蚊帳の外かよ。楽しかったか？』

きっと最悪なタイミングで番頭たちにつけ込まれ、洗脳されてしまったのだ。

（いつもの大倭なら、出生の真実を告げなかった理由を察することができるはずなのに）

番頭の怒鳴り声が聞こえ、雫は現実に戻った。

『だったら教えてやろう！　私は、雅楽川家本流である玖珂グループ会長の命を受けている。華宵亭を大衆向けに開放したホテルグループにしろと！　時代遅れの殿様商売は終わりなのだ。我々はこんな山中で燻ることはない。これは華宵亭にとっても素晴らしい転換期だとは思わんかね？』

自己陶酔している番頭が叫ぶ。それを冷ややかに見つめた瑞貴は、凛然と言った。

『……番頭。華宵亭は玖珂の力を借りず、ここまでやってきた。華宵亭の歴史を作るお客様の存在と、彼らを大切にしたいとする従業員たちの想いが重なった結果だ。利益目的の安いサービスホテルを作りたいのなら、他で勝手に作ればいい。華宵亭を巻き込むな！』

「いいんですか、そんなことを言って。経理簿を見ればわかるでしょう、華宵亭が資金繰りに困っ

ていることは。女将は色々なところに頭を下げて金を工面し、私も奔走して玖珂から金を貸しても
らった。そんな苦労もしていないくせに、理想論ばかり口にしないでいただきたい。……玖珂会長
は、ホテルグループにするのなら借金の返済は待ち、華宵亭の名を残してもいいと言われている。
華宵亭が消えることはない。消えるのは……玖珂の血が流れていない、あんただけだ」

番頭は嗜虐的に笑った。だが瑞貴は動じない。

「それを女将が許すとでも?」

「女将には引退してもらいます。静養が一番ですからねぇ」

雫はぞくりとした。

番頭が狙っているのは、華宵亭のための改革ではない。これは後継者の血筋を大義名分にした、
反乱だ。そして番頭に同調しているのは――

「新女将は……きみがしてみますか? それともお姉さんに任せるかい?」

勝ち誇った顔をしている孝子だ。

「お姉さん?」

訝しげに目を細めた瑞貴に、孝子は笑ってみせた。

「私の姉は、わだつみの女将なんです。念願の華宵亭女将、喜びますわ。しかし新たな環境に慣れ
るまでは、私が華宵亭の女将をしていた方がいいですわね。後でゆっくり姉に引き継ぎ、私がわだ
つみに行きますわ。ふふ、姉妹女将として話題になるかもしれませんね」

わだつみの女将は、確かに瑞貴に取り入ろうとして話題になっていた。しかしそれは彼個人ではなく、次期女

将の座を狙っていたためだったのか。

（若旦那を、華宵亭を……野心の道具にするなんて）

雫は、ぎりぎりと奥歯を鳴らした。

「では世間体があることだし、取り急ぎ……私が華宵亭の大旦那になりましょうか。そして時期を見て、大恩ある会長の血筋に連なる者に大旦那をしてもらう。だから若旦那には――」

番頭が瑞貴を挑発的に見た。……その時である。

「大倭、待ちなさい。大倭！」

小夜子の声を振り切るようにして、大倭が部屋に入ってきた。すると番頭がにたりと笑う。

「大倭くん。決心はついたのかね？　……華宵亭の若旦那になる」

「はい」

思い詰めた顔で、大倭はしっかりと頷いた。

「華宵亭の伝統は血筋によって守られる。だから俺が若旦那になる」

大倭自身の口から語られる、彼の覚悟。

雫が悲鳴を上げるが構うことなく、大倭は瑞貴に向かって続けた。

「だから、あんたはもう表舞台から引っ込め」

「いやだと言ったら？」

心配と好奇の視線を浴びながら、睨み合い、対峙するふたりの男――

「……だったら、思い知らせるしかねぇな、あんたの若旦那としての限界を。華宵亭はあんたひと

りだけで成り立っているわけではねぇってことを」

大倭は口角を吊り上げた。

「あんたはいつだって華宵亭のサービスに自信満々だ。だったら、引き続き客を満足させてみせろよ。……三日後に行われる華宵祭。こちらはこちらのやり方で、わだつみを臨時の華宵亭別館として、花祭りの客を安価で引き取る。そっちは……上客しかとらねぇのが伝統だというのなら、その伝統を重んじて、花祭りのスポンサーでも接待しろ。初日のみ、花祭り用のテレビカメラで平等に中継させる。客が満足しているかどうかは、それでわかるだろう」

「……華宵亭には人目を忍んでやってくる客もいる。彼らに顔を曝せと言うのか」

「ならNG客は従業員用の部屋に移らせろ。マスコミには春夏秋冬の棟だけを撮影させればいい。スポンサーのひとつが玖珂グループだ。玖珂会長も来るらしいから、気に入ってもらえりゃ、あんたの首は繋がるだろう。逆に言えば、吹っ飛ぶ可能性だって大いにあるわけだ。客の満足度の結果発表を兼ねて、玖珂会長にジャッジしてもらおうじゃねぇか。あんたが守る華宵亭の可否と、若旦那としての俺らの可否を」

彼は笑みを消すと、瑞貴を冷ややかに見つめた。

「勝てば華宵亭の若旦那のまま、雫を娶る。負ければここから去る。どうだ?」

「な、ちょ……っ、大倭なにを……」

雫の声を無視して、瑞貴が抑揚のない声で問う。

「大倭。どうしても……やらないといけないのか?」

224

「ああ、どうしても。……それとお前たち、巻き込んで悪いけど、ついていきたい方につけ。ただしきっちり仕事をして、旧若旦那……瑞貴についていきたい奴は、明日の夜の九時までに瑞貴の部屋に行け。俺についてきたい奴は……」

「私に連絡を」

番頭がにたりと笑う。勝利を確信している顔だった。

（大丈夫。大丈夫よ……皆、ついてきてくれる……いや、そうじゃない、こんな対立はあってはいけないことよ。わたしが止めなきゃ！）

「じゃそういうことで。業務につこうぜ」

出ていく大倭に飛びつくようにして、雫はその手を引く。

「馬鹿なことはやめてよ。あんたらしくないわ！」

「俺らしいって……どんなだよ？」

その表情はひどく悲しげだった。

「物わかりよく、与えられた立場をきちんと弁えて、どんなに辛くてもお前に心配かけまいと笑っている……そんなもの？」

「大倭……？」

「確かに、そうであろうと思ったさ。俺自身、それが俺だと思ったから。だけど……お前たち以外と話して、違う価値観に触れるようになって。俺が見ていた世界はあまりにも狭すぎたことに気づいた。このまま与えられたものだけに満足して、燻りたくねぇんだよ。俺だって男なんだ」

「気持ちはわかるよ。大倭はできる奴だし、もっと大舞台へ羽ばたける。だけど突然あんたが若旦那になるなんて、極端すぎる。なんでそんな方法しかないの。あんたが言ったんじゃない、切ろうとしても切れない関係が幼馴染だって。それをなんで無理矢理切ろうと……」

「お前にわかるか……？　俺が我慢してきたものは、すべて理不尽なことだったんだぞ。本来だったら、なにもしなくても手に入ったものだ」

大倭は広げたその手をきゅっと握る。

「お前たちが出生のことを俺に黙っていたのも、それがわかっていたからじゃねえの？　なあ雫。お前にとって俺が幼馴染で親友だというのなら、わかるはずだ。俺、正当な権利を主張しているだけだ。許婚を贔屓して、なんで俺ばかり我慢をさせようとする？」

（大倭は利用されているんだ。番頭や孝子さんの野心に）

だから番頭たちがにやにやして、こちらを見ているのだろう。

大倭を元に戻せると思うのならやってみろ、そう言わんばかりに。

「大倭、あんた……頭を冷やした方がいい。ちゃんと話をしよう？　あんたが抱えていたこと、わたしと若旦那がとことん聞くから」

「ただ聞いてもらえば解決できるような、そんな簡単な問題だと？」

「大倭。無意味な対立はしないで！」

「無意味じゃねぇよ」

大倭は皮肉めいた笑みを作る。

「俺にとって意味がある。日陰にいた人生からの逆転を賭けた戦いだ」

彼は手を伸ばし、雫の頬に指先で触れた。

「……だって不公平だろう？　俺だって……お前を手に入れる資格があるのなら」

彼が切なげに目を細めた瞬間、雫は大きな身体に包まれていた。

ふわりと香るのは——

「……雫はやらないと言ったはずだ」

瑞貴の登場に、大倭は口元だけで笑ってみせた後、番頭とともにふたりの前から消えた。

大倭の決心は、既に雫の言葉に揺らぐことがないほど固いものになっていたのだ。

　　　　＊。。・・＊・・。＊

『瑞貴さま、この横笛がむずかしいです……』

幼い大倭が泣きそうな顔をして訴えた。

『言っただろう、大倭。"さま" はいらないって。言葉遣いも雫と同じにしてよ』

『でも、母さんが……』

『僕や雫しかいない時くらい、もっと肩の力を抜いてくれ。せっかく友達ができたのに、なんで僕、ずっとお前の主人じゃないといけないんだよ。ちゃんとしないと笛、教えないよ。そうしたら雫が泣くからな。いいんだな？』

『みず、き……』

『そ。笛の音が出ないのは、一気に息を吹き込むからで……唇の形をこうしてこうやれば』

『あ、音が出た……』

『だろう？　で、雫は……。雫、鼓は太鼓みたいに、両手でばんばん叩かないの！』

『こっちの方が面白いのに……』

はしゃいで音を出していた幼い雫が、不服そうに口を尖らせた。

『よし、じゃあ一度、合わせてみようか』

雅楽というにはほど遠い、てんでばらばらの子供の演奏。それでも一生懸命、各々が音を鳴らしている姿を見て、幼い瑞貴はぷっと噴き出しながら、扇子を揺らして優雅に舞った――

＊・。・・＊・。＊

雫は懸命に大倭の説得を試みた。しかし大倭は昔から、決意したことは曲げない男だ。たとえ想い人で幼馴染の雫の言葉でも、耳を貸そうともしない。

そして雫も、大倭の苦しみがわかるからこそ、おいそれと踏み込めないところがあり、同じやりとりを繰り返すだけで無駄に時間が過ぎていく。

明後日は華宵祭だというのに、外は土砂降りだ。

天気予報通り、晴れるようには思えない。

頭を抱えながら歩いていた雫は、沈痛な表情の小夜子の姿を見つけ、駆け寄った。

228

「仲居長、どうでした？　大倭、納得してくれました？」

「駄目なの。まるで聞く耳を持たない。使用人如きが実の親のふりをするなんて、番頭の前でも」

小夜子は今にも消えてしまいそうなほど、やつれている。

（大倭は仲居長想いの優しい男だったのに……。こんなの、大倭じゃないよ……）

「どうしてこうなっちゃったのかしら。大倭は本当に華宵亭や若旦那……雫ちゃんが大好きで、困らせることなんてしない子だったのに……」

そんな時、こちらに向けられる視線を感じた。雫は大きめの声で小夜子に言う。

「仲居長。若旦那と大倭の出生は、わたしも女将から聞きました。でも仲居長と同じく、大倭なのは血ではないと思った。大倭を惑わせるだけの出生の秘密は言わないでいようと決めたんです。だって、大倭の血のルーツがどこであろうと、わたしの大事な幼馴染であることは変わりないです。

もの。若旦那は若旦那、大倭は大倭。それぞれの母親にとことん愛されているのに、倒れさせたり泣かせたりするなんて、とんだ親不孝ものですよ！」

雫は泣きながら小夜子を抱きしめ、こちらを見ているだろう——大倭に叫んだ。

「見ているでしょう、大倭！　あんたが大切にしていたものが壊れていく様を見ていて楽しい？そんなわけないよね、大倭はそんな男じゃないものね。わたしたち……瑞貴が若旦那をする華宵亭が好きだから、ここにいるんだよね！？」

……視線を向けると、大倭はもういなかった。

土砂降りでよかったと思う。こんな泣き声を客には聞かせられないから。

雫は、大倭が申し出を取り消すことをぎりぎりまで期待していたが、望みは儚く散る。

夜の九時——番頭や孝子とともに、大倭の姿は華宵亭から消えたのだ。

その三人だけではない。雫と小夜子以外の仲居たちもいなくなった。

今、瑞貴の部屋にいるのは——雫と小夜子のみ。

「若旦那、申しわけありません。私が、私が必ず大倭を説得しますので」

小夜子は額を畳に擦りつけて土下座した。

「仲居長のせいではない。……いずれはこうなった気がします」

瑞貴は腕組みをして天井を仰ぎ見る。

なにを思い浮かべているのだろうと雫は憂う。彼の顔は強張っていて、悲痛だ。

その時バタバタと音がした。開かれた戸から仲居の着物が見える。

「遅くなってすみません」

「……香織ちゃん?」

「ごめんなさい、若旦那、雫さん。皆の説得に失敗しました」

彼女はぼろぼろと涙をこぼしたまま、中に入ってこない。

「頑張ったんですけれど、私だけが来てしまい、本当にごめんなさい」

香織は深く頭を下げる。

「いいんだよ、香織ちゃん。来てくれただけでとても心強い。中に入ってきて」

「でも……」

230

「ひとつ聞いてもいい？　中に入ることを躊躇う理由はなに？　番頭に若旦那か大倭を堕とせと言われて近づいたけれど、香織ちゃんの意思でそれをやめた。それははじめから聞いていたわ。それ以外に隠していたことはあるの？　わたしと若旦那が許婚だとか、情報を流していたのは……」

「私ではありません。スパイをして情報を流せと言われたことはありますが、断っています。誘導尋問されたこともありますが防ぎました。だけど……あのふざけた父の娘である限り、信じてもらえないことは、わかっているから……」

「裏切っていません」

「だったら、わたしたちを裏切っていたことはないのね？」

思えば番頭の反乱は、香織が来た時点で既に水面下で動いていたのだろう。香織は、やましさなどない真っ直ぐな目を雫に向けて、きっぱりと言い切った。

「え……」

「……ん。わたしは香織ちゃんの言葉を信じる」

「驚く要素ある？　だってわたしたち、本音を言い合える友達でしょう？」

すると香織は震える唇を噛みしめ、大きな目からぼろぼろと涙をこぼして嗚咽を漏らした。彼女の嘘泣きは見慣れていたから、化粧崩れや体面を気にしていないこの泣き顔が本物であることはすぐにわかった。胸いっぱいになってしまった雫は、わざと明るい声を出す。

「ほら、泣かないの。マスカラがとれて、パンダになっちゃうよ？　睫が落ちたらどうするの」

「極上ウォータープルーフです！　ちなみに睫は、大嵐でもとれない仕様です」

「わお。ほらほら、中に入って。これから作戦会議するんだから。戦ってくれるんでしょう?」

「……はいっ」

香織は泣きながら笑って中に入ると、小夜子と同じく、畳に額を擦りつけ土下座する。

「若旦那。このたびは父が大変申しわけありませんでした。この不始末、娘である私がきっちり落とし前つけさせていただきます。女将を倒れさせ、若旦那と雫さんの大事な副番頭を唆して利用し、華宵亭での権力を握ろうとする……あの恥知らずの恩知らずを、私は絶対許しません。どんなことにでも私をお使い下さい。親子の縁どころか、喉笛をずたずたに噛み切る覚悟です」

子供のように泣きじゃくっていたのに、今では殺気に目を光らせている。

香織はふふ、と笑い声をこぼし、表情を緩めた。

「……なんだか、雫がきみを気に入る気持ちがわかったよ」

「え?」

「勇ましいな、僕の側近は。この通り皆に見捨てられた僕だけれど、勝負を諦めたつもりはない」

「ええ、そうですとも!」

即座に同調したのは小夜子だ。握った拳に力を込め、ぶるぶると震えている。

「若旦那が、番頭如きに踊らされる馬鹿息子に負けるものですか! 最後まで信じていたいたけれど、こうして裏切るつもりなら、あのわからず屋をきっちり懲らしめないと。それが母の愛!」

泣き崩れていたとは思えぬほど、今の彼女は勇ましい。瑞貴に説教したというのも頷ける。好戦

的な面持ちは瑞貴によく似ているが、どう見ても腹を痛めた息子を選んでここにいる……という雰囲気はない。それが雫には複雑だが、笑っている瑞貴を見るに、彼はそれでいいのだろう。

雫と結ばれ、次期主人として自ら動き始めた時から、瑞貴は小夜子との親子の縁を手放したのだ。

瑞貴にとっての母親は、女将のみ——

「皆！　絶対、元に戻そうね。そして守り抜こう、わたしたちの華宵亭を」

雫の声に全員が一致団結の声を上げた。

雫はふと、大倭とともに瑞貴の日舞の稽古に付き合った頃のことを思い出す。

あれは雫と大倭が知り合ったばかりで、まだそこまで瑞貴も忙しくなかった小さな頃。ぎこちない幼馴染三人が初めてひとつのことをなして、喜び合った思い出深い一幕だ。

（わたしは鼓を、大倭は笛を。もっとうまくなって若旦那に褒めてもらおうと練習したけれど、結局三人で合わせたのは、あれ一度だけだったんだよな……）

あの時、瑞貴が強いたことがきっかけで、大倭は瑞貴に素で接するようになった。

まさか、こんな未来が待ち受けていたとは、誰が予想できただろう。

（大倭だって、覚えているよね。楽しかったよね……）

彼は今、なにを思う——？

明くる日、瑞貴と雫は八組の客それぞれに連絡をとり、事情を話した。

説明の仕方に悩んだが、昔ながらの客ばかりで、誰もが華宵亭を愛してくれている。今まで誠心

誠意対応をして培ってきた信頼関係が、誤魔化そうとしたことで破綻してしまうことを怖れたため、言える範囲での事実を語り、従業員の部屋に移るかどうかの判断は客に任せたのだ。

もし移りたくない客がいれば、その意向を尊重し、カメラが入らぬよう徹底するつもりだった。

だが彼らは全員、従業員たちに気を遣わせたくないと、部屋の移動を快諾した。

『本来私たちがテレビカメラに映れば、華宵亭さんの宣伝になるはず。それなのに、私たちの事情を酌み、こうしてまず意見を聞いて下さったことに感謝するわ』

『三日くらい、部屋に閉じこもっているのもオツだな。本もたくさん持ってきているしね。今まで入ったことがなかった別の風呂にも入れさせてもらえるのなら、むしろ楽しみだ』

『若旦那の踊りさえ見せてくれるのなら、それでよし！』

理解ある客に恵まれ、雫は泣き出しそうだった。

（番頭は、従業員が客を選ぶものだと言ったけれど、やはり共感できない。わたしたちを選んで理解して下さるお客様がいるからこそ、やっていけるのに）

だがそれに応えるため最高のサービスをしたくても、従業員の数が足りなすぎる。

華宵亭に残っているのは、瑞貴、雫、香織、小夜子に加え、板長だけ。その他の調理人は皆、番頭の唆しに乗ってしまったのだ。

調理補助がいないため、普段から料理の工程を記憶して、賄い程度の料理なら板長から直々にアドバイスをもらううちに、手つきが段々とさまになってきた。

「花嫁修業……にしては、雫ちゃんは豪快で元気だな。それ、弟子三人分の仕事量だぞ？」

板長はがははと笑った。

「わたしから元気をとったら、なにも残りませんよ」

「それもそうだ」

「そこは少しぐらい、否定してみて下さいよ！」

切羽詰まっているはずの厨房なのに、笑い声が響く。

そんな中、瑞貴がひょいと顔を出した。

「配膳室でお茶菓子を作り終えて、仲居長と香織ちゃんに配ってもらう準備ができたよ。板長、こんな感じになりました。一度習っておいてよかったです」

瑞貴が手にした小皿には、淡いパステルカラーの紫陽花を象った練り切りが載せられていた。付け焼き刃で拵えたものには見えない。グラデーションのかかった色合いや繊細な花びらは、

元々板長が得意なのは和菓子作りの方で、華宵亭では板長が菓子職人を兼任する。

今回、変更を余儀なくされた料理に板長が全集中できるようにと、瑞貴自ら、茶菓子に練り切りを作りたいと申し出たのだ。

「どれどれ……。見た目は合格点だが、中はどうかな……」

板長は添えてある菓子切りで練り切りを切ると、こしあんが入った滑らかな断面をよく観察してから、口に含んだ。

「ん、甘さも絶妙で、これはうまい。中も合格点だ」

褒められた瑞貴は、嬉しそうに微笑んだ。

「さすがは坊ちゃん、前以上の出来だ。ようやく日の目を見て、この紫陽花も喜んでいるなぁ」

「日の目?」

雫が首を傾げると、板長ははがはがと笑った。

「たった数時間で散った、幻の紫陽花だったんだよ。ま、雫ちゃんは深く考えるな。ワシが何年もかけて弟子に教えるところを、坊ちゃんはちょっとした練習でこなしちまう。なにより料理は芸術、坊ちゃんは美的センスが優れている。どうだ、失職したらワシに弟子入りしねぇか?」

「板長さん、縁起でもないことを若旦那に言わないで下さい。今は緊急事態だからお手伝いしてくれているだけです。調理人にしちゃ "めっ!"……ですからね!」

「雫ちゃんは怖えや。若旦那、こりゃあ恐妻家になるな。許婚っていう関係だったのもびっくりしたが、尻に敷かれる坊ちゃんもびっくりだ。いいのか、怖い嫁で」

「ふふ。雫は怖くないですよ。僕にはいつだって可愛い女の子ですから」

「はん……惚気る気か!」

「若旦那も、やめて下さいよ!」

暗くならぬよう、皆がわざと明るく振る舞っている。そうしなければやってられなかった。

しかし、香織たちへ連絡を入れ、会話が切れた時、板長が心情を吐露する。

「……あの番頭、ひっでぇよな。華宵亭のためと言いながら、華宵亭を枯らすつもりか」

板長は、弟子を取られた悔しさを滲ませ、刺身包丁を握る手を震わせた。

236

「片桐の坊主も、聡い奴だと思ったのに、なぜ……」

「ねぇ、板長。正しい血筋の大倭についていかれなかったのはなぜです?」

瑞貴が問うと、板長は皺の深くなった顔に笑みを作る。

「華宵亭を守るのは血筋じゃねぇ。俺は坊ちゃんに笑みを見てきたつもりですわ。片桐の坊主も頑張っているのは知ってますがね、坊ちゃんが泣いて耐え忍んできた修業もしてねぇのに、血があればなん那業を簡単にできると思い込んだことが腹立たしいんですわ。どんな事情があれ、血があればなんとかできると思うなど、すべてを甘く見すぎだ。どうせ番頭に唆されたんでしょうが」

「僕が……泣いていたんだ。知っていたの、知っていたんだ?　隠しているつもりだったんだけれど」

「無理無理。雫ちゃんにばれるくらいなんですから」

板長が、がはははと笑ったその横で、雫が威勢のいい声を上げた。

「下ごしらえ、できました!　ちょっと焦げて歪ですが、板長さんの腕でカバーお願いします」

「あいよ。後は任せな」

そこに香織がカートを持ってきた。ぜぇぜぇと肩で息をしている。

「配膳、終了です。それと仲居長は外出しました。はぁはぁ……こんなに長く働いたことがないから、汗と絶えず動かし続ける筋肉で、顔が馬鹿になってきたような……」

「……はっ、香織ちゃん。顔がひび割れたぬりかべになってる。テープも張り直した方が!」

「ひっ!?　修復してすぐに戻ってきます!」

香織が走り去る。

（すぐに戻ろうとするなんて、成長したな、香織ちゃん）

良き変化は本当に嬉しいものだと思いつつ、瑞貴とともに料理の飾りつけをする。

時間を見計らい、雫が茶菓子を下げに客室を訪れると、瑞貴が作った練り切りは味も外観も繊細

で、食べるのがもったいなかったと客から大好評だった。

「板長さんではないけれど、即席で山荷葉を添える美的センスといい、専門外なのにプロも絶賛す

るほどのスイーツを作れちゃうこととといい、本当に若旦那はすごいわ。雅で有能な彼がひとりいれ

ば、華宵亭は枯れることはない気がする。わたしは元気さ以外役に立っているのかしら」

ため息をつきながら、配膳室に皿を下げに向かっていた時、玄関に人影が見えた。

堂々とした態度で入ってきたのは、わだつみの着物を身につけた孝子である。

（なにをしに来たの？　戻ってきた……わけではなさそうだけれど）

「あら、朝霧さん。従業員がほとんど抜けたから、お仕事大変ねぇ。わだつみにはたくさんの従業

員がいて、本当に気楽よ。華宵亭で働いていたのが馬鹿らしくなるわ。私が華宵亭の女将になった

ら、窮屈だったところを全部変えるつもり。もしあなたや人望のない元若旦那が土下座して華宵亭

に残りたいと懇願するのなら、見習いとして使ってあげてもいいけど？」

必死に怒りを鎮めている雫に、孝子は勝利を確信しているらしき目を向け、笑った。

「そうそう、年下好きの姉がね。玖珂の血を引く大倭くんの妻になるかもしれないの。私の機嫌も

とっておいた方がいいわ。私も玖珂ファミリーの一員になるんですからね！」

（大倭を……玖珂に取り入るための道具にするつもりなのね、孝子さんたち姉妹は。大倭を……簡

（……単に意のままに操れると軽んじているんだわ）

雫の目に冷たいものが過る。

「……無駄話は結構です。見ての通り忙しく、暇人に付き合う義理もありません」

途端、孝子が気色ばみ眉を跳ね上げる。

「朝霧さん、ずいぶん偉そうね。もう女将にでもなったつもり？ 若女将にもなれないあなたが、女将なんてできるはずがないじゃない。能力がないから仲居のままなのよ。そうだわ、なんなら今から私が女将をしてあげましょうか。テレビ中継もされるのだし、恥をかきたくないでしょう？」

「……孝子さん。仲居の仕事は、そんなに恥ずべき仕事でしょうか」

雫は冷ややかに言い放つ。

「仲居の仕事を疎かにせず、極めることが女将の仕事に繋がる。わたしは女将さんからそう教わりました。仲居の仕事を馬鹿にする方に、この華宵亭の女将は務まりません」

「な……」

「冷やかしならいりません。華宵亭の心を受け継がないお飾り女将をお客様に曝して恥ずかしい思いをするくらいなら、下っ端仲居だけで十分。どうぞお帰り下さい」

今まで雫は、先輩である孝子へ素直に従っていた。しかしそれは、ベテラン仲居の仕事ぶりを評価していたからこそ。華宵亭に仇なす存在になるというのなら、黙って従う道理はない。

「営業妨害です。通報されたくなければ、お引き取りを！」

女将にも負けぬ気迫に圧倒された孝子は、すごすごと出ていく羽目になったのである。

撃退できたものの、雫は元同僚の悪意を浴びて、強くあろうとしていた心が疲弊してしまった。

香織が仕事場に戻ってきたことを確認すると、雫は静かに土下座をしてから戸を開けて中に入った。

ノックする。当然返事はなく、誰もいない女将の部屋を

奥の間を開けて、女将が見せてくれた着物の前で正座する。

そして雫は着物の奥に女将の姿を見つつ、語りかけた。

『これは代々、女将が若女将に託すもの』

「女将さん……。悔しいです。わたしがあまりにも非力すぎて、元同僚に言いたいように言われて、若旦那まで馬鹿にされて。窮地だからこそ、女将さんに代わって華宵亭を……若旦那を守らないといけないというのに、わたし……情けないことに、怖くてたまらないんです」

雫は、カタカタと震える手を握りしめる。

「今日はまだ乗り切れる。だけど明日は満室の二十八組。お客様はかつてないほどの大人数となる。わたしたちだけで明日から始まる特別な華宵祭を成功させ、すべてのお客様に満足してもらえる、真心こめた接客ができるのか。百二十年にもわたる華宵亭の伝統を伝えられるのか。……明日一日で、若旦那と華宵亭の進退が決まってしまうと思ったら、今から怖くて気が遠くなりそうです。

こんな弱音を皆の前で吐くわけにはいかない。わたしにできるのは元気に振る舞い、動き回ること。

皆に心配をかけてはいけないと、わかってはいるんです」

雫の目からぼろぼろと涙がこぼれる。

「どうすればわたし、若旦那を助けることができますか。どうすればこの危機を乗り切ることがで

きますか。こんな時、女将さんならどうなさいますか。どうすればあなたに近づけますか。女将さん、教えて下さい。こんな時、女将さんならどうなさいますか。早く帰ってきて下さい……若旦那の力になって下さい……」

――そんな雫の姿を、壁に背を凭せかけるようにして瑞貴が見つめていた。

苦渋の表情を浮かべて腕組みをした彼は、やがて音をたてずにその場から立ち去った。

＊。・＊・。＊

深夜勤をした雫は、朝方に二時間ほどの仮眠をとった。

香織からもらったクマ隠しを塗ると、いつも通りの健康的な顔に戻った気がする。

たとえ倒れようとも、全力でやりきらねばならない。

「どんな時でも、笑顔で元気よく。……よし、戦闘開始！」

気合を入れてぱぁんと両頬を叩いた後、たすき掛けをしてフロントへ赴いた。

フロントでは仲居がこちらに背を向け、受付台を雑巾で拭いている。

雫に気づいたのか仲居が振り返った。その顔を見た雫は、驚きにひっくり返った声を上げる。

「お、お母さん!?」

実家の呉服屋で女将をしているはずの母親が、目の前にいた。

しばらく実家に顔を出していなかったが、母の顔を忘れるほど薄情ではないつもりだ。

「お母さん、なんでここにいるの？ しかもこんなに朝早く、仲居の格好で……」

「昨夜、若旦那から電話をもらったのよ。事情は大体聞いたわ。大変だったわね、雫」

「若旦那が？　そんなこと、ひと言も……」

昨夜、深夜勤の最中に瑞貴と交わした会話は、人魚の石像についてのことだった。雫が現実逃避がてら風呂掃除をした際に確認し、すべての単語が揃ったのである。

足りなかった三つの言葉は、『巳ウモオ』と『戌ルレラ』、そして『午ヨナハ』。

"ギオア・ネイコ・クワガ・ンシバ・ヰイカ・ウモオ・ヨナハ・キノイ・ソトミ・ゲトイ・ルレラ・ヲトコ"

やはり意味がわからないと唸っていた時に、瑞貴がやってきて、そのメモを覗き込んだ。

そして悩ましげな顔で少し考えた後、笑顔でこう言ったのである。

『これは三文字ずつ、逆から読んだものを繋いでいけばいいんだ。すると……』

"アオギコイネガワクバシンカイヲオモウハナヨイノキミトソイトゲラレルコトヲ"

そう口にしながら、瑞貴は別紙にさらさらと綺麗な文字を綴っていく。

『これは初代が刻んだのだろう。わざわざ消えぬようにと人魚の像に刻んだこの文こそが、彼の本当の願いではないかと思う。それは、こんな言葉だった。

瑞貴が書いたのは、こんな言葉だった。

"仰ぎ請い願わくば、深海を想う花酔いのきみと添い遂げられることを"

そして瑞貴はこう言った。

『ねぇ、雫。雫は……八百比丘尼(やおびくに)伝説って知っている？』

そこまで思い出していた雫は、自分の名を呼ぶ母親の声にはっと我に返る。

「疲れているのね。きっと若旦那は、ひとりで頑張りすぎるあんたを見兼ねたのよ。もう、困っているのなら、あんたがすぐ連絡してきなさい。親を頼りなさい。なにを遠慮することがあるの」

「お母さん……」

「お母さん、娘の危機を救いに、三智子さんと八重さんと京子さんという『あさぎり』自慢のベテランスタッフを連れてきたわ。実は彼女たちは全員、仲居経験があるのよ。彼女たちも昔取った杵柄とばかりに、やる気満々。戦力になると思うから、安心なさい」

（わたし……誰かに頼ることなんて思いつきもしなかった。まさか実家が助けてくれるなんて）

「若旦那から主な仕事内容は聞いたわ。彼女たちは今、華宵亭の間取りを覚えているはずよ。お母さんは知っているから、一歩リードしてお掃除のお仕事。職人気質なお父さんは接客には不向きだから、『あさぎり』でお留守番。あんたの役に立てなくて拗ねていたわよ？」

母親は、雫とそっくりな明るい笑顔でころころと笑った。

「お母さん……、ありがとう。すごく心強くて、わたし……」

「こら、泣かないの。御礼なら連絡をくれた若旦那にね。涙を拭いて……頑張れ、若女将！」

母のおかげで、若女将という肩書きの重さが、少しだけ軽くなった気がした。

「うん、わかった」

気を張っていた心が落ち着き、息がしやすくなってくる。

「ありがとう、お母さん。……ありがとう、若旦那）

「それより、華宵亭の料理って、あのカタギリなのね。今度ゆっくり食べさせてほしいわ」

「え、どういうこと？　カタギリ？」

「雫は知らない？　医療機器の桐嶋、医薬品関連の桐生とともに桐グループと呼ばれる片桐は、高級料亭や割烹に特化した巨大グループ。中でも〝高級割烹カタギリ〟は、銀座にある老舗の高級割烹で、世界の要人もお忍びで来ると有名なの。今、そのカタギリの料理人が厨房にいるわよ」

（え？　板長さんのことかしら）

厨房に行くと、白い和帽子と調理衣を着た見慣れぬ男たちが包丁を握っている。

「板長さん、これは……？」

「仲居長がやってくれたよ。まさかカタギリの料理人を連れてくるなんてさ。実は若い頃、ワシが修業していたところなんだよ」

「仲居長が？　片桐という名前は、仲居長と大倭の苗字だけど……」

板長は懐かしむように目を細めて、助っ人料理人たちに指示をしている。実に嬉しそうだ。

（厨房から出て配膳室に行くと、小夜子と瑞貴が立ち話をしていた。

雫は朝の挨拶をした後、まずは瑞貴に頭を深く下げる。

「若旦那、母に連絡して下さってありがとうございました。すごく心が落ち着きました」

「ふふ、母の愛は偉大だからね。皆さん、雫と同じでバイタリティがあり、物覚えも早い。頼もしい限りだ。……そうだ、厨房には行った？　厨房の料理人は、昨日仲居長が手配してくれたんだ」

244

「あ、母に言われて見てきました。カタギリって……仲居長の苗字でもありますよね」

すると小夜子は、苦笑交じりに説明した。

「私は……割烹カタギリを営む片桐家の娘なの。恋する男性とどうしても一緒になりたくて、駆け落ち同然で家を出たのよ。だから今さら顔を見せて、料理人を貸してくれなんて言っても通るわけはないとは思ったけれど、絶対引き下がるものかと家に戻ったの」

「昨日の外出は、もしかしてご実家に……」

「母親だもの。子のためには修羅にもなる。……なんて格好いいことを思っていたけれど、再会した両親は想像していた以上に老け込んでいてね、涙脆くまあるくなっていたの。しかも両親は私がいることも知らないのに、近く、華宵亭に来てまったりしようとしていたみたい。縁を感じたのか、私の話に耳を傾けてくれた。まあ、いつか……子供に会わせることを条件にされたけれどね」

「やはり……親の愛は偉大よね」

くすくすと笑う小夜子の顔は、清々しくも感じられる。

彼女はどちらの子供を親に会わせるのだろう。

尋ねてみたい気がしたが、それは愚問だ。彼女にとっての息子はひとり。

（番頭は驚くわね。どこの馬の骨かもわからぬ使用人風情が、良家の坊ちゃんだったことに）

瑞貴も大倭も、雅楽川家の血を引いていようがいまいが、名家の御曹司には変わらないのだ。

瑞貴は雫の肩に、ぽんと手を置いた。

「大丈夫だよ、雫。今日はちゃんと乗り切れる。僕たちはおもてなしをいつも通りにきちんとして、

お客様に満足してもらうことに心血を注ごう」

「はい！」

昨日までざわついていた心が、今はとても穏やかだ。負ける気がしなかった。

「あ、皆さん。おはようございます。今日もよろしくお願いします」

香織も気を引き締めた顔でやってきた。

昨日の激務で音を上げず、さらに熾烈な戦いになるだろうことを予想しながら、立ち向かうため

に朝早くから来てくれたのだ。このことは生涯忘れないだろう。

（大丈夫。絆と縁で結ばれた、心から信頼できる仲間たちがいるのだから）

「では、仕事を始めよう」

……こうして瑞貴の言葉を合図に、運命の日がスタートしたのである。

熱海の花祭りと華宵祭の初日は、天気予報通り見事な晴天となった。

温度は朝から上昇。嵐の到来などなかったかのように地面は乾いていたが、大庭園の花々は恵みの雨に大きく花開き、より瑞々しく咲き誇っている。

企画の一環として、華宵祭の期間中は華宵亭内にも、大庭園の花々をふんだんに飾る。室内でも花を愛でて、自然と一体になってほしいという願いが込められていた。

女将がしていた花瓶の生け花は瑞貴が担当したが、慎ましやかな花を使うことが多かった女将とは違い、瑞貴の活ける花はどれも彼自身のように豪華絢爛で、出来上がりは大胆かつ華麗である。

こうした非凡な才能を見ていると、雫は学生時代の生け花の授業で出来が悪かったせいで、ともに居残りをさせられた大倭のことを思い出してしまう。

携帯の電源を切って連絡を絶ち、華宵亭から出ていった彼は今、わだつみで若旦那業をきちんとできているのだろうか。

これは勝負だとわかっているし、大倭のためにも打ち負かさないといけないのもわかっている。

しかしそれでも……悩める彼の力になれない状況が、歯がゆくもあった。

「……大倭。どんなあんたでも、幼馴染で親友なのは変わらないんだよ。それなのにどうして、わ

たしたちの関係を壊してまで肩書きにこだわるの？　華宵亭から去ろうとしたわたしを必死で止め、若旦那にも理解を示していたのに。どうして……」

『なんで俺ばかり我慢をさせようとする？』

次期大旦那の立場など求めなくても皆から評価されていたではないか。裏方の仕事が性に合って楽しいと言っていたのは、大倭自身ではないか。

（こんな結末を迎えるために、大倭に出生を黙っていたわけではないのに）

雫が泣き出しそうになるのを堪えていた時、客の訪れを知らせるチャイムが鳴った。

彼女は気を取り直して笑顔を作り、瑞貴と従業員全員で出迎える。

宿泊客の来訪時間は大体が重なるものだ。いつも以上にプライバシーを尊重し、手際よく案内をしないといけない。瑞貴がいない時に客が来れば、出迎えに慣れた雫か小夜子が対応して案内する。

「お客様、本日はようこそ華宵亭にいらっしゃいました。お部屋担当をさせていただく朝霧です」

華宵亭で初めての部屋担当。初めての表舞台での仕事だ。

雫は感慨に耽る暇もなく、記憶の中の瑞貴や女将、ベテラン仲居たちの振る舞いを思い出し、にこやかに客を案内する。歴史ある華宵亭の宿代は決して安価ではない。利用客は、それに見合うだけの接客を求め、スムーズな対応に安心を覚える。

（悟られるな、新米だってこと。わたしだって、色々と経験はある！）

香織とチーム『あさぎり』は裏方専門。雫たちの指示で細やかに動いている。

今まで指示をされる側だった雫は、初めて指示をする方に立ち、見えてきたものがあった。

『あなたは仲居として十分すぎるほど修業をしています。なんのために未来の女将に、下積み生活をさせていたと思うの。瑞貴の花嫁として、次期女将として……基礎はできている。足りないのは知識だけ』

指示する側は、指示される側の動きを完全に把握していなければならない。個人プレイでなんとかなる仕事ならいいが、この仕事はチームプレイだ。

（わたし、良かれと思ってひとりでやっていた部分もあったけれど、こうして見ると、場合によっては困ることなのかもしれない）

必要なのは、仲間や客の動きを把握して、柔軟に対応できる力。応用できる力。その力を養うために、仲居修業は必要なのだ。

午後になり花祭りのスポンサーたちが徐々にやってくると、華宵亭は騒がしくなる。スポンサーといっても現役の人々ばかりではない。特に某団体の幹部たちは、ホテル経営の一線から退いたご隠居が多く、瑞貴曰く　"金と酒の亡者"の集団らしい。

中でも特に酒癖の悪い……副会長が先にひとりで来て、早々に泥酔して騒ぎを起こした。どんなに止めてもビール瓶片手に廊下をふらつき、他の部屋に乱入したり、誰彼構わず喧嘩腰で絡んだりするのだ。

今まで華宵亭が受け入れていた馴染み客は、悪目立ちできぬ立場もあり、従業員や他の客に迷惑をかけることがなかった。しかしひとときとはいえ門戸を広げて華宵亭の客として迎えた以上は、どんな客でも真心を込めてサービスをしなければならない。それがたとえ空気を読めず、言っても

聞いてくれない、どんなに困った相手でも。

雫は客を案内した帰り、副会長が風呂帰りの女性客に絡んでいるのを見つけ、慌てて駆けつけた。

ビール瓶を揺らしながら無理矢理に女性の肩を抱き、酌をしろ、同衾しろと迫っているようだ。

「お客様。申しわけありませんが、他のお客様のご迷惑になる行為はおやめ下さい。お酌が必要であるのなら、わたしが……」

「ババア仲居は引っ込んでいろ！」

（な、なんですってぇぇぇ！）

高した副会長は、ビール瓶を雫の頭に向けて、渾身の力で振り下ろしてきたのだ。

あまりに突然のことで躱す余裕がなく、雫が思わず目を瞑った瞬間、ふわりと風が起こり……嗅ぎ慣れた甘い香りがした。同時に温かなものに包まれ、ごつんっという強い震動が伝わってきた。

だが、雫に痛みはない。

そろりと目を開くと、瑞貴がいた。雫を抱きしめて庇い、ビール瓶の衝撃をその肩に受けたのだ。

「若旦那、肩……！」

かなりの打撃を受けたはずだ。心配で目を潤ませる雫に、瑞貴は笑ってみせた。

「僕は大丈夫。それより斎藤様をお部屋に。僕は副会長を部屋にお連れするから。……副会長、お部屋で僕に、お孫さんのお話を聞かせていただけませんか」

副会長は人を殴ったショックで酔いが引いたのか、青ざめて固まっている。そこに瑞貴の変わら

ぬ秀麗な微笑みを向けられ、彼に縋るようにして素直に部屋へ戻っていった。

雫は女性客を部屋に送り、熱い茶を淹れて差し出し、世間話をして笑いかけた。しかし女性客は、安心するどころか震えて俯いたままだった。

（ひとりにした方がいいのかしら。でも……恐怖がぶり返してきたら……）

そんな時である。ノックの音がして、香織が入ってきた。

「こんにちは。斎藤様、ネイルはいかがでしょう。本日は華宵祭。華宵亭は今、紫陽花が綺麗なんです。お揃いのネイルにしてみませんか？　きっと心が弾みますよ」

香織はにこやかに隣へ着くと、恭しく女性客の手をとる。そして安心させるために手をゆっくりと揉んでマッサージを施しながら、しきりに美しい手だと褒めた。

「絶対、斎藤様はネイル映えしますよ。すべての指でグラデーションを変えてみましょうか。ガーリー系がお似合いかな。でもアダルトな感じも素敵ですね。どうします、冒険しちゃいます？」

香織のフレンドリーな話術により、女性客は段々と気分を持ち直し、笑顔を見せ始めた。

香織は雫にパチンとウインクをしてみせる。この場は自分に任せろと言っているのだろう。

（香織ちゃん、助けてくれたの？）

彼女の機転と頼もしい成長に泣きそうになりながら、雫は部屋から出て瑞貴を捜した。

「若旦那、肩の方は……」

「心配しすぎだ。副会長にもしきりに謝られたけれど、大丈夫だから」

瑞貴はなんともないと笑って、腕を動かしてみせる。

「それより斎藤様の方は大丈夫だったか？」

「香織ちゃんがネイルをしに来てくれて。彼女のおかげで徐々に」

「そうか、それはよかった。ネイル……そんな特技があったんだな。なぁ……雫、一般客を受け入れれば、こういう厄介な客も出てくるだろう。皆が上質な客ばかりではない。今後副会長や、酔っ払い客が騒ぎを起こした時には、飛び出す前に僕を呼んで。いい？」

「わかりました」

「……間に合ってよかった。きみがこうして無事で、心底ほっとしたよ」

ふわりと瑞貴は微笑み、雫の頬を撫でる。

「きみになにかがあったら、僕は生きていられない」

切なげに揺れる暗紫色の瞳。

「それは……わたしの台詞です。若旦那になにかあったら、わたし……」

雫がそっと瑞貴の袖を掴んで言うと、瑞貴はその手を手のひらで包み込んだ。

「……ああ、願掛けしていなかったら、今すぐこの可愛い唇を奪ったものを」

「願掛け？」

「そう。すべてがうまくいくように、華宵祭が終わるまでは禁欲。……こら、残念そうな顔をしないの。ふたりで連日深夜勤をするんだろう？ 終わったら、溶けてしまうほど愛し合おうね」

「……はい」

「どんな結果になろうとも、僕は全力を尽くして日常を取り戻す。だから雫、頑張ろう」

「はい！」

ふたりは小指を絡め合わせると、微笑み合った。

その指切りの後、雫は部屋から出てきた香織を見つけて、呼び止める。

「大丈夫ですよ、斎藤様はご機嫌です。紫陽花ネイル、とても気に入ってもらえました」

「本当にありがとうね、香織ちゃん。絶妙のタイミングで、ネイリストとして現れるなんて！」

すると香織は、照れたように頬を指で掻いた。

「私なりに、華宵祭限定での特別サービスを考えていまして。私、仕事はできないけれど、ネイルとかお化粧とか、美容系の技術は自信がある。だったら、そういうのを提供するのも面白いのかなって。他のお客様にもお声がけしてみてもいいですか？　喜んでもらえたのが、嬉しくて」

「是非是非！　言われないと動かなかった香織ちゃんが、自分から提案する日が来るなんて。これが夢なら覚めないでほしいわ」

「勝手に夢にしないで下さい。それに……いい加減に変わらないと。せっかく雫さんたちが信じてくれたんだから。私しか持っていない武器で、私なりに……友達の信頼に応えたいんですよ」

ぷいと横に向けるその顔は赤い。

「香織ちゃん、好き……」

「ちょ、こんなところで抱きつかないで下さい！　ほら、若旦那に誤解されますよ。雫さん！」

伝統を守るために、変わっていくものがある。変わることで、守れるものもある――

しかし大倭の変化は、破壊を招くだけのものだ。

自分たちの成長は、華宵亭とともにあった。なにより大倭にとっては、実家にも等しい場所だ。

それがわからない男ではないはずなのに。

大倭への電話はいまだ繋がることはないが、華宵亭から離れたところにいても、華宵亭への愛は残っていると信じたい。それだけは変えてはいけないものだ。

（無意味だよ、この戦いは本当に無意味……）

……この先に待ち受けるものがなんなのか、雫は怖くて考えられなかった。

＊。°。＊＊＊。°。＊

雫たちがチームワークを頼りに奮闘していると、夕方過ぎに花祭りの会場から流れてきたスポンサーや、テレビカメラを持ったカメラマンたちが、立て続けにやってきた。

その先頭にいたのは、この時間……わだつみで働いているはずの番頭。スポンサーと同じ宿泊客として現れただけではなく、我が物顔で勝手に華宵亭を案内し始めた。

だがスポンサーたちは、場を仕切る番頭ではなく、優雅に佇む瑞貴の方だったらしい。

る力があるのは、黙して微笑んでいただけの瑞貴に声をかける。人々を魅了す

その悔しさもあるのか、番頭はある男性ふたりと、昵懇（じっこん）な様子を見せつけてきた。それは――

玖珂会長と玖珂社長である。

会長は、白髪（しらが）が交ざった髪をかっちりと固め、かなり神経質そうだ。社長は若めだが、厳つい（いかつい）顔

をして目つきが鋭く、近寄りがたい印象を受ける。

番頭は彼らに馴れ馴れしく接していて、玖珂の力を手にしていると言わんばかりだ。しかし会長や社長の方は番頭に対して冷ややかさがあり、雫は温度差を感じ取った。

相手が誰であれ、どんな事情があろうと、いつも通りのサービスをすることは変わらない。

花祭り関係の宿泊者は、既に地域振興会からリストがFAXされている。

雫が最後の客を部屋に案内し、歩きながらひと息ついていたところ、茶碗と急須とポットを用意してどこかに向かっている香織に会った。

「あれ、香織ちゃん。全室、お茶出しは終えたはずだけれど……」

すると香織は嫌悪感を顔に出して答える。

「……孝子さんが、出ていった仲居の三人を引き連れて、泊まりに来たんですよ」

「なんですって!?　わだつみの仕事はどうしたのよ、大倭はどうしたのよ!」

「知りませんよ。対応したのは若旦那で、キャンセルで空いた竜胆の間に案内されました。私は若旦那に言われて、配膳室にしまったばかりのお茶の用意を。……しかし、反省して戻ってくるなら

まだしも、若旦那にあんな仕打ちをしておいて、客として遊びに来るってなんなんでしょうね。しかもクソ忙しい時間を見計らって。絶対、冷やかしや嫌がらせですよ!」

息巻く香織を見つめて、雫は至って落ち着いた声を出した。

「香織ちゃん。お茶出しはわたしがするわ。あなたは先に厨房に入っていてもらえる?」

孝子は昨日、わだつみは従業員がたくさんいると言っていた。元華宵亭スタッフが抜けても、わ

だつみにはさして影響はないから、ここにいるのかもしれない。

だからといって新たな職場での仕事を放棄するなど、言語道断である。与えられた仕事を最後までやり遂げるのが、仲居としての責任ではないか。

（華宵亭で仲居として大切なことを学んだくせに。どんな顔で泊まりに来たのか、見てやるわ）

雫は香織から道具を受け取ると、そのまま秋の棟に向かう。

「失礼します。お茶をお持ちしました」

すると孝子をはじめ、にやにやと笑う三人の元同僚がいた。

「昨日ぶりね、朝霧さん。今日は皆で、客として来たの。満室かと思ったけれど、案外空いているのね。それとも杜撰なサービスで客を怒らせて帰らせてしまったのかしら」

くすくすと、悪意に満ちた笑い声が聞こえてくる。

（昨日の仕返しなのかしら。やっぱり嫌がらせで腰巾着と泊まりに来たようね）

雫は笑顔を作り、淹れた茶を差し出した。

「急病でのキャンセルなんです。偶然お部屋が空いていたので、よかったですわ。どんなお客様であれ、きちんとした紹介とお部屋があればお迎えするのが、我が華宵亭ですから」

雫は遠回しに、部屋が空いてなければ即刻退場願ったと告げる。

「ふぅん？ どんな客でもねぇ」

孝子は薄く笑みを浮かべると、部屋に飾っている花を鷲掴みにして、畳に叩きつけた。

「汚れているわ。拭いて」

256

まるで奴隷に命令しているかのような、高圧的な態度である。しかも――

「お庭、ずいぶんと雑草が茂っているわね。あなたたち、雑草くらいとってあげなさいよ」

元同僚たちは孝子に似た薄ら笑いを浮かべて大庭園に出ると、活き活きと咲く紫陽花を毟り始めた。それを見た雫は、思わず悲鳴を上げる。

「雑草とりのお手伝いをしているのに、悲鳴だなんて……私たちを悪者にでもする気?」

「どうしてこんな……っ」

「私たちは客よ? 客に対して、なによその目は。華宵亭の仲居って最悪ね。気分悪いわ～」

他の部屋に聞こえるように、わざと大声で孝子は言う。

「仲居すら満足にできないのに、次期女将になろうとは、思い上がりも甚だしいわ。こんな女を若旦那の嫁にしようだなんて、ここの大女将や女将は目が腐っていること。……なにか言いたいのなら、言えば? それとも偽若旦那に言いつける?」

媚びることはお手の物でしょうから」

悪感情をぶつけられた雫は、静かに深呼吸をすると、畳に散った花を片づけた。

そして畳に両手につき、孝子に深々と頭を下げる。

「ご不快にさせてしまい、申しわけありませんでした。お怒りならばわたしがすべてお受けいたしますので、どうぞ花におあたりにならないでいただけますよう。花に罪はございません」

そして笑顔で背筋を正すと、座ったまま続けた。

「至らぬ点を反省し、改善に努めさせていただきますので、どうぞ思う存分お叱り下さいませ」

雫の返答は予想と反していたようで、孝子はぎょっとした顔をする。

売った喧嘩をとことん買う気で部屋の真ん中に居座られ、思いきり叱咤しろと言われたのだ。孝子は最初こそ小言を並べていたが、すぐにネタが尽きたらしい。

それをわかっていながら、続きをひたすら待つ雫に、孝子の方が音を上げてしまった。

「あなたドMなの⁉　も、もういいわ。気をつけてくれたら、それで……」

「承知いたしました。今後ともどうぞよろしくお願いします」

再び頭を下げ、雫は孝子たちの部屋から出ると独りごつ。

「お庭の紫陽花、すぐに片づけなくちゃ……。可哀想に……」

『客が我々を選ぶのではない、我々が客を選ぶのだ！』

……番頭が正しいと思いたくはなかった。悪意を向ける者たちのペースに巻き込まれず、華宵亭として恥じない振る舞いをするしかない。

雫は庭に出ると、手折られた紫陽花に手を合わせた。

華宵亭の花をこのまま散らせたくない……。雫は考えた末に、大浴場近くにある花瓶にその紫陽花を挿すことにした。紫陽花の存在で場が華やいだ気がして、ほっこりとする。

「……竜胆の間だろう？　いやな思いをさせてしまったようだね」

満足げに微笑んでいた雫は、突如瑞貴に声をかけられ振り向いた。彼は奥にある冷水コーナーで水を飲んでいたらしい。よく見ると顔が汗ばんでいる。

「それでなくても今日は暑いから、イライラするお客様も出てくることだろう。雫も血圧の上がりすぎに注意して、脱水にならないように水分をきっちりとってね」

258

夕方になると温度が落ち着いてきたため、そこまでの暑さは感じない。

雫が異変を感じて瑞貴の手を掴んでみると、ひどく熱かった。

「若旦那、熱があるのでは⁉」

もしかして、と、雫は瑞貴の袖を大きく捲り上げる。副会長が瓶で殴りつけたあたりが、赤く腫れ上がっていた。手で触ると、瑞貴はわずかに顔を歪める。

「大丈夫だ。ただの打撲だから」

「ただの打撲で、身体がこんなに熱くなるわけないでしょう？　舞うのは中止した方が……」

「決行だ。なんともない」

「しかし……」

すると瑞貴が爆ぜた。

「これくらいで休めるか！　悪意の中で、皆が全力を尽くしている時に……大倭との個人的な賭けがなくとも、華宵亭の長としてやらなければいけないんだ。どんな時でも泰然と振る舞い続けるのが僕の使命。死んでもやり遂げる。それが華宵亭若旦那としての僕のプライドだ」

瑞貴の眼差しと口調から強い意思を感じて、雫は唇を噛みしめる。

「酒癖の悪い副会長だけ先に寄越したのは、番頭の思惑があったのかもしれない。だから一層、悟らせない。絶対、困った顔などしない。どんな陰湿な仕打ちがあっても余裕の顔で、客に不安感や消化不良感を抱かせない。華宵亭のお客様はすべて神――僕は、そう学んだ」

「若旦那……」

「まだまだ僕には足りないものがある。だからお客様が華宵亭を心から楽しめない。……楽しんでもらいたいんだ、番頭や孝子に聞かせたい。僕が愛した華宵亭を。そのためなら、僕は死力を尽くす」

ああ、番頭や孝子に聞かせたい。僕が愛した華宵亭を。これだけ華宵亭を愛する瑞貴を、血の繋がりがないというだけで貶めるとは。

で貶めるとは。

そして大倭にも聞かせたい。彼らは、こんな瑞貴とともに華宵亭を守りたいと思わないのだろうか。

（わたしは若旦那の隣で、ともに歩みたい。これほどの覚悟をもってわだつみにいるのだろうか。

そのために自分は、なにができる——？

＊。・。・＊・・。＊

「食前酒を変える？」

小夜子が驚いた声を上げた。

「はい。女将が漬けていたお酒に柘榴（ざくろ）があります。柘榴（ざくろ）の実をひと口……微炭酸の辛口日本酒に落としたいと。すみませんが、身はハート形に切り取りたく。グラスは透明で」

食前酒について、小夜子は昔、女将と試行錯誤したことがあったらしい。心強いアドバイザーとして料理に合う酒を選定してくれていたのだが、雫の一存でそれを変更したいというのだ。

「どうしてそれにするのか、聞いてもいいかしら？」

「はい。仲居長は鬼子母神（きしもじん）ってご存じですか？」

「ええ、五百の子供を育てるために、ひとの子をさらい食らっていた鬼女でしょう？　だけど我が子がひとりいなくなると嘆き苦しみ、仏に救いを求めた。それで仏に諭され、ひとの子を食らわなくなった代わりに、柘榴を食う」

「その通りです。人魚にしろ鬼女にしろ、消えない愛がある。それが今のわたしが……伝えたいことだから」

すると小夜子は静かに微笑み、頷く。

「そうね。華宵亭から愛を消さないために、やれることをやりましょう。うん、すっきりした味になって……とてもいいかもしれない。用意してみるわ」

食前酒を準備してもらっている間、雫は女将の部屋に赴いた。

そして畳の上に両手をつき、しばらく深々と頭を下げて、許しを請う。

「申しわけありません、女将さん。勝手をさせていただくこと、お許し下さい。お叱りは後でしっかりと受けます」

雫は厳しい表情をして、それを……若女将の衣装を手にした。

そして――

「本日は女将不在にて、若女将たるわたしが、食前酒のおもてなしをさせていただきます」

戦闘服に着替えた雫は、各部屋で両手をついてそう挨拶をし、食前酒を振る舞った。

『これは若旦那ではなく、女将さんが守ってきた伝統。だからわたしにやらせて下さい』

この環境の中で、仲居としてただ食前酒を出せば、なんだかんだと番頭や孝子たちに野次を飛ば

され、その様子をカメラに映されるだろう。

必要なのは場を収められるだけの貫禄。

いちかばちか。あるのは、女将から教示された知識と、度胸だけだとしても。

雫が若女将姿になって現れると、孝子はじめ元仲居たちも、番頭も面食らった顔をして黙り込んだ。

雫にそれだけの度胸があるとは思っていなかったらしい。

（女将修業だってしている。作法だって勉強している。誰にも文句は言わせない）

雫は女将のように背筋を正し、凜然かつ丁重な態度で食前酒を差し出す。

「こちらの食前酒は『人魚の涙』。微炭酸の日本酒に、柘榴をひと欠片入れました。海の泡となった人魚が、涙という心だけは残したことをイメージしております」

説明を終えると、また深々と頭を下げる。

「今宵、華宵の宴……ごゆるりとお楽しみ下さいませ」

……全部屋、野次は飛ばされなかった。

その後、裏方は戦場である。それぞれの食事のペースに合わせて次を用意しなければならない。

料理は季節の花をイメージした九品。さすがは高級割烹の料理人たち、鮮やかな完成品を見て、自分ではここまでの手伝いはできなかったと思う。

瑞貴は解熱剤を飲んできたようで、まだ熱はあるものの、目の焦点が定まってきた。彼は若女将の姿をした雫を見て、一瞬泣き出しそうな顔をしたが、雫の頭を撫でると背を向けた。彼も舞いの

262

ために衣装を替えねばならないのだ。

本来、女将や仲居たちの雅楽が瑞貴を支える予定だったが、雅楽ができる従業員がいないため、機械で音楽を流すことになった。使われるはずだった鼓や笛は、ひっそりと倉庫にしまわれている。

瑞貴をひとりで、戦場である舞台に送り出さねばならないことが口惜しい。

しかし彼が戦いに打ち勝つと信じることにして、雫は配膳に集中する。

食事を順調に運び終え、あと少しでメインの〝華宵鍋〟を出すという時だった。不味いという声が聞こえてきたのは。

「これが華宵亭の料理？　馬鹿にしているのか!?」

舞台が見えるように窓を開け放っているのも災いして、連鎖反応のように罵倒が重なる。

（この声……番頭と孝子さんに、元仲居たちだわ。板長さんひとりだからと油断していたら、予定していたものよりはるかに素晴らしくアレンジした料理が出てきて、姑息な手を使ったのね）

その声からは明らかな悪意というより、怯えが感じられる。

しかし、各自の声は小さくとも、数が揃えばかなりの圧になる。

野次の矛先は責任者たる瑞貴や雫に向けられ、未熟さを罵る内容にもなった。

最早これはクレームではなく、モラハラである。かつての同僚の悪意に吐きたくなった。

なぜそこまでされねばならないのだろう。怒りで、雫の頭が真っ白になってしまう。

……どう対処すべきか考えることもできなくなり、頭がパニックになる。

「雫……」

そんな娘の変調を見て取り、母が痛ましげな顔を向けた。

（わたしが、わたしがなんとかしないと……）

身体を締めつけてくるのは、若女将の黒い着物。それが鉛のように重く感じられ、このままずぶ

ずぶと沈んでしまいそうな気がしてくる。

（どうすればいい？　今、わたしが指揮をとらないといけないのに……）

香織たちが各部屋を回って、客を宥めている。

仲間たちを庇うこともできず、打開案も思い浮かばず、身体が動かない。

（どうすればいいの？　このままでは……）

……その時だった。しゃん、しゃん、と、涼やかな鈴が鳴る。

雫は渡り廊下の欄干から大庭園を見た。

神社の神楽殿に似た屋根のついた舞台に、ぱっと照明が灯った。

（え、まだ始まるには時間があるし、照明はわたしがつけることになっていたのに、誰が……）

舞台に正座しているのは、俯いている瑞貴。金と銀の刺繍が施された白衣に白袴姿だ。

瑞貴は手につけた鈴を、手首を揺らすことで鳴らしていた。

流すはずの音楽はなく、静寂の中、ただ澄んだ鈴の音だけが鳴り響く。

（まさか場を収めるために……）

等間隔の音がふっと消えると、すっと手が伸びて金色の扇子が前に差し出された。

その瞬間、雫は遠く離れた場所で、ふわりと風を感じた気がした。

264

瑞貴は姿勢を崩すことなく立ち上がると、滑らかな動作で扇子と身体を傾けて動く。

ゆらりと、それは波のように。

（あれは……水のイメージ？）

かと思えば、足袋を履いた片足で舞台をダンと踏みつけ、鈴をしゃんしゃんと激しく振りながらくるくると回転し、手の動きを激しくさせる。

（あれは……燃えさかっている火……）

だとすると、鎮座から始まったのは地のイメージなのか。

自然を愛した初代。自然に囲まれた華宵亭。華宵亭を愛する瑞貴。

花々に囲まれてひらひらと舞い踊る彼は、花の精の如く実に優雅だった。

さらに熱のせいなのか、気怠げな表情が妖しげな色香を漂わせる。

（痛いのに。若旦那、肩が痛くて熱も出ているのに）

瑞貴はあの舞台から戦っているのだ。悪意ある輩を鎮めている。

彼にしかできない、美しき鎮守の舞にて。

雫は大急ぎで倉庫に走った。そしてしまわれたままの鼓を取り出し戻ってくる。

久しぶりに手にした鼓は、幼い頃に見たよりも小さく、肩に担ぎやすい。

叩くと、ポーン、と小気味よい音がした。

彼はひとりではない。いつだって自分はそばにいる。

……その思いが瑞貴に届くようにと願いを込めて、また鼓を打った。

その音は鈴の音と重なり合う。瑞貴に届いたのだろう。

どうか皆に伝わってほしい。華宵亭のこの素晴らしき美しき世界を。自分たちが守りたい華宵亭の伝統が。

どうか見てほしい。華宵亭のこの素晴らしき美しき世界を。

悪意を払拭し、ひたすら素の心で感じ取ってもらいたい。

客は神。神に捧げる奉納舞から、どうかこの想いを——

突如聞こえてきたのは、笛の音だった。

（この音色は……）

雫の目から涙がこぼれ落ちる。見なくてもわかる。この笛は……大倭だ。

（そういえば、倉庫に行った時、既に笛がなかった……。大倭も、ここにいてくれている）

瑞貴の舞踊が変化して、昔三人で合わせた時に見た、懐かしき舞いになる。

雫が少しとちれば、笛と鈴の音がそれをフォローし、笛が裏返れば鼓の連打でフォローする。

鈴の音がリズムを刻めなくなれば、鼓と笛がしっかりとした音色を響かせる。

自分はひとりではない。ふたりがいるから怖れなく前に進める。

どんなに対立して泣いて怒っても、こうして同じ過去を懐かしみ、同じ未来を歩むことはできないだろうか。こうやって三人でまた——

不意におかしなところで鈴の音が止まり、瑞貴の身体がぐらりと傾く。

叫んだのは大倭だった。

「瑞貴——っ!」

彼が向こう側にある欄干を乗り越え、舞台に飛び乗り、倒れた瑞貴の身体を支える。

ざわつく観客の前、雫も動いた。大庭園の真ん中で座り、地面に手をついて頭を下げる。

「皆様、本日はようこそお越し下さいました。華宵亭の若女将でございます。僭越ながら皆様に申し上げたいことがございます」

雫は周囲を見回し、ゆっくりと言った。

「アンデルセン童話の『人魚姫』が好きなわたしは、その昔、華宵亭の大女将に、華宵亭の温泉は、初代大旦那がかつて助けた人魚の涙であると教えてもらいました。その時思ったものです。温泉が欲しいのなら、他の場所に移ればいい。せっかくなら、もっと違う願い事をすればいいのにと」

静まり返った中での口上は、極度の緊張をもたらす。

それでも……自分の言葉で伝えたいと、雫は顔に柔らかな笑みを作り、語り続ける。

「華宵亭の古い書物によれば、温泉のない華宵亭には、口が利けない〝名も知れぬ女〟の客がいたそうで、彼女はやがて下女として働き出したといいます。彼女は困窮した華宵亭のために、柘榴に似た肉を手に入れて客に与えると、不思議と客は元気になり、それが評判になったとか。しかし温泉の登場後、彼女は書物から消え、代わりに初代の妻である初代女将について記されるようになりました」

そこまで一気に語った雫の脳裏に、瑞貴の声が蘇る。

『ねぇ、雫。雫は八百比丘尼って知っている？』

「古来より人魚の肉は美味で、口にすると不老不死になると言われています。東北地方に今も伝説

として残る八百比丘尼という女僧は、少女の頃に人魚の肉を食べ、若い姿のまま八百年も生き続けたそうです。不老不死とまでいかずとも、人魚の肉は人体に影響を及ぼしたことになる。もしも

"名も知れぬ女"が初代に助けられた人魚で、柘榴に似た自らの肉を差し出し、客を元気にしたのなら。

華宵亭や初代を支えたのは、身も涙も捧げた人魚の献身。初代に助けてもらったからとはいえ、そこまで我が身を犠牲にできるものでしょうか。……わたしは、人魚は初代を愛していたのはと思うのです。王子への愛ゆえに、声と足を犠牲にすることを厭わなかった人魚姫のように」

雫は密かに深呼吸をしてから、再び続けた。

「華宵亭の温泉は、全部で十二個あり、それぞれ人魚の石像がございます。その頭の後ろには、文字が刻まれており、繋げて読むと……」

「仰ぎ請い願わくば、深海を想う花酔いのきみと添い遂げられることを"……じゃな」

そう口を挟んだのは、着物を着た……いつぞやの仮病を使った老人だった。

(なんでここに？　いつ潜り込んだの!?）

しかし動揺をぐっと堪えて、笑顔で頷いた。この老人が、なぜ刻まれた文字を知っているのか疑問に思いつつ。

「石像に綴られた愛の文字が初代のものであるのなら、こうは考えられないでしょうか。初代が本当に願ったのは、温泉が湧き出ることではなく、愛する人魚と添い遂げることだったと。ではなぜ、人魚の涙で温泉が湧いたとされるのか。なぜ温泉が湧いた後に彼女は書物から消えたのか。初代女将は本当に人間だったのか──今となっては、真実はわかりません。ですが皆様のご想像次第で、

初代と人魚の謎めいた悲恋話は、華宵亭にて生き続けた幸せな愛の物語にもなる。……そう、悲劇は物語の一面でしかない。皆様の心の中で、人魚姫は王子の愛に包まれ幸せに生きられるのです」

一度大きく息を吐き出してから、雫は続けた。

「今年で百二十周年を迎える華宵亭も、様々な愛に溢れています。その愛を土壌にして育ったのが、この大庭園に咲き香る四季折々の花。これらは長い年月、華宵亭に携わる人々から愛でられ、今年もまたこんなに美しく花開きました。華宵亭自慢の花々は、皆様に語りかけていることでしょう。

どうぞ今宵ひととき、花々の語らいにお耳を傾けて下さいませ」

瑞貴という花。女将という花。そして仲居を含めた従業員もひとつの花。

それが、見る者の目を穢してはならない。

華宵亭の愛で艶やかに咲いた花々の心意気が、その想いが……どうか伝わりますように──

「華宵亭の従業員一同、いつでも愛を忘れることなく、真心こめておもてなしをさせていただきます。これをご縁に、より一層のご愛顧を賜りますよう、心よりお願い申し上げます」

雫は深々と頭を下げ、最後にこう付け加えた。

「なお、本日の懐石料理は、華宵亭自慢の板長がかつて修業していた、高級割烹カタギリの方々にご協力をいただき、今回のために特別作らせていただきました品。世界を唸らせる腕前を持つ匠たちによる饗宴、皆様にお楽しみいただければ幸いでございます」

カタギリの名前は偉大らしく、料理を非難していた番頭や孝子たちは予想だにしなかった真実に、顔を引き攣らせて固まっている。

「ご清聴、ありがとうございました」

しーんと静まり返った中、パチパチと拍手の音が聞こえた。ベランダの手すりに身を乗り出し、かなりご満悦の様子だ。

雫が顔を上げると、仮病を使ったあの老人である。ベランダの手すりに身を乗り出し、かなりご満悦の様子だ。

（だから、このドヤ顔をしたおじいちゃんは誰？）

「善き哉、善き哉。華宵亭を愛する若女将の心、しかとワシに伝わったぞ。そこの番頭……という華宵亭の古狸よりも、守るべきものがなにかしっかり理解しておる」

すると古狸——番頭は憤然とベランダに出て、老人に向かって怒鳴る。

「見知らぬ老人に、古狸と言われる覚えはない！」

それはその通りだと雫も思う。老人はすました顔をして、高らかに誰かの名前を呼んだ。

「これ、湯島。ネタをばらせ」

すると返事をしたのは、番頭が今まで媚びを売っていた初老の男。彼はベランダに出てくると、老人に深々と頭を下げた後、番頭に告げた。

「あの御老人こそ、玖珂泰三……玖珂グループ会長だ」

その事実に、雫は驚愕して目を見開く。番頭はそれ以上の動揺を見せ、上擦った声を出した。

「く、玖珂泰三さんは、あなたでは……」

「私は湯島、会長の秘書だ。会長に言われて、会長を演じていただけ。ちなみにそこにいる男も社長などではない。会長のSPだ」

270

厳（いか）つい顔の男が、恐縮したような頭を下げた次の瞬間、どしんと大きな音がした。番頭がショックに尻餅をついたらしい。

そんな番頭を愉快そうに見つめた老人は、こう言った。

「我ら玖珂グループには、人間の面をしたハイエナがよく、身内を手土産（てみやげ）にして近づいてくる。本当に人間なのかを見極めるため、こうして外から眺めるようにしておるのじゃ。内輪揉めは結構じゃが、客には関係ない。日々の憂（うれ）いを払うために客は来る。そんな客に不快感を植えつけ、別のところにて華宵亭別館を名乗って一流気取りとは、実に嘆かわしい。さらに子供のように騒ぎ立て、悪意を振り撒くなど、華宵亭と先祖を同じくするワシらに対する冒涜（ぼうとく）でもある！ 猛省せよ、古（ふる）狸（だぬき）に女狐（めぎつね）め！」

老人——玖珂会長の語気の強い言葉に、番頭だけではなく孝子も竦（すく）み上がった。

（こんなに小さなおじいちゃんなのに、すごい威厳。本当に会長さんなんだわ……）

悪代官を断罪する水戸黄門（みとこうもん）の如（ごと）き老人。彼に同調する声が離れから聞こえてくる。

「会長の言う通り！ 一流のサービスだけではなく、一流の心遣いもあるのが、私が何度も華宵亭に来る理由のひとつだ。なにが気に食わないのかわからないが、華宵亭の従業員はよくやってくれている。こんなに大勢の客で大変だろうに顔に出さず、私たちの時間を守ろうとしてくれた」

（お客様……）

「そうよ。それにせっかく花を見るのを楽しみにしているのに、引きちぎったりして。歴史ある花々が可哀想で見ていられなかった。若女将がどんなに悲しげに花を片づけていたか、わかる？

客ならどんな我儘でも許されると思っているのなら、勘違いも甚だしいわ！」

「私たちは、華宵亭が好きだからここに来ている。気に入らないなら出ていけばいい。他の客や従業員さんに迷惑をかけるな。不愉快だ！」

それらは……華宵亭を愛する客たちの援護だった。

「そ、そうですよ。こ、怖い思いをした私に、仲居さん……本当によくしてくれました。素敵なネイルまでしてくれたんです。人魚のお話も興味深かったし、温泉は気持ちいいし、お料理は美味しいし、お花も綺麗だし。もっと……華宵亭の素晴らしい余韻に浸らせてもらいたいです」

この声は、某団体の副会長に絡まれた女性客だろう。勇気をもって発言してくれたのだ。

（ありがとうございます。皆さん……）

唇を震わせ、俯き加減で泣くことを耐えている雫の横に、人影ができる。

瑞貴が、大倭に支えられて立っていた。ふたりとも、雫の横で正座をする。

瑞貴は怠そうな面持ちだったが、しっかりと前を見つめ、深く一礼する。

「華宵亭若旦那、雅楽川瑞貴でございます。皆様、ありがたきお言葉の数々、まことにありがとうございました。また、サービスに至らぬ点がございましたことは事実。こうしてお気遣いをさせてしまいましたこと、長としての貫禄。瑞貴がいるだけで、華宵亭は華やぐ。

皆を魅了する優雅さと、長としての貫禄。瑞貴がいるだけで、華宵亭は華やぐ。

出生の秘密を知らぬ者たちは、瑞貴には確かに華宵亭大旦那の血が流れていると信じるだろう。

そんな中、玖珂会長が瑞貴に声をかけた。

272

「瑞貴さんよ、少しばかり問おう。お前さんにとって、客とはいかなるものだ？」

すると瑞貴は、背筋を伸ばしたまま即答する。

「自然に宿るが如き神。そして華宵亭の核」

「では華宵亭とはいかなるものだ？」

「……愛すべき場所。守るべき場所です」

「では、意地悪な質問をしようかの。隣にいる若女将と、その横にいる……新若旦那については？」

「若女将は……私の存在意義。彼については……同じ志を持つ、私の一部」

雫がその言葉の意味を噛み砕く前に、会長は愉快そうに呵々と笑った。

「……そういうことか。これはまんまと乗せられてしまったの！」

（そういうことって、どういうこと？）

首を傾げる雫だったが、会長に謝罪の言葉を述べたのは大倭だった。

「本日は、こうした私的な事情でお騒がせしてしまい、申しわけありませんでした」

（え、どういうこと!? なんで大倭、そんなに殊勝なの？）

「よきよき。ワシの命にて、最初からカメラも映しておらぬ。これは麗しき花が見せた幻。今日の熱海は天気もよく、美しい花に溢れていたからのう。多少の虫食いも目立つまい」

（だからどういうこと!?）

「して、瑞貴さん。その結果、どうするつもりだ？」

「……華宵亭は時流とお客様に応じて、受け継いだものの形を変えつつも、守るべき伝統はしっか

りと後世に伝えていく必要性があると」

それは雫も、香織の変化を見て思ったことだ。

「ただ、変化とは劣化ではない。質の高い従業員の教育とサービスは必須ですし、決してお客様を金儲けの道具にはしない。それは一貫するつもりです」

瑞貴の強い視線の先には、番頭と孝子がいる。

「じゃの。質の悪いサービスをするわだつみでは、そこの……」

会長に顎で促された大倭が、深く頭を下げた。

「華宵亭副番頭、片桐大倭です」

大倭の自己紹介に、雫の目が潤む。

（大倭が……帰ってきてくれた！）

「そこの大倭さん、わだつみではかなり苦労しておった。お前さんたちはあんな安っぽい場所にいるべきではない。お前さんは、ここの副番頭だったのか。華宵亭は血ではなく、想いによって客を楽しませる——ああ、善き哉、善き哉。これぞ花の想い。花の語り」

会長は声高らかに言った後、周囲に向けてさらに声を張り上げた。

「さあ、皆さま方、今宵は無礼講。互いに語るもよし、ひとり静かにするもよし。美しい花に囲まれて、楽しくひとときを過ごしましょうぞ。客を神とみなす若旦那なら、我らにたんと振る舞ってくれるはず」

神へ捧げる御神酒くらい、百二十周年の記念としてばちんとウインクをする会長に、瑞貴は苦笑して答えた。

274

「承知いたしました。お飲み物は仲居にお申しつけ下さい」

少しずつ、華宵亭は客に寄り添いながら変わるのかもしれないと雫は思った。

もっと客が楽しんでくれる華宵亭になる——そう考えると、わくわくがとまらない。

「俺、酒用意してきます！」

にこやかに酒を取りに行く大倭は、いつものように走り回る。

子細はよくわからないが、雫は……大倭と瑞貴の争いは終わったと感じていた。

「会長、私どもをご理解下さり、まことにありがとうございました」

瑞貴が会長に頭を下げると、会長は呵々と笑ってどこからか取り出した扇子を広げた。

『天晴 好々爺』と筆字で書かれている。

「実は大女将はワシの従姉での。人魚と華宵亭が大好きな彼女から、お前さんたちのことは聞いておったのじゃ。華宵亭に直接関わり合いをもつ気はなかったが、彼女に言われておってな。もし従姉亡き後、悪しき者のせいで華宵亭が揺らぐことがあれば、その輩を排除して華宵亭を守ってくれと。まったく昔から人使いが荒い従姉じゃったが、大女将としてふたりに託す……愛する華宵亭を守りたかったのじゃろう」

そうやって華宵亭は代々、見えない〝想い〟によって守られてきたのか。

「ともかくも、仮病を使ったワシの素性も知らずに厚遇してくれたことは、ポイントが高かったのじゃ。ただ、勝手に宿へ出入りできるのはどうかの。せくりてぃというものは考えぬとな。孫が社長をしている会社があるから、今度紹介してやる」

（せくりてぃって、セキュリティのこと？）

「ああ、善き哉、善き哉」

『天晴　好々爺』の扇子を広げ、踊り始めた小さな老人。紙吹雪でも投げてあげた方がいいのか。飄々として演技達者なこの老人が最後にいいところを攫っていってしまった気がする。もう笑うしかない。

あれだけ必死に今日に向けて頑張ってきたというのに。

（仮病を使って乗り込んできた、ただのエロジジイだと思っていたのに……）

そんな視線を感じ取ったのか、会長はにやりと笑い、雫とともに立ち上がる瑞貴に問う。

「若旦那。若女将の奮闘ぶりに言うことはないか？」

瑞貴は気怠そうに視線を動かして雫を見ると、愛おしげに微笑んで答えた。

「惚れ直しました」

「そうか、若旦那は若女将に惚れ直したか！　らぶらぶ、じゃのう！」

（なぜ大きい声で言うの〜！）

途端、華宵亭に笑いと歓声がどっと湧き、雫は真っ赤な顔を両手で覆う。

こうして客同士がひとつになるのもいいものだと思いながら。

＊。・・＊・・。＊

三日間の華宵祭は天気と理解ある客に恵まれ、つつがなく、そして大盛況のうちに幕を閉じた。

276

玖珂会長は、自分が番頭や孝子らの悪意から華宵亭を守る……という名目で連泊。瑞貴や雫と花について語る時は、この上なくご機嫌だった。中でも華宵亭で三月頃に咲く椿は、会長の好きな花らしい。華宵亭では、濃紅色の花弁に白い唐子弁を持ち、月光との別名がある椿が咲く。それを知った会長は、今から来年の部屋を予約すると大はしゃぎだった。

そして——

「雫、騙して悪かった！　すべては膿を出すための計画だったんだ」

「雫、ごめんね。きみは考えていることがわかりやすいから、本気で敵対していると周囲に信じさせるために、きみを利用したんだ」

雫の幼馴染ふたりは、雫に謝罪しながらそう告白した。

瑞貴と真剣な対立姿勢を見せ、雫を泣かせた大倭の言い分はこうだ。

「大体さ、雅楽川家の血が入っていたところで、瑞貴でも苦労してきた若旦那業なんて、俺が簡単にできるはずねぇし、ガラじゃねぇよ。俺は裏方で走り回っているのが性に合っている」

そして、この勝負に心を痛めていた雫をそばで見ていたはずの、瑞貴の言い分は——

「勝負で勝った方が若旦那となってきみを娶り、負ければ去るというのも、最初から示し合わせていたんだ。でも大倭がやけに真剣に言うから、こっちもつられてしまった。きみが本気で心配していたくらいなんだから、信憑性はあったよね？　大体、小回りが利く大倭がいなければ、この先僕だってやりにくいし、雫も悲しみに倒れてしまうかもしれない。そんなデメリットばかりのこと、するわけないじゃないか」

——つまり、こういうことだ。

瑞貴と大倭はふたりで飲んだ際、雫を巡る諍い（いさか）いをやめ、色々腹を割って話したらしい。元々仕事ぶりに関しては互いに評価していたものの、華宵亭に対する熱い想いなどを語り合ったことはなく、思った以上に意気投合したことに驚いたようだ。

そしてふたりが日頃抱いていたのは、番頭への不信感——

瑞貴は、番頭が唱える華宵亭の一般公開化が亡き父の構想だったこと、さらに雫との縁談を壊したい父が、番頭と孝子を瑞貴の監視役にしていたことに気づいていた。また華宵亭は父の散財で困窮（きゅう）しており、母が苦心していることにも勘づいていたのだ。しかも経理簿を見ると、経理担当である番頭の手で明らかに改竄（かいざん）されたのが見てとれる。

一方、大倭は雫が華宵亭から出ていこうとした際に、大倭と瑞貴の不和を感知した番頭がやけに馴れ馴れしく声をかけてくるのが、不快であり警戒したらしい。その真意を探るべく、番頭に話を合わせていたものの、本当に番頭側の人間になったのか、常に孝子が見張っていた。そのため瑞貴や雫に近づくのを避け、いまだ三人の関係がギクシャクしているように見せていたのだとか。

それでも瑞貴と大倭は密かに連絡を取り合っており、膿出し（うみ）のために対立しようとしたタイミングで、大倭が番頭から出生の秘密を聞いてしまった。瑞貴の部屋には誰もいなかったため、雫の部屋に行けば瑞貴の所在がわかるだろうと待っていたところ、雫が瑞貴と情交の余韻（よいん）を漂（ただよ）わせて戻った。さらにふたりが既に出生のことを知っていたことに、抑え込んでいた色々な感情が爆発してしまったようだ。

そんな大倭を、瑞貴は自らの懊悩を語ることで静めた。雫が落ち着かなくて風呂掃除をしていた時には、仲直りをしたふたりは、運命共同体として絆を深めていたそうだ。しかし、深夜勤だった孝子が聞き耳をたてているだろうから、そのままひと芝居打つことにしたらしい。

「正直、芝居とはいえ俺が若旦那になると言い出したら、白眼視されるんじゃねぇかってビクビクしていたが、肩書きしか見ない馬鹿ばかりで助かったというか。膿出しできてよかったよな」

大倭は、実に清々しい顔で笑った。

「やっぱり華宵亭はいいよな。わだつみなんて、数がいても怠慢な従業員ばっかりだから、客へのサービスも清掃も最悪。華宵亭の元従業員だって、すぐにやる気なくしたくらいだし、なによりアウェイ感が半端ねぇ。こんなところの若旦那なんてしたくない、早く華宵亭で副番頭に戻りたいって思いつつも、客がいる以上はフォローしたさ。ついでに華宵亭の宣伝をばっちりしておいたがな」

雫の反応が一切ないにもかかわらず、大倭は朗らかな口調で続ける。

「わだつみの女将に、邪魔だから皆と華宵亭の邪魔でもしてこいと言われ、喜んで戻ってみれば、瑞貴が部屋で倒れてる。熱があるのに舞台に上がると聞かねぇから、とりあえず照明セットはしてやったんだ。音楽は流さなくていいと言われたけど、ふらふらしていたらリズムもとれねぇだろう。だったら俺が笛でも吹いてりゃ、瑞貴なら無意識にでもそれに合わせて舞うだろうと、倉庫から笛を持ってきたんだ。まさか雫も鼓を持ち出すとは思わなかったけどな」

大倭は満面の笑みで、雫の肩をばんばんと叩いてこう結んだ。

「俺たち三人で、華宵亭を守っていこうぜ!」

雫の中で、なにかがブチンと切れた音がした。

「いや、しかし。なに、いい俳優になれると思わて。

技だと前もって言え……って、な、雫、おい、イテテテテテ!」

涙目の雫が大倭に襲いかかり、瑞貴に止められたのは数時間前のこと——

番頭は——華宵亭から出ていった。

しく戒めたところ、項垂れた彼は「娘をよろしくお願いします」と、自分から出ていったのだ。

瑞貴の父の遺志を受け継いでいた番頭は、彼なりに華宵亭への愛があったのかもしれない。しか

しもう、真実はわからなくなってしまった。

孝子は——番頭に唆されたからと、他の仲居たちとともに華宵亭に戻ってきたものの、雫を中

心にしてまとまる空気に耐えられなかったのか、退職した。以前、香織は孝子について、噂される

ことには弱いと表現していたが、指摘通りだったようだ。

またホテルわだつみは後日、玖珂グループに買収された。女将は出世したと喜んだらしいが、す

ぐに辞めさせられ、わだつみは手厚いサービスをするホテルに作り替えられる予定だ。

「……雫、機嫌を直して。ね?」

瑞貴の部屋で、雫は彼に背を向けて正座をしている。

「雫の若女将ぶりは大好評だったし、従業員たちも反省して戻ってきたし、華宵亭は安泰だし」

280

瑞貴は身を乗り出し、雫の顔を覗き込もうとする。しかし、唇を尖らせた雫は正座したまま向き

を変えてしまった。

「母さんも経過良好で、もう少しで退院できそうだし」

女将は——玖珂会長が証人になり、ことの顛末を告げると微笑んだ。そして、華宵亭の危機を

救い、伝統を守ろうとした瑞貴と雫、小夜子とともに頭を下げる大倭を見つめ、こう言った。

『皆さん、本当にありがとう。あなた方の愛が華宵亭を救いました。まずは瑞貴、若旦那として立

派に務めました。窮地に立とうとも、あなたが終始揺るぎなかったから、華宵亭の伝統は失われず

にすんだ。……認めましょう、あなたのことを。次期大旦那として』

目を潤ませる瑞貴に、雫は大喜びした。

『雫さん。若女将として、よく頑張ってくれました。怒るなんてとんでもない。若女将の着物は、

あなたのものよ。私にもそれを着た勇姿を見せて下さいね。……そして、副番頭。よく華宵亭に、

瑞貴のもとに戻ってきてくれました。どうかこれからも瑞貴と雫さんを支えて下さい』

女将は、母だと大倭に名乗らなかった。大倭も問い質さず、笑顔で言葉を返す。

『女将。俺を長年、母とともに華宵亭において下さり、心から感謝しております。これからも若旦

那と若女将と力を合わせ、愛する華宵亭を守っていきたいと思っています』

『では私は小夜子さんと……あなたたち三人が作る華宵亭を楽しみに見守らせてもらいますね』

女将と小夜子の目に浮かんだ涙。見て見ぬふりをした雫は、瑞貴と大倭とともに頷いた。

「母さんの退院と同時に、雫は若女将の着物を譲り受け、若女将としてお披露目をする。その前に、

僕の許婚（いいなずけ）だと正式に発表しておいた方がいいかな。どう思う、雫？」

瑞貴は膨らんだ雫の頬をつんつんと指で突く。

瑞貴は、返事すらしない雫を後ろから抱きしめると、彼女の肩に顔を埋める。

「心配かけてごめん。もう許してよ。せっかく、僕の願掛けも成功したんだし、深夜勤も無事に終

えたことも合わせて、ふたりでお祝いしよう？　ねぇ……僕の若女将」

甘く囁いてくるその声は反則だと、雫は思う。

「お詫びに今夜は、とことん愛してあげるから。機嫌を直して。ね？」

隣の間には、当たり前のようにくっつけて敷かれた布団がふた組。

玖珂会長が連日客を紹介してくるおかげで、今日も華宵亭の従業員部屋は客室となっている。そ

れで、雫は瑞貴の部屋に泊まることになったのだ。

「好きだよ、僕の可愛い許婚（いいなずけ）」

首筋に唇を押し当てられると、雫の中で眠っていた官能が目を覚ます。

雫はぽかぽかと瑞貴の手を叩きながらも、次第に悩ましげな女の顔へ変わっていくのだった。

＊。・・＊・。＊

『わたしに、若旦那を愛させて下さい……』

腕に包帯を巻いている痛々しい瑞貴に、今宵は自分が奉仕したいと申し出た。

282

瑞貴の膝に頭を乗せた状態で、一糸まとわぬ姿になった雫は、既に猛っていた彼の熱杭を手に取る。経験はないが愛はあるのだ。愛の本能に身を委ね、雫は筋張った軸に舌を這わせる。

「ん……」

瑞貴が声を漏らすのと同時に、雫の手の中のそれはぴくりと動く。

（連動していて……本当に小さな若旦那みたい）

硬い先端の周りに舌を這わしてから強く吸いつくと、目を閉じている瑞貴の眉間に皺が寄った。

雫の口の中のそれは、ひくひくと動いて質量と硬さを増してくる。

（大きい……。これがいつも、わたしの中に入ってくるんだ……）

さらに愛おしく思えるそれを喉奥まで咥え、唇を窄めて出し入れすると、瑞貴の身体が震えた。

「ああ、雫……気持ち、いい……」

半開きの唇から艶めく声がこぼれる。

清廉な仮面しか見せなかった昔とは違い、瑞貴は無防備な姿を惜しげもなく雫に曝す。

ああ、なんと艶やかに乱れる男なのだろう。雫が感嘆していると、頭を優しく撫でられた。

紫陽花がついた簪が抜かれ、雫の黒髪がぱさりと解け落ちる。

瑞貴は、雫の頬に絡んだ長髪を耳にかけながら、手ぐしで髪を梳かしていく。

それが心地よくて、うっとりとしてしまう。

（ああ、彼のすべてが愛おしくてたまらない……）

雫がさらに情熱を注ぎ、丹念に彼の分身を愛すると、瑞貴の足が戦慄いた。

「あ……」

甘い声を漏らす彼が、ゆらりと頭を揺らす。

暗紫色の瞳は蜜をまぶしたように蕩けており、切なげに細められた。

瑞貴は、蠱惑的な表情と声で身悶える。

「ん……雫、たまら……ない。きみに、こんなことをさせているのに……気持ちがいい」

（うう……。なんでこんなに色気がたっぷりなの。身体が火照ってきちゃう）

彼が快楽に喘ぐほどに熱杭は昂りを見せ、淫靡なオスの粘液をまとう。剛直の軸を強く手で扱き

ながら、そのぬめりをとるようにちゅうちゅうと音をたてて彼の先端を吸い立てた。

「あぁ、……雫……っ」

わずかに瑞貴の腰が揺れ、雫は口の奥を軽く突かれる。えずきそうになりつつも、無意識に自分

の腰もゆらゆらと揺らし、熱い吐息を漏らした。

（ああ、これが……いつもわたしを中から愛してくれているんだ）

無垢だった雫を女にした、愛する男性の猛り。あれから幾夜、体内に迎えて愛し合ってきただろ

う。幾度、愛を口にして溶け合ってきただろう。

そんなことを思って愛撫をしていると、じゅんと雫の秘処が疼き、熱いものがこぼれた。

瑞貴は荒い息のまま、艶っぽい顔で雫にねだる。

「雫、向きを変えて……俺の上で、反対に跨がって。俺も……雫を愛したい」

雫がおずおずとその通りにすると、瑞貴は彼女の尻を持ち上げ、秘処に吸いついた。たっぷりと

湿っている花園に、熱い息を吹きかけながら、激しく舌を揺らす。

「ん、んぅっ、うぅ……ん！」

もどかしかったそこに突如快感が与えられ、雫は剛直を口に含んだまま、身体をしならせた。

はしたないほど溢れている蜜が、瑞貴の舌で掻き出されて嚥下される気配を感じ、余計にぞくぞくが止まらない。雫は尻を振りつつ、瑞貴への愛撫を再開した。彼の舌遣いを真似て、特に反応を

見せる先端部分を激しく刺激し、溢れ出る淫液を強く吸引してみる。すると瑞貴からもお返しとばかりに、じゅるじゅると音をたてて吸われる。

（ああ、ひとつに溶け合っているみたい……）

「ん……雫。すごいよ。俺の……舐めて、こんなになるの？」

さざめく花園に何度も吸いつく瑞貴の指は秘粒を探り、包皮を剥く。

出てきた粒に舌を這わせて強く吸い、ひくつく蜜壷に指を挿れると、ゆっくり抽送する。

「あぁ、駄目。一緒になんて、だ、め……」

雫の腰がぶるぶると震えた。それでもその手は瑞貴の剛直から外さず、たどたどしく上下に扱く。

「あぁ、雫、可愛い……こんなに蜜を垂らして……とても、感じているんだね」

瑞貴の声が熱っぽく上擦る。

「挿れて……いい？　僕を誘うここに、根元まで……挿れて、強く擦っても……いい？」

譫言みたいに切実な声で求められ、下腹部がきゅんきゅんと疼いて悦びを伝えた。

「ん、うん。挿れ……て。瑞貴と、もっと、溶け合いたい……」

「今夜は心ゆくまで溶けよう。雫、正座してくれる?」

雫が布団の上で正座すると、瑞貴に後ろからとん、と前に倒された。次の瞬間、持ち上がった尻の合間を滑らせるようにして、避妊具をつけた剛直がずぶりと蜜壷にねじ込まれた。

「ぁぁああ……っ」

全身が総毛立つ、ぞわぞわとした衝撃。雫の喉から迸(ほとばし)るのは、甘い悦(よろこ)びの声だ。

中を強く擦り上げられて奥まで突かれると、肌に走るぞくぞく感が止まらなくなる。脳まで甘く蕩(とろ)けてしまうような快感に、気がおかしくなりそうだ。

「ぁん、ああっ、瑞貴、それ駄目ぇ!」

身体を揺さぶられながら、突き出した舌先同士でちろちろと舐め合った後、根元まで深く吸い合い、ねっとりと絡み合わせる。

「ああ、雫……そんなに、絞るな……っ」

切羽詰(せっぱつ)まった声を響かせ、瑞貴は雫の唇を求めた。

離れたくない。瑞貴とずっとひとつでいたい。

「瑞貴、好き。好き……っ」

込み上げてくるのは、渇愛(かつあい)という激しい衝動。

こんなに瑞貴に満たされても、想いは止めどなく湧き続ける。

(まるで温泉……だね。ずっとずっと愛が湧き出るよう……初代が願ったのはこれなの?)

そんな思いが巡ったが、押し寄せる波が雫の思考を快楽で上塗りしていく。

「俺も……雫が、好き、だ。ああ、きみは……俺だけの、俺だけの女だ……」

今も尚、強い独占欲を見せる彼がたまらなく愛おしい。

「はい、雫は……瑞貴だけの、女……です」

そう答えると、体内の剛直がさらに膨張し、雫を壊そうとしているが如く獰猛な動きを見せる。

悶え狂う雫の脳裏に、幼い瑞貴の声が蘇ってくる。

『きみも僕のそばにはいてくれないの？』

『きみも僕のお嫁さんになるなんて！』

『嬉しいよ。雫が、僕のお嫁さんになるなんて！』

いつだって愛してほしい。骨の髄まで激しく求めてほしい。

『……その化粧、やめてくれないか』

『婚約破棄、したいんだって？』

『きみが好きだ。昔からずっと。雫だけを求めてきた』

彼の心に秘めた渇愛の激情を、この先もずっと、自分だけにぶつけてほしい。

もっと彼の愛が、もっと彼自身が欲しい——

「雫、イこう？　一緒に、どこまでも……！」

シーツを掴む雫の両手の甲に、瑞貴の両手が重ねられた。

頬をすり合わせられると、瑞貴の余裕ない息遣いがよく聞こえる。

彼の熱い汗が雫の首筋に伝い落ち、肌がさらに粟立った。

「ああ、そこ。瑞貴、そこ、そこは……っ」

「ああ、悦んでる。雫の奥、うねって……やばい。イクよ、雫。一緒に……！」

手に力が込められ、抽送が速くなる。雫の目の前に閃光が瞬き、果ての到来を告げた。

「あああああっ」

そして——激しい愛の奔流が雫の中を狂おしく駆け抜け、雫はその衝撃に身体を痙攣させる。

はくはくと浅い呼吸を繰り返している最中に、彼女をきつく抱きしめた瑞貴もまた、ぶるりと震え、艶っぽい声で呻きながら己の愛を迸らせた。それは泡のように消えることはなく、雫はいつまでも、体内で彼の熱い愛を感じていた——

嗅ぎ慣れた甘い香りが、雫の胸に充足感と安心感を広めた頃、瑞貴は雫の顔にキスの雨を降らせる。そして彼女の頭を痛めていない方の腕に乗せると、ふふと笑った。

「きみと最初に出会った時のこと、思い出したよ。僕たち、岩風呂で寝ちゃっただろう？　あの時、僕……眠っているきみにこう言ったんだ。きみが一緒なら、幸せになれる気がするって」

濡れた暗紫色の瞳が、情事の余韻にゆらゆらと妖しげに揺れている。

「それまでの僕は、幸せというものがわからなかった。必要ないと思っていた。だけどあの時、予感がしたんだ。きみとなら、幸せになれるって」

「……出会ったばかりなのに？」

瑞貴の汗ばんだ胸に頬をすり寄せて、雫は笑う。

「そう。あの予感は本物だった。……雫、僕を愛してくれてありがとう。僕を……暗い海の底から、救ってくれてありがとう」

288

雫は言葉が出ず、ただ首を横に振って瑞貴に抱きつく。

「あの時、桜の花びらをまとって現れたきみを、桜の妖精かと思った。あの瞬間、僕はきみという花に酔い、惑い……恋をして、未来への幸せを願った。初代と同じく」

"仰ぎ請い願わくば、深海を想う花酔いのきみと添い遂げられることを"

「僕は……初代があの文を刻んだ気持ちがよくわかる。誓いなんだ。言霊とも言えるだろう。刻んだら最後、この恋は……永遠になる」

「永遠……」

「そう。この想いは枯れることはなく、僕は毎日新たに、きみという花に恋をしていく。きみにとって僕は王子様ではなく人魚姫だったけれど、一途でいえばそれで正解だ。人魚姫の涙は海に消えた。華宵亭の人魚の涙は、止めどなく湧き続ける温泉となった。僕の涙は……きみへの消えぬ愛に捧げる。僕も僕の愛も、ずっと消えることはない」

「……幸せだね、わたし」

瑞貴は雫の頭を優しく撫でて、微笑む。

「ふふ。だったら、今よりもっと幸せになろうか。悩める時も笑い合う時も、ずっと隣り合って」

そして瑞貴は一旦言葉を切ると、真剣な表情で雫を見つめて言う。

「僕の妻に、なってくれますか」

祖母が決めた許婚（いいなずけ）としてではなく、瑞貴の口から出た求婚は、雫の心を震えさせた。

「……喜んで！ ふつつかものですが、末永く……よろしくお願いします！」

雫は、大泣きして瑞貴に抱きついた。瑞貴はくすりと笑うと、彼女の涙を唇で拭う。

「守っていこう、華宵亭も……僕らの愛も。皆で幸せになるように」

「はい……」

「呉服屋『あさぎり』に早く注文しないとね。最高傑作の花嫁衣装を。もしかして、痺れを切らしてもう作っているかもしれないから、明日にでも御礼を兼ねて確かめに行こうか。きっと……綺麗だろうな。雫の花嫁姿」

目を細めてうっとりとした瑞貴の顔は、雫にはとても目映く、光り輝いて見えた。

「あなたの方がずっと綺麗だと思うけど……香織ちゃんに最高級の愛されメイクをお願いして、少しでも美しく化けられるよう頑張ります。キツネの嫁入りじゃないけど、晴れたらいいな」

その返答に瑞貴は声をたてて笑うと、雫の唇を優しく啄んだ。

「きっと素晴らしくいい天気だよ、その日は」

「待ち望んでいた日が、少しでも早く来ることを願いながら。

「……好きだよ、雫」

「わたしも——」

……今宵も、愛し合うふたりの夜は更けていく。

そして夜が明け、朝日を浴びて艶めくふたりは、また恋に堕ちるだろう。

夢から覚めぬ夢を見ているかのように、渇愛は果てなく続く。

泡沫（うたかた）に消えるのは恋の苦しみ、永遠に続くのは至幸の愛——

——それが華宵亭、人魚の愛の物語。

エピローグ　〜花酔いに艶めくきみへ〜

時は移ろい、華宵亭に何度目かの春がやってくる。

薄紅の花びらが舞い落ちる中、着物姿のふたりの幼子がきゃっきゃと走り回っていた。

「足元に気をつけるんだよ、真珠、琥珀」

しだれ桜の下に座り、穏やかな眼差しで我が子を見守るのは、爽やかな若草色の着物に身を包ん

だ、七代目華宵亭大旦那である。

七代目が差し出した手のひらに、花びらがそっと舞い降りた。それは淡雪のような儚さだが、消

えることはない。七代目が静かに息を吹きかけると、花びらはふわりふわりと飛んでいく。彼が思

わず笑みをこぼした瞬間、子供たちがやってきた。

七代目の左膝に乗ったのは、髪の長い少女だ。

「ととちゃま。どうちて『かちょーてい』っていうお名前のお宿なの?」

すると右膝に乗った短髪の少年が、彼と同じ顔をした少女に言う。

「真珠、『かちょーてい』ではなくて『かしょーてい』だよ」

「あ、そっか。『かしょーてい』だよ。ととしゃまに笑われちゃうよ」

えへへと笑う娘を見て、七代目はふわりと柔らかく笑み、説明を始めた。

「華宵亭の華宵というのはね、花に酔うというところからきているんだ。お花を見ていると、お酒を飲んでいるみたいに、ほわほわっていい気分になる。それを花酔いっていうんだよ」

少年は、困った顔をする。

「んー、ととしゃま、おしゃけを飲んでいなければ、ほわほわがわからないよ。だったら、いつもお茶ばかり飲んでる、おばあしゃまや香織お姉しゃまはわからないの?」

「ああ、そうだ。ふたりの名前は〝人魚の涙〟という意味がある。華宵亭でそれは、とっても大切なものなんだ。華宵亭には人魚さんがいて、温泉はその人魚さんの涙でできているんだよ」

「人魚さんの涙? 悲ちくて温泉で泣いちゃったの?」

「もしかして、泡になって消えちゃったの?」

『シズクが、あなたとずっと一緒にいるから。だから海の泡にならないで、人魚姫さん』

ある声を思い出した七代目は、幼子の頭を交互に撫でる。

「華宵亭の人魚さんは、泡にならなかったんだ。本当の愛を見つけたからね」

七代目がそう微笑んだ時である。人影を見つけた幼子たちは歓喜の声を上げた。

少女は七代目の着物を掴み、小首を傾げて問う。

「ねぇ、ととちゃま。あたちや琥珀の名前にも、お願いが込められているの?」

「華宵亭にいる人たちなら、皆わかるよ。そのほわほわっていうのは、幸せだなって思う気持ちだから。華宵亭は皆が幸せになって、にこにこしてもらうお宿。名前には願いという〝想い〟が込められているんだよ」

「かかしゃまだ!」

「かかちゃま!」　あ、大倭おじちゃまもいる!」

幼子が駆け出すと、着物姿の女将と羽織姿の番頭が、それぞれ子供を抱き上げる。

突如温もりをなくした七代目は、苦々しい顔で番頭に文句を言った。

「……大倭。ずいぶんと俺と雫の子を手懐けたな。まさか狙っているのか、真珠を!」

「は!?　あんた真顔でなにを言ってるんだよ」

「ん……。ちょっと騒がしくなったけどね」

「あはははははは。大倭がわたしの息子に?　真珠との年の差、何歳よ」

女将は愉快そうに笑った後、子供をふたりとも番頭に任せて七代目の隣に寄り添った。

「昔は色々あったけれど、今日も華宵亭は平和ですね」

七代目は微笑み、愛おしい妻の肩を引き寄せる。

目の前では番頭がふたりの子供と力いっぱい遊んでおり、どちらが子供なのかわからない。

「……雫、愛しているよ」

「……いつもみたいに、キスして言ってくれないの?」

耳打ちすると女将は頬を紅く染め、彼女も七代目に囁き返す。

「わたしもです、旦那様」

「え、えぇぇぇ……。大倭がそこにいるじゃないですか」

「大倭なんか気にすることはない。……ねぇ、また子供を作らないか。きみの奥まで、たくさん注

ぎたくなった。僕の愛を受け止めてくれる？」

七代目の穏やかな顔が、妖艶な男のものへと変わる。

「こ、こんなところで一体なにを……」

真っ赤な顔で狼狽える女将に、七代目は声をたてて笑う。

「はは。いつまでも可愛いな、僕の可愛い女将は」

「揶揄うのはやめて下さい。もう！　でも……双子の次は三つ子だったらどうしましょう。それは

それで賑やかでいいか」

女将は大所帯の未来を想像して、ふふ、と満更でもなさそうな顔をした。その笑みは、我が子に

よく似たあどけなさが滲んでいる。七代目は目元を緩めると、彼女の頬にキスをした。

すると女将が反応するより早く、番頭が怒鳴る。

「俺に自分の子供の面倒見させて、なにイチャイチャしてるんだよ！」

「諦めろ。お前には縁がないものだ。可哀想に、もう〝おじちゃま〟、だものな……」

「おい……。俺がおじちゃまなら、俺より年上のあんたは、どうなんだよ」

そして七代目と番頭は、同時に笑い出した。つられて女将も笑い出す。

「あ、そうだ……これ、袖に入れていたんだわ。さっき、あっちの桜の木の下で、これが埋まって

いたのを大倭と見つけてきたんです。なんだと思います？」

女将が差し出したのは、鱗みたいな模様がついた小さな長方形の箱。

そこには『人魚』と筆で書かれた紙が貼られてある。

すると七代目は、懐かしそうに暗紫色の目を細めた。それを知らずに女将が続ける。

「これ、初代が隠した人魚の秘密かなと思うんですよね、わたし」

「──ふふふ。どうだろうね。まずは開けて中に入っているものを読んでみたら？」

彼女は知らない。それは彼女と出会った直後の七代目が埋めたものだということを。

人魚を模した箱に、未来の自分への、まじないの文をしたためた。

どうかこの恋が叶っていますようにと。

そして未来で、ともにそれを見る大切な者たちが、笑顔でありますようにと。

番頭は、女将が箱を開けようとしているのに気づくと、子供たちを連れてやってくる。

「なになに、かかしゃま、それなに？」

「かかちゃま、真珠にも見せて！」

女将が中から手紙を取り出し、全員がそれを覗き込んだ。

「うわあ、達筆。絶対初代だと思う。これ……歴史的大発見かも!?」

「じゃ、明治大正の手紙？　達筆すぎて、なんて書いてあるのかわからねぇ……」

女将と番頭の言葉に、七代目は噴き出しながら言った。

「それはね……」

『拝啓、花酔いに艶めくきみへ

　　　　　　　　きみは今──幸せですか？』

~大人のための恋愛小説レーベル~

ETERNITY
エタニティブックス

今夜だけ、キスに溺れて——

それは、あくまで
　　不埒な蜜戯にて

エタニティブックス・赤

奏多（かなた）

装丁イラスト／花岡美莉

高校時代、訳あって超イケメンな同級生・瀬名と一夜を共にしてしまった一楓（いちか）。しかし九年後、彼女はあの夜をなかったことにして、イケメンIT社長となった彼の右腕として働いている。彼はきっと、あの夜を忘れている……。そう思っていたのに、ある日突然、瀬名が豹変!!　独占欲をむき出しにして、一楓を囲い込んできて——。敏腕社長の執愛は過激で際限なし!?

※エタニティブックスは大人の女性のための恋愛小説レーベルです。ロゴマークの色で性描写の有無を判断することができます（赤・一定以上の性描写あり、ロゼ・性描写あり、白・性描写なし）。

詳しくは公式サイトにてご確認ください。
http://www.eternity-books.com/

携帯サイトはこちらから！

この作品に対する皆様のご意見・ご感想をお待ちしております。
おハガキ・お手紙は以下の宛先にお送りください。
【宛先】
〒150-6008 東京都渋谷区恵比寿 4-20-3 恵比寿ガーデンプレイスタワー 8F
（株）アルファポリス　書籍感想係

メールフォームでのご意見・ご感想は右のQRコードから、
あるいは以下のワードで検索をかけてください。

ご感想はこちらから

若旦那様、もっとあなたの愛が欲しいのです

奏多（かなた）

2020年 8月 31日初版発行

編集－反田理美・塙綾子
編集長－太田鉄平
発行者－梶本雄介
発行所－株式会社アルファポリス
　〒150-6008 東京都渋谷区恵比寿4-20-3恵比寿ガーデンプレイスタワー8F
　TEL 03-6277-1601（営業）　03-6277-1602（編集）
　URL https://www.alphapolis.co.jp/
発売元－株式会社星雲社（共同出版社・流通責任出版社）
　〒112-0005 東京都文京区水道1-3-30
　TEL 03-3868-3275
装丁イラスト－さばるどろ
装丁デザイン－AFTERGLOW
（レーベルフォーマットデザイン－ansyyqdesign）
印刷－中央精版印刷株式会社